KB233292

알기 쉬운 한국고전문학선 **4**

한 중 록

혜경궁 홍씨 編著

太乙出版社

한 중 록
閑　中　錄

—— 혜경궁 홍씨

◇ 작품 해설 ◇

　사도세자(思悼世子)의 빈(嬪)이요, 영조(英祖)의 며느리이며 정조(正祖)의 모후(母后)인 혜경궁 홍씨(惠慶宮洪氏)가 사도세자가 죽은 임오화변(壬午禍變)을 중심으로 스스로의 생애를 엮은 자전적(自傳的)인 회고록이다.

　이 작품은 당사자의 입장에서 직접 글로써 서술하였기 때문에 읽는 이에게 어필되는 내용이 많으며 영조 때 왕의 노여움으로 사도세자를 뒤주 속에 가두어 9일 만에 죽게 한 커다란 역사적 사건을 배경으로 작자의 파란만장한 운명의 기구함을 여자의 섬세하고 애절한 필치로 쓰여진 것으로서 정조 5년 그가 71세 쯤하여 자기의 과거를 돌아보며 남편인 사도세자와 자기 친정 집안의 뭇사람들의 의혹을 풀기 위해 썼다고 한다.

　인현왕후전(仁顯王后傳)과 더불어 궁중문학의 쌍벽(雙壁)을 이루고 있는 내간체(內簡體)의 궁중소설은 그 소재(材素)를 역사적 사실에서 구하였을 뿐만 아니라, 당사자가 겪은 실기적(實記的) 소재이기에 절박하고 더욱 진실한 데가 있는 것이다.

한중록(閑中錄)

1

내 어릴 적에 궐 내에 들어와 서찰 왕복이 조석에 있었으니, 우리 친정 집에 내 수적이 많이 있어야 했을 것이나, 선친께서 항상 타이르시기를,

"외간 서찰이 궁중에 들어가서 흘릴 것이 아니니, 문후 이외에 사연이 많은 것은 공경하는 도리가 못 된다. 조석봉서의 회답에는 그 종이에 소식만 적어 보내라."

고, 하시어 선비(先妣)께서 아침 저녁 승후하시는 문안봉서에 선친의 말씀대로 그 봉서 종이 머리에 간단히 소식만 써서 보냈다. 그리고 친정에서도 선친의 말씀에 따라서 내 편지의 글씨는 모두 물로 씻어 버렸기 때문에 내 필적이 거의 선해 있지 않았으므로 백질(伯姪) 수영(守榮)은 매양,

"본집에 귀인(貴人)의 수적이 없으니 무슨 글을 친히 써 주시면

길이 보존하여 집안의 보물이 될 것이옵니다."

하고 청하였으매, 틈이 없어서 못하다가 올해에 내 회갑을 맞으매 후회가 다 컸고 또 세월이 지나면 내 정신이 더 쇠약할 것 같아서 내가 느낀 바와 겪은 일들을 생각나는 대로 기록하였으나, 백 가지 중에 한 가지밖에 쓰지 못하였다.

선왕조(先王朝) 을묘년 유월 십팔 일 오시(午時)에 선비(先妣)께서 나를 반송방(盤松坊) 거평동(居平洞) 외가에서 낳으시니 전날 밤에 선친께서 흑룡이 선비 계신 방안 반자에 서려 있는 꿈을 보셨는데, 내가 여자로 태어났으므로 그 태몽과 맞지 않는다고 의심하셨다 하거늘, 조부 정헌공(貞獻公)께서 친히 와 보시고,

"비록, 여자나 보통 아이와는 다르다."

하고 기애(奇愛)하시더라.

삼칠 일 후에 집으로 들어왔을 때, 증조모 이씨께서 나를 보시고,

"이 아이가 다른 아이와 다르니 잘 기르라."

고 장래를 기대하시고 유모를 친히 구해서 보내시었다 한다. 내가 점점 자라매 조공께서 각별히 사랑하시고, 무릎에 내려 놓지않고 항상 희롱하시는 말이 이상하였다.

"이 아이가 작은 어른이니 성인(成人)을 일찍이 하리라."

내가 어려서 듣던 그런 일을 궁중에 들어와서 회상하니 나로서는 무언지 모를 말이었으나 양대(兩代)께서 하시던 그런 말씀에 무슨 예감이 있었던 모양이셨다. 내 어린 시절에 언니가 있어 부모께서 두 구슬같이 귀엽게 여기셨으나 언니가 일찍이 죽으매, 내가 자애를 독차지한 것은 천륜의 뜻밖이었고, 부모의 교훈이 엄하셔서 큰오라버니를 특히 준엄하게 가르치셨다. 그러나 나는 여자였기 때문에 선친

께서 각별하게 사랑하였으므로, 나도 선친의 옆을 떠나지 않았다. 차차 철이날 때부터 크고 작은 일을 부모께 걱정시키는 일이 적게 되었으므로 부모께서 더욱 사랑하시니, 내 몸이 비록 여자이지만 심중에 어찌 감격한 마음 간절하지 않았으리요. 우리 조부께서 이상할 정도로 편애해 주시던 일을 생각하면 불초한 몸이 궁중에 들어오기 때문에 그리하였던가 생각하면 항상 눈물이 흘러 마음이 아프더

정헌공께서 영안위(永安尉)의 종손이시고, 정간공(貞簡公)의 손자이시며, 첨정공(僉正公)이 사랑하시는 둘째 아드님으로서 안국동에 새 집을 짓고 분가하셨는데, 집과 정원의 규모는 비록 재상집 같았으나 재산을 나누어 받지 못해서 정헌공의 생활은 매우 빈궁하셨으매, 큰할아버지 참판공(參判公)께서 선친을 지극히 사랑하시고 항상 이마를 어루만지시며 웃음의 말씀으로,

"이 아이가 장차 윤오음(尹梧陰)의 팔자 같을 것이고, 지금은 비록 어려워도 장래는 부유할 것이다. 사람은 자고로 후복(後福)할 사람은 초년 고생을 겪게 되는 법이라."

하시고, 재산을 많이 나누어 주지 아니하시니, 이 역시 당신 아우님을 사랑하시는 뜻이 있는지라, 그런 뜻에는 모두 흠탄(欽歎)하였지만, 우리 집의 살림은 궁핍할 때가 많았다. 정헌공께서는 몸이 귀하여 벼슬이 상서(尙書)에 이르렀으나, 마음이 청렴하여 산업(産業)을 소홀히 여겼으므로 집이 가난하고, 한낱 한사(寒士) 같으시었다.

계조비(繼祖妣)는 경학하는 선비의 따님으로서 본디 배움이 남과는 다르신지라, 성행이 현숙 인자하여 정헌공 받드시기를 엄한 손님 같이 하시고, 집안 살림과 음식 절차도 정헌공의 청덕(淸德)을 본받아서 일미담박(一味澹泊)으로 검소하게 지내시었다. 이런 고로 선비

께서 비록 재상가의 종부(宗婦)였으나, 일 년 내내 한벌의 비단옷을 입은 일이 없으시고. 손상자에는 단 몇개의 패물조차 없었고, 외출 의복도 한 벌 밖에 없었다. 그래서 때가 묻으면 밤에 손수 빠시었고 길삼과 바느질 일로 밤을 새웠으므로 아래방에는 날이 밝을 때까지 등불이 켜져 있었다. 모친은 친히 그렇게 밤 새워서 일하는 것을 늙고 젊은 종들이 보고 마음 괴로와할까 염려하여 창에 검은 보를 쳐서 가리고, 남들이 칭찬하는 것을 피하려고 애를 쓰셨다 한다. 추운 밤에 수고를 하셔서 손이 다 닳아 계시되, 괴로와하시는 일이 없으시고, 또 의복지절과 자녀의 옷을 입혀 오심이 지극히 검소하셨지만, 제철 제때에 맞게 하시고, 남매 옷도 굵은 무명이지만 언제나 정결하게 입혀 주셨다. 모친은 항상 기쁘심과 노하시는 감정이 가벼우시고, 기상이 화기 중에도 엄숙하셨으므로, 온 집안이 그 덕성을 우러러보고 어려워 하였다.

우리집이 도위(都尉)의 후예로 잠영 대족이요, 우리 외가 이씨는 청백 문호요, 우리 백고모(伯姑母)는 명관의 아내요, 중백모(仲伯母)는 현종(顯宗) 청릉군(青陵君)의 며느리요, 계고모(季姑母)는 이부상서(吏部尙書)의 며느리요, 중모(仲母)는 이부시랑(吏部侍郎)의 따님이다. 이처럼 일문의 부녀의 내외 명벌(名閥)이 일세의 칭송을 받았으나, 세속 부녀의 교만한 태도와 사치한 일이 조금도 없고, 명절 같은 때의 모임에는 모친이 상승하접(上承下接)에 친절하고 정의가 두터워서, 집안에 화기가 애애하였다. 그런 까닭에 내가 어릴 때부터 깊은 감화를 입지 않을 수 없었고, 중모께서 또 덕행이 남과 달라서 범사 처리에 있어서 시어머님의 버금이시고, 기취가 고결하고 문식이 탁월하므로 실로 임하풍미(林下風味)요, 여중(女中) 선비이셨다. 중모께서 나를 사랑하시고 언문(諺文)을 가르치시고 범백을 지도하심이 각별하였으므로 내가 또한 어머니와 같이 받들었으매 어머니는 항상,

"이 아이 그대 따름이 심하다."
하시었다.

정헌공께서 경신년에 세상를 떠나시매, 부친께서 애통해 하심은 차마 뵈올 수 없었고,

삼 년 동안 사당을 모시는데 주야로 정성을 다하시고, 삼 년상을 지냅신 후에 다시 모시게 되었으니, 내 비록 몽매하나 부친의 효심을 감히 본받지 않을 수 없었고, 부친의 효성이 남과 달라서 날마다 새벽이면 사랑에 배례하고, 아침이 되면 계모께 절하시고 온화한 말씀과 부드러운 안색으로 섬기시매, 조모께서 부친을 사랑하고 기대하심이 각별하셨고, 보는 이와 듣는 이가 모두 감복하였다.

부친께서는 위로 두 누님의 섬김이 각별하시어 아래로 아우님을 교훈하심이 극진하시나, 아우님보다 오히려 더 사랑하셨고, 신유년에 큰고모가 유행병이 걸려서 친족이 다 피하였으나, 부친께서는,

"동기의 병을 보지 않으면 이 어이 동기의 정(情)이리오?"
하시고 몸소 구완하시고, 마침내 그 병으로 돌아가시자 손수 장례를 극진히 지내시고 그 후에 생질들의 몸 의탁할 곳이 없게 되자 인자롭게 구제하시고 생질녀 하나는 집에 데려다 길러서 혼례를 지내주셔서, 친족간의 돈목(敦睦)한 후풍(厚風)이 놀라우셨더라. 또한 이진사(李進士)댁, 이남평(李南平) 댁의 두 고모를 집에 모셔옴이 잦았으니 효도의 일단을 이런 데서도 알 수 있었고, 조모께 양육을 받으신 은공을 잊지 못하고 제사에는 꼭 참례하고 애통하심이 친기(親忌)와 다름

이 없으셨는데, 이 모든 일은 내가 친정에 있을 때 본 일이었다. 또 학업에 힘써서 이름난 선비들과 항상 학문을 토론하시며, 교친사우(交親師友)들이 서로 심방하지 않는 날이 없었다.

선비께서 경신년 후에 삼 년상을 예법대로 손수 차려서 지내시고 아침에 일찍이 소제하고 시어머님 문안에 때를 어기지 않으시되, 머리를 빗어 얹지 않고는 감히 뵈옵지 못하고, 큰 저고리를 입지 않으실 때가 없고, 부친 받드시기가 범속 부녀와 다르셨으니, 부친께서도 모친에 대한 공경이 또한 각별하시던 일이 잊혀지지 않는다.

선비께서는 정미년에 해주감영(海州監營)에서 혼례를 이루시고 외조부 상사를 곧 만나서 신행례(新行禮)를 갖추지 못하고, 이듬해에 이루시고, 무오년에 자친의 상사를 만나서 애통이 심하셨으나 친정에 오래 머무르지 못하시고 시집으로 오실 때면, 항상 남매분이 함께 오셨고 우리 외가가 청빈하기를 유명하나, 우애가 두텁고 부녀자들도 화목하여, 외삼촌 홍부인이 시누(작자의 모친)가 가실 때는 대접이 극진히 후하시고, 회삼촌 지례공(知禮公)께서는 나를 각별히 사랑하셨고, 외종형 산중(山重)씨도 또한 매우 친절하셨다.

선비의 형제가 세 분으로, 김생원(金生員) 댁은 일찍 과부로 지내셨는데, 모친께서 극진히 섬기셨고, 상사 후에는 모친께서는 이종(姨從)들을 불쌍히 여겨서 자식같이 애휼하며 양식과 의복을 대어 주어서 기한을 면케 하고, 나중에는 성취까지 시켜주시니 이종들이 항상,

"사람이 다 한 어미로되, 우리는 홀로 두 어미가 있도다."
하고 감격하였더라.

이종 김이기(金履基)씨는 신유년 늦봄에 외가에서 혼인을 지냈는

데, 모친도 시집에 가 계셨고, 이모 송참판(宋參判)댁 장녀는 우리
계모(季母)신데, 어렸을 때에 항상 외가에 와서 놀았으므로, 계모께
서는 이종 김이기씨 혼인에 화려한 옷치례를 하고 침례하시고, 내
나이가 그때 복 입을 나이가 되지 못하였으나 흰 옷을 입었더니, 모친
이 나에게,

  "아무개는 저리 곱게 입었는데, 너는 곱지 못하니, 너도 저아이와
  같이 하라."
하시기에, 나는 대답하기를,

  "나는 할아버님 복을 입어야 하니, 다른 아이들과 같이 색옷을
  입지 못하리라."

  그리고 문 밖에 나가지 않고 몸 가짐을 삼갔던 일을 생각하니,
이런 일도 부모님의 일상 때 교훈이 어린 나에게 미치었던 듯하다.

  계해 년 삼월에 부친이 태학장의(太學掌議)로 숭문당(崇文堂)에
입시하였는데 그때 부친의 춘추가 삼십 일세니, 자질이 금옥 같으시
고 풍신이 봉황 같으셔서 유생 중에서 뛰어나시고 사람 응대와 범절
이 또 정하시므로 상감께서 사랑하셨다 한다. 알성(謁聖) 후에 과거
를 다시 베풀어 주셨으므로 부러워하며 '다시 보라'고 권하였다 한
다. 당숙이 집에 오셔서 기쁜 소식을 기다렸으나 급제하지 못하고
돌아오셨을 때 내가 실망하여 울었고, 그해 가을에 의릉참봉(懿陵參
奉)을 하셨는데, 이것이 우리 집에서 관록을 받게 된 처음이라, 온
집안이 귀히 여기고, 모친께서는 그 첫 봉록을 일가 친척에게 골고루
나누어주고, 집에는 한 되의 쌀도 남겨두지 않으시었다.

  그해에 왕세자의 간택(揀擇)으로 단자(單子 : 처녀 집에서 하는
신고서) 받는 명이 내렸는데, 혹 말하되,

"선비 자식이 간택에 참여하지 않으나 해로움이 없을지니 단자를
    말라. 가난한 집에서 선 보일 의상 차리는 폐를 덜음이 마땅하다."
하고, 나의 단자 내는 것을 금하려고 하였으나 부친께서는,

"내 세록지신(世祿之臣)이요, 딸이 재상의 손녀인데 어찌 상을
    기망하리오."
하고, 단자를 하였으나, 그때 우리 집이 극빈하여 의상을 새로 해 입을
수 없었으므로, 치마감은 형의 혼수에 쓸 것으로 하고, 옷안은 낡은
천을 넣어서 입으셨고, 다른 혼수채비는 모친께서 빚을 얻어서 차리
시느라고 애쓰시던 일이 눈에 암암하다. 구월 이십 팔일에 초간(初
揀)이 되니, 영조대왕(英祖大王)께서 용렬한 나의 재주를 칭찬하시
며 각별히 어여삐 여기시고, 또 정성왕후(貞聖王后)께서 나를 착실
히 보시고, 선희궁(宣禧宮)께서는 내가 간선하는 장소에 나아가기
전에 미리 보시고 화기가 얼굴에 가득하게 웃으셨으매, 좌우에 궁인
들이 앉아있으므로 내 마음과 몸 가짐이 매우 괴로왔었다. 사물(賜
物)을 내리시매 따라서 내가 행례하는 거동을 선희궁과 화평옹주
(和平翁主)께서 보시고, 예모를 가르쳐 주시기에 그대로 하고 나와서
모친 옆에서 그 밤을 자고 지내었다. 이튿날 아침에 부친께서 안에
오셔서 모친께,

"이 아이 수망(首望)에 들었으니 어찌된 일인고?"
하시고, 도리어 근심하셨었다.

"한미한 선비의 자식이니 단자 드리지 말았으면 좋을걸."
하는 부모들 말씀을 잠결에 듣고 깨어서, 마음이 동하여 자리 속에서
많이 울고 궁중에서 여러분이 사랑하시던 일이 생각나서, 다시 놀라
서 근심하였더니, 부모께서 도리어 나를 달래고 위로하시었다.

"아이가 무슨 일을 알리?"

그러나 나는 초간택 이후로 매우 슬펐으니, 그것은 장차 궁중에 들어와서 억만창상(億萬滄桑)을 겪으려고 마음이 스스로 그러하였던가. 일변으로는 이상하고 일변으로는 인사가 흐리지 않은 인연인 듯하다.

간택 후에, 갑자기 일가들도 찾아오는 사람이 많고, 전에는 절연되었던 하인들도 오는 이가 많아졌으니, 인정과 세태를 가히 알 수 있었다.

시월 이십 팔일에 재간택에 임하니, 내 마음이 자연 놀랍고, 부모도 근심으로 나를 궁중에 들여 보내시면서, 요행히 간택에서 떨어져 나오기를 바라셨으나, 내가 궁중에 들어가자, 그때 이미 완정(完定)하여 계시던 모양이어서 거처도 대답하는 법도 달라서 당황하다가 어전에 올라가매, 영조대왕께서 다른 처자들과는 달리 발안(簾內)으로 들어오셔서 친히 어루만져 사랑하시고,

"내 이제 아름다운 며느리를 얻었도다. 네 조부 생각하노라. 네가 그의 딸이로다."

하고, 기뻐하시는 것이 분에 넘쳤고, 여러 옹주(翁主)가 나의 손을 잡고 귀여워하며 좀체로 돌려보내지 않고, 경춘전(景春殿)이라는 집에 오래 머무르매, 점심을 보내시고, 나인이 웃옷을 벗겨서 척수를 재었고, 이런 경우에 당한 내 심사가 경황하며 눈물이 나는 것을 억지로 참고 가마에 올라 울며 나오니, 궁중의 하인들이 부축하여 주어서 놀랍기 비할 데 없고, 길에서 전갈하는 내전의 여종들이 검은 옷을 입고 서 있는 것도 몹사 놀라웁게 보이었다.

집에 오니, 가마를 사랑 대문으로 들이고 부친께서 가마 앞에 다

친 발을 들고 도포를 입은 두 손으로 잡고 내려주시면서, 삼가하는 태도가 나로서 어쩔줄을 모르게 하였으매, 부모를 붙들고 눈물이 저절로 흐르는 것을 금할 수 없더라. 모친께서 옷을 새로 갈아 입으시고, 상 위에 붉은 보를 펴고서 중궁전(中宮殿) 글월을 사배(四拜)하고 받으시며 선희궁 글월을 재배하고 받으면서 여간 황송스러워하지 않으시더라.

그 날부터 부모께서 나에게 말씀을 고쳐서 존대하시고, 일가 어르신데들도 공경하며 대하시므로 나의 마음은 불안하고, 슬픔은 형용할 수 없더라. 부친께서 근심 걱정을 하시며 훈계하시니, 내가 무슨 죄를 진 것만 같아서 몸 둘 곳을 몰라 하면서도 부모 옆을 떠날 일이 슬퍼서 어린 간장이 녹을 듯하며 만사에 아무 흥미도 없더라.

가깝고 먼 친척들이 모두 궁중에 들어가기 전에 만나 본다 하고 모두 찾아왔으므로, 원족은 밖으로서 대접하여 보내고, 양주(楊州) 증대부(曾大夫) 이하도 뵈올 때, 대부 한 분이 경계(徽戒)하시되,

"궁금(宮禁)이 지엄하니, 한 번 들어가신 후로는 영 이별이요, 궁중에서 공경하며 조심하여 지내소서. 이름이 거울 감(鑑)자와 도울 보(輔)자니, 들어가신 후에 생각하소서."

하는 말에 나는 어리둥절하였고, 그 일가 대부는 뵈온 일도 없었던 분인데, 이런 말씀을 들으니 저절로 슬프더라.

삼간(三揀)이 십 이월 십삼 일이며, 앞으로 남은 날이 점점 줄어들었으므로, 갑갑하고 슬퍼서 밤이면 모친 품에 자고, 두 고모와 중모(仲母)께서 어루만지며 이별을 슬퍼해 주셨고, 부모께서 여러 날 잠을 못 주무셨으니, 지금도 그 당시를 생각하면 가슴이 막히더라.

재간한 이튿날 궁중의 보모(保姆) 최상궁과 색장(色掌 : 官女의 감

독관) 김가의 효덕(孝德)이라는 나인이 우리 집에 나왔더라.

　최상궁의 풍신이 크고 엄연하여 보통 궁녀의 모양이 아니요, 여러 대를 지낸 일과 예모도 알고 간사스럽지 않았으므로, 모친이 맞아서 반갑게 접대하시니, 그들은 내 옷 척수를 재어 가더라. 그러더니 삼간(三揀) 때는 최상궁이 또 우리 집에 나오고, 책장으로는 문가의 대복이라는 나인이 나왔는데 정성왕후께서 만들어 내리신 초록 도유단의 당(唐) 저고리, 엷은 노란 빛 포도문단(葡萄紋緞) 저고리, 보라빛 도유단 저고리 한 짝과 진홍빛 오호포문단(文緞) 치마와 모시 적삼을 갖다 주더라.

　이런 옷들은 내가 어려서 한 번도 입어보지 못하였으나, 남이 입는 것을 부러워해 본 적도 없으매, 내 가까운 친척에 나와 나이가 같은 여자가 있었는데, 그 집이 부유하여 귀한 딸로 자라서, 고운 옷을 안 가진 것이 없었으나, 나는 부러워하지 않았었고 하루는 그 여자가 다홍깨끼주 치마를 입고 우리 집에 왔었는데 그 모양이 고왔으므로, 선비(先妣)께서 보시고,

　"네 입고 싶으냐?"
하고 물으시기에,

　"그런 옷이 있으면 안 입지는 않겠지만, 새로 장만해 입기는 싫사
　오이다."
하고 대답하였더니, 모친께서 탄식하시고,

　"너는 가난한 집 딸이니 어찌하랴. 네가 성혼 때는 고운 치마를
　해주고, 오늘 네가 어른같이 한 말을 표창하리라."
하고 말씀하시더니, 내 몸이 지금 이렇게 되자, 선비는 어렸을 때의 내 일을 생각하시고 또 다시 탄식하시며,

"고운 옷도 입히지 못하고, 이런 치마를 해 주려고 생각만 해 오다
가, 궁중에 들어가면 종내 사사 의복을 입지 못할 것이니 그 전에
입히고 싶던 원을 풀겠다."

하시고, 재간 후 삼관이 되기 전에 그 치마를 해 입히시고 슬퍼 하셨
으므로 나도 울면서 고맙게 받아 입었더니라.

내가 생각하니, 종가의 사당에 하직하러 가고 싶어하자, 금성위
(錦城慰) 백수(伯嫂)가 중고모의 시누이니 차차 전해서 선희궁께
아뢰니, 영조대왕께서 가도 좋다는 분부가 내리셨으므로 그 후에 내가
모친과 한 가마를 타고 종가로 갔더라. 당숙 내외는 딸이 없기 때문에
항상 나를 데려다가 혹 머물러 보내고 사랑하셨는데 상감(英祖大
王)께서 아시고,

"답례를 한 가지로 보살피라."

하는 분부를 내리셨고, 그 후로 당숙은 국혼(國婚)이 정해진 이래
우리 집에 와서 머무르시었다. 당숙께서 찾아간 나를 보시고 반갑게
맞아 사당에 인도하여 배례케 하시더라, 종가 사당에는 자손이 뜰에
서 절하는 법이지만, 나는 정당에 올라가서 배례하고 오니 내 마음이
스스로 놀라지 않을 수 없더라. 그날 다시 외가로 가니, 외삼촌 댁이
반갑게 맞고 나를 떠나보내는 것을 섭섭히 여기시고, 또 외종들은
그 전에 내가 가면 업기도 하고 안기도 하며 매우 친하게 놀더니,
그 날은 나한테 멀리 떨어져 앉아서 공손히 대하므로, 내 마음이
더욱 슬프더라. 외사촌 신씨부(申氏婦)와는 각별히 지냈던 사이라
이별이 더 서글프더라.

두 분 이모를 뵙고 집으로 돌아왔더니, 어느덧 날수가 지나서 삼간
날이 되었으므로, 고모네께서,

"집이나 다 두루 살펴라."

하시고, 십이 일 밤에 데리고 다니셨고, 이 때 달빛이 명랑하고 눈 위에 부는 바람이 차가운데 고모가 네 손을 끌고 다니시니 눈물이 흐르더라. 방에 들어가서 추위를 녹이고 잤으나 잠이 오지 않았고, 이튿날 일찍부터,

"입궐하라."

하고 재촉하였으므로, 궁중에서 삼간에 입히려고 내려주신 의복으로 갈아 입고, 원족(遠族)의 부녀들이 그날 와서 작별하고, 사당에 말미를 아뢰는 다례(茶禮)를 올리고 축문을 읽으니 부친께서 눈물을 참으시고 차마 이별하기 어려워하던 정경을 어찌 다 이르리.

궐 내에 이르러 경춘전에서 쉬었다가 통명전(通明殿)에 올라가서 삼전(三殿)께 뵈오니, 인원왕후(仁元王后)께서 오셔서 처음으로 나를 보시고,

"아름답고 극진하니 나라의 복이라."

하고 칭찬하시매, 대왕께서 어루만져 과애(過愛)하시는 말씀을 하기를,

"슬기로운 며느리를 내가 잘 가렸노라."

정성왕후께서 기뻐하심과, 선희궁께서 지극히 사랑하심이 말할 수 없으므로, 아이 적 마음이나 감은하며, 고마운 마음이 스스로 났었으매, 세수를 다시 하고 원삼을 입고 앉아서 산을 받고, 날이 저물었을 때에 삼전(三殿)께 사배하고 별궁으로 나오니, 대왕께서 내가 덩타는 곳까지 친히 오셔서 내 손을 잡으시고,

"족히 있다가 오너라. 소학(小學)을 보낼 것이니, 아비에게 배우구 잘 지내다가 오너라."

하시고 못내, 귀여워하심을 받잡고 궁중에서 물러나오니 날이 저물어서 불을 켰더라.

궁녀들이 따라와서 좌우에 있으므로, 나는 모친 옆을 떠나서 어떻게 잘까 하고 놀라서 밤중에 슬퍼하고 있었을 때, 모친의 마음이 또한 얼마나 안타까왔으랴. 부모 최상궁의 성품이 엄하시고 사정이 없어서,

"나라 법이 그렇지 아니하니 내려가소서."
하고 모친을 가시게 하였으므로, 모시고 가지 못하니 그런 절박한 인정이 없더니라.

이튿날 대왕께서 소학책을 내려 보내셨으므로 부친께 날마다 배우고, 당숙, 중부(仲父), 선형(先兄)이 글 배우는 방으로 들어 오시고, 어린 숙계부(叔季父)께서도 들어오시더라.

선대왕께서 또 훈서(訓書)를 보내셔서 공부하는 여가에 보라 하셨는데, 그 훈서는 효순왕후(孝純王后) 들어오신 후에 지으신 어제(御製)였으므로, 별궁에 배치한 집물, 병장(屛帳), 자장(資粧) 가운데서, 왜진주(倭眞珠) 큰 가지 모양의 노리개가 하나 있었는데, 이것은 선희궁이 주신 것이더라. 처음에는 정명공주(貞明公主) 것으로서 손부(孫婦) 조씨에게 주셨던 것인데, 그 집에서 팔았었는지, 선희궁을 모신 궁녀의 집의 인연으로 사 오신 것이었는데, 내가 공주 자손으로 들어와서 내 집의 구물(舊物)을 갖게 되니 우연치 않은 일이었고, 정헌공(貞獻公)께서 서화의 벽이 있어서 네 폭의 수병풍이 있더니, 경신년 후에 모셨던 종이 갖다가 판 것이, 공교롭게 선희궁 나인의 친천에게 사들여져 수병풍 네 첩을 침방에 치라고 보내 주셨고, 계고모가 이 수병풍을 알아보시고,

“조부에게 있던 수병풍이 궁중에 들어와서 오늘날 손녀분 침방에
치게 된 일이 이상하다.”
고 말씀하시매, 또 선희궁의 팔첩에 수놓은 용병풍이 나와 쳐 있었는
데, 부친께서 보시고,

“이 병풍의 용빛이 완연히 을묘년 유월 십일에 꿈꾼 용의 빛과
같다. 그때 꿈꾼 뒤로 잊고 있었더니, 지금 이 병풍을 보니 꼭 그
꿈 속에 본 용 같다.”
하시고, 수화(繡畵)의 재합(再合)과 용병풍의 빛이 방불한 것이 이상
하다고 좌중이 모두 탄상(嘆賞)하였는데, 그 용빛은 검은 인갑(鱗
甲)을 금실로 수놓았으므로 흑색과 금색이 서로 섞여 있어서 조화가
있더라.

“흑룡 그대로는 아니나 모양이 흡사하다.”
하고 신기하게 여기시고, 내가 별궁에 오십여 일을 지내는 동안, 삼전
(三殿)께서 상궁을 보내셔서 문안을 물으실 때면, 상궁이 우리 친정
을 청해서 삼전의 뜻으로 관대하였으므로 형용할 수 없이 감사하였
고, 상궁이 오면 곧 주안상을 차려 가지고 예관이 접대 하였는데,
그 기구가 갑자가례(甲子嘉禮)와 같다고 칭송이 자자하더라.

별궁에 머무르는 사이 조모의 병환이 계셔서, 대혼은 박두하고
증세는 가볍지 않아서 부모께서 황망하심이 이루 측량할 수 없는고
로, 그 때 정경은 집안이 편안하여도 성리가 어려우실 텐데, 첩첩한
근심이 만단이시나, 별궁에 들어오시면 화기를 잃지 않으셨고, 조모
께서 거처를 딴 곳으로 옮기실 때는 부친이 친히 업어서 가마에 태워
보내셨는데, 이 소식을 궁인(宮人)들이 듣고, 칭송이 자자하고 궐 내
에서 부친의 계모에 대한 효성이 지극하심을 높여 말하더라. 천행으

로 조모님 병환이 회복하시니 집과 나라에 만행이있는데, 지금 생각하여도 그 때처럼 초조한 일이 없더라.

정월 초 구일에 책빈(册嬪)하고, 십일에 가례하니 마침내 내가 부모님 앞을 떠날 날이 임박하여서 정리를 참지 못하고 종일 울음으로 보냈더니, 부모 역시 인정상 슬프셨으나 참으시고 부친께서,

"인신(人臣)의 집이 척리(戚里)되면, 영총(榮寵)이 다르고, 영총이 다르면 문벌이 왕성해지고, 문벌이 왕성해지면 재앙을 부르는 법이다. 내 집이 도위(都尉)의 자손으로 국은을 망극히 입었으니, 나라를 위하여 끓는 물, 타는 불 속을 어찌 사양하겠느냐. 그러나 백면서생이 일조에 왕실에 척련(戚聯)하게 되니, 이것은 복의 징조가 아니요, 화의 기틀이 될까 한다. 그러니 오늘부터 두려워서 죽을 곳을 모르노라."

하시고는 앉음새와 몸 가눔의 모든 법절을 가르쳐 주시더라.

"궁중에 들어가면 삼전 섬기옴을 삼가고 조심하여 효성으로 힘쓰고, 동궁 섬기옴을 반드시 옳은 일로 돕삽고, 말씀을 더욱 삼가하여 집과 나라에 복을 닦으소서."

하시던 말씀이 간절하셔서, 내가 공경하여 듣다가 울음을 금치 못했는데, 그 때 심사야 목석인들 어찌 감동치 않았으랴. 초례(醮禮)하고 부모께 또 훈계를 받았는데, 부친은 다홍 공복(公服)을 입고 복두(僕頭：과거한 자가 쓰던 모자)를 쓰고, 모친은 원삼을 입고 큰 머리를 얹었으며, 일가 친척이 모두 이별하려고 모였고, 궁 내 사람이 많이 나왔더라. 우리 부모께서는 모든 행례가 조금도 절도에 어김이 없이 장엄 단중(端重)하셨으므로 보는 사람이 모두,

"나라가, 사돈을 잘 얻자오시다."

하고, 칭송하더라. 초례 후에 궁중에 들어와서 대례를 지내고, 십이일에 조견(朝見)하시오니 대왕께서,

  "네 폐백까지 받았으니 경계하노라. 세자에게 부드럽게 하고 말과 얼굴빛을 가볍게 말고, 눈이 넓어도 모르는 척하고, 아는 색을 보이지 마라."

하시는 경계를 공손히 받자왔었다.

그날 통명전에 양궁(兩宮)을 거느리시고 우리 부친을 인견하시고 말씀이 간절하시며, 친히 술잔을 내리시매 부친이 받아 마시고 남은 술을 소매에 부으시고, 황감(黃柑)씨를 품에 넣으시니, 대왕께서 나에게,

  "네 아비 예를 안다."

하시매, 부친이 감읍하고 물러가서 집 사람에게 전하고,

  "성은이 이 같으시니 오늘부터 죽기로써 보답하겠다."

하고, 맹세하시더라.

이튿날에 인정전(仁政殿)에서 백관의 조하를 받으실 때에 나를 소개하시고 말씀하시기를,

  "본댁들을 구경하게 하라."

조하가 끝난 뒤에 내가 대조전(大造殿)으로 문안드리러 올라가니, 정성왕후께서 우리 모친을 인견하시고 은전(恩典)이 정중하셔서 대접하는 모양이 여염집 부모들 사이처럼 친밀히 하시며,

  "생녀를 아름답게 길러서 나라에 경사를 보게 하였으니, 공이 크도다."

고, 말씀하시더라. 인원성모(仁元聖母)께서 상궁을 시켜서 잘 대접하시고, 친히 인견을 하지 않으시나, 은혜가 극진하시매 영광이 측량

없었고, 선희궁께서도 곧 서로 보시고, 인친간의 사귀심이 사사 사돈 간과 같이 화기 애애하시더라. 모친께서는 화기 있는 말씀이 간략하신 중에 인후하고 공손하셨으므로 궁중에서 칭찬이 자자하였고, 그런 관계로 을해년의 모친 상사 후에 자전(慈殿 : 왕후)과 대전(大殿 : 임금)의 늙은 내인들이 슬퍼 울지 않는 이가 없도록 인심을 얻으오심이 이러하시더라.

통명전에서 사흘 밤을 지내고, 저승전(儲承殿)으로 돌아와서 내가 머무르는 집 관희합(觀熙閤)으로 들어가는 것을 보시고 모친이 궁중에서 물러나가셨는데, 그 때의 내 정리는 간장이 볶는 듯 하였으나, 모친은 슬픈 빛을 나타내시지 않고 태연히 작별하면서 나에게 훈계하시길,

"삼전이 사랑하시고 큰궁(英祖大王)께서 딸같이 귀중히 여겨 주시니 갈수록 효도에 힘쓰시면, 우리 집과 나라의 복이니, 부모를 생각하시거든 이 말씀을 명심하소서."

하시고, 가마에 오르시더라. 이 때 눈물을 머금고 나인들에게 부탁하심이 간절하였으므로 궁녀들이 감탄하여 말하기를,

"본댁 하시는 거동을 보오니 어찌 그 부탁을 저버리리오?"

십오 일에 내가 선원전(璿源殿)의 역대 신위께 배례하고 십칠 일에 종묘에 배례하였고 이 때, 내가 어린 나이로 대례를 이루고 큰머리 단장을 하고 실수하지 않음을 대왕께서 칭찬하시고, 선희궁께서 기뻐하셨으므로 더욱 감격하였다.

부친이 초하루 궁중에 들어오셨으나, 분부가 계셔야 뵈옵고 고로 항상 오래 머물지 않으셔서,

"궁금(宮禁)이 지엄한데 궁 밖의 사람이 오래 있지 못하리라."

하고, 곧 나가시더라. 그리고 들어오실 때마다, 갸륵히 여기고 훈계하
시던 말씀은 이루 다 쓸 수 없고, 들어오시면 동궁께 뵈옵고 권학
(勸學)하시며, 옛글과 역사를 아시도록 지성으로 가르쳐 드렸으매,
경모궁(景慕宮 : 思掉世子)께서 각별히 접대해 주시더라.

갑자년 시월에 부친이 과거에 급제하시자 동궁께서.

"장인이 과거하시다."

하고, 매우 기뻐하시고, 내가 딴 집에 있었는데 그 곳까지 찾아와서
즐거워 하시더라. 그 당시로는 경은국구(慶恩國舅) 댁에도 과거한
사람이 없었고, 왕후님 친정 달성(達城) 댁에는 더욱 현달한 사람이
없었으므로, 동궁은 나이 어렸으나 과거에 급제한 경사를 신기하게
여기고 장인의 과거급제하심을 그토록 좋아하셨던 모양이다. 창방
(唱榜) 후에 들어와 뵈오니 동궁께서 부친의 사화(賜花) 받은 꽃을
만지며 기뻐하시더라. 그리고 대왕께서는 작년 계해 과거에 급제
못 시키신 것을 애닯아 하시다가 이번에 급제된 것을 기뻐하시니,
인원(仁元), 정성(貞聖) 두 성모(聖母)께서,

"사돈이 과거하였으니 나라에 경사로다."

하고 나를 불러 치하하시고, 정성왕후께서는 당신 본댁이 풍상을
겪었으므로 편론(偏論)하시는 것이 아니라, 노론파(老論派)를 친척
같이 하시던 차라, 우리 집에 가례한 것을 기뻐하시더라. 이런 경우에
우리 부친이 큰 과거에 급제한 것을 눈물까지 흘리며 기뻐하셨으므로
하정의 감격이 더욱 측량치 못 할리라.

선인께서는 항상 세자의 학업을 도우셔서 유익한 일과 옛 사람의
글도 써 드리시고, 글을 지어 보내시면 평론하여 드리시매, 시강원
(侍講院) 학관에게 배우셨으나, 우리 부친께 배우시는 것이 많았고,

우리 부친께서는 사위 세자께서 천만의 태평성군이 되시기를 크게 원하는 지성이, 다른 어느 신하가 따르리요마는 슬프고 섧도다.

내 어려서 들어와서 궁중 일을 뵈오니, 세자님 기풍이 영위(英偉)하시고 효성이 지극하셔서, 대왕께 두려워하시는 중의 효성이 거룩하시고, 정성왕후 받드시는 효성이 친히 낳으신 자모 이상이셨고, 사친 섬기는 일은 더욱 형언할 수 없이 극진하셨다. 선희궁께서는 천성이 인애하며 또 엄숙하셔서 당신 소생의 자녀를 사랑하시는 중에도 교훈이 엄격하여 두려워하였고, 당신 낳으신 아드님이 왕세자로 오르시매, 감히 자모로 처하지 않고, 지극히 존대해 하셨으나, 가르치심은 사랑과 함께 극진하셨고, 이에 대하는 아드님의 조심이 또한 극진하시더라. 또 선희궁께서는 나를 세자와 다름없이 사랑하셨으매, 천한 자부의 몸이 과분한 대접을 받을 때마다 마음이 매우 불안하더라.

내가 궁중에 들어오면서부터 문안하기를 감히 게을리 못하여 인원·정성 두 성모께는 닷새만에 한 번 문안드리고, 선희궁께는 사흘만에 한 번씩 문안드리기로 되어 있으나, 거의 날마다 모실 적이 많으니, 그 때는 궁중의 법이 엄하여 예복을 하지 않으면 감히 뵈옵지 못하고 날이 늦은 뒤에는 못하고, 새벽의 문안은 때를 어기지 않으려고 잠을 편하게 자지 못하였다. 내가 궁중에 들어 올 적에 유모로 보모와 시비 하나를 데리고 왔는데, 시비의 이름은 복례(福禮)로서, 부친이 소과(小科)하신 후 증조모께서 특급하신 시비였으므로, 내가 어려서부터 이 시비와 친하게 놀고 떨어지지 않았는데, 천성이 민첩하고 충성됨이 천한 사람같지 않았고 보모의 성품 또한 순직하고 근면하니, 나는 이 보모와 시녀에게 엄하게 부탁하여 새벽에 깨우는 일을 큰 일처럼 하여 게을리 하게 하였고, 엄한의 겨울에도 성서(盛

暑)의 여름에도, 풍우와 대설 중에도, 문안 갈 날에 한 번도 시간에 늦지 않은 것은 이 두 사람의 공이었도다.

그 후 보모는 나의 여러 차례 해산 때에 시중을 들어서 그 공이 적지를 않았으므로, 그 자손이 후한 요포(料布) 대대로 받았고 팔십이 넘도록 장수를 누렸고, 복례는 나를 지극히 섬겨서 마치 수족같이 내 심중의 비환고락(非患苦樂)을 제가 잘 알아서 오십년 동안이나 허다한 경력을 나와 함께하고, 경순년 대경(大慶 : 순종 탄생)에 국밥을 대령하여, 상감께서 상궁을 시키셨고, 칠십이 넘어서도 근력이 좋아서 나에게 마치 아이 종같이 굴었으매, 이 보모와 복례는 나에게 잘 섬긴 덕으로 나중까지 일생을 잘 지내게 되었다고 생각된다.

옛날 궁중의법이 어찌 그렇게 엄하였던지, 문안 밖에도 어려운 일이 많았지만, 나는 괴롭게 여기지 않았는데, 이것 또한 옛 풍습에 익은 사람됨이라 능히 감당하였던 모양이더라.

시누이는 여럿이 있어서 나를 사랑하였으나, 지위가 달라서 내가 대접할지언정 한결같이 행실을 배우지 못하고, 효순왕후(孝純王后 :眞宗의 妃)를 따라서 몸을 가지매, 나이 차이가 있으나 서로 배우고 사랑함이 각별하였고, 여러 옹주(翁主 : 後官 소생의 王女) 가운데, 화순(和順)은 온공하시고, 화평(和平)은 유순하셔서 나를 대접함이 극진하고, 아래로 두 시누이는 나이가 서로 같고 귀한 아기네로 놀음하는 것이 모두 갖추어져 있으나, 내가 따라서 놀지 않았고, 주위에 유희거리가 많아도 좋아하지 않으므로 선희궁께서 항상 간곡히 훈계하시는 말씀이,

"마음 속으로는 유희하고 싶으련마는, 그것을 참고 하지 않으려 하니 대견하다. 대궐에 들어온 도리를 차려서 어린 시누이들과

　　함께 유희하고 그리 마라."

하고, 일일이 간곡히 지도해 주시니 어찌 잊으리오.

　　계해년에 내가 대궐에 들어올 때, 중제(仲弟 : 洪樂信)는 다섯 살이요, 숙제(叔弟 : 洪樂任)는 세 살이었는데, 형제가 숙성하고 쌍둥이 같았으므로, 모친께서 나의 가례 후, 일 년에 한두 번 궁중에 들어오실 적이면 형제가 따라왔다. 그러면 선조(先祖) 영조 대왕께서 사랑하시고 나 있는 곳에 오시면 형제를 앞에 세우고 다니셨는데, 부르시면 순령수(巡令守) 소리로 크고 길게 대답을 잘하여 귀여워하시더라. 후에 중제는 자라서 병술년에 등과(登科)하였을 때,

　　"순령수 대답 잘 하던 아이가 급제하다."

하며, 기뻐하시고,

　　"영상(領相 : 洪鳳漢 領議政)이 아들을 잘 두었다."

하시고, 유신(儒臣)들과 글을 읽으면 옥수를 치시며 잘 읽는다고 칭찬하셨다. 특히 경모궁께서 우리 친정 동생 형제를 사랑하시고, 궁중에 들어올 때에는 일시도 떠나지 못하게 하고 좌우에 세우고 다니셨으매, 한 번은 중제(仲弟)가 아홉 살적에, 경모궁께서 종묘에 배례하시고 평천관(平天冠)이 옆에 놓여 있었으므로, 웃음의 말씀으로,

　　"네 머리에 씌워주랴?"

하셨으나, 중제가 두 손으로 머리를 감싸고,

　　"신자는 못 쓰옵나이다."

하고, 어쩔 줄 모르고 사양하였으므로, 기특히 여기셨으나, 중제는 황송해서 몸에 땀이 흘렀다더라.

　　요사이 아이들에게 비하면 얼마나 숙성한 행동이었는지 모른다.

궁중의 법이 열 살을 넘으면, 사내 아이는 궐 내에서는 잠을 자지 못하게 되어 있다. 하루는 경모궁께서 숙제(叔弟)를 여러 번 부르셨으므로, 내관들이 무슨 말을 함부로 하고 재촉하셨는지, 숙제가 분하고 여기에 차비문(差備門)을 들어오지 않았더라. 그러자 경모궁께서 차비문까지 나와서 불러들이시고,

"네 이리 강직하니, 나를 어찌 도우랴?"

하고, 부채에 글을 써 주시던 일이 어제 같이 생각되는데 그 성품이 공손하고 온화해졌으므로 내가 퍽 사랑하였다.

부친이 등과하신 지 칠 년만에 대장의 적임까지 하셔서 공명이 혁혁하시매 남들은,

"왕실의 근친이 돼서 그렇게 되었다."

하겠으나, 선희궁께서 나에게 조용한 때에 친히 하신 말씀이 있으니,

"어장(御丈)께서 성균관 장의(掌議)로 숭문당(崇文堂)에 입시하던 때, 상감께서 처음 보시고, 안에 들어와서 하시는 말씀이 '오늘 크게 쓸 신하를 얻었으니, 장인 홍 아무개가 그 사람이라' 하시더라."

이것으로 미루어 보더라도 그 때부터 부친을 대왕께서 사랑하셨던 것이며, 어찌 내 부친이라 해서 특별히 중용하셨으리오. 그 후에 전곡(錢穀), 갑병(甲兵)과 군국(軍國) 중사(重事)를 다 부친에게 맡기시고, 부친이 주야로 심신의 힘을 다하여 거의 침식을 폐할 듯이 사사를 잊고 나라일에만 골몰하시고 나를 보시면 항상 말씀하시기를,

"성은이 지중하시니 그 은혜를 어찌 갚을지 모르겠습니다."

하더라.

내가 일찍이 임신하여 경오년에 의소(懿昭)를 낳았으나, 임신(壬申)년 봄에 잃었으므로, 삼전(三殿)과 선희궁이 모두 너무 애통해 하셨고, 내가 불효한 탓으로 참경을 뵈온 것이 죄스럽더니 그 해 구월에 하늘이 도우셔서 주상(正祖大王)이 낳으니, 나의 미약한 복으로 이 해에 이런 경사가 있기는 뜻밖의 일이었다. 주상이 낳으시매 풍채가 영위하시고 골격이 기이하사 진실로 용봉(龍鳳)의 모습이시며, 하늘의 해와 같은 위풍이셨다. 대왕께서 보시고 크게 기뻐하시고 나에게 말씀하시되,

"어린아이의 모습이 너무 범상치 않으니 조종의 신령이 도우심이요, 종사(宗社)의 장래를 맡길 경사다. 내가 노경에 오늘 이런 경사를 볼 줄 어찌 생각하였으랴. 네가 정명공주 자손으로 나라의 빈(嬪)이 되어, 네 몸에서 이런 경사 있으니 나라에 대한 공이 측량 없다. 아이를 부디 잘 기르되, 의복을 검소히 하는 것이 복을 아끼는 도리다."

하고 훈계하셨으니, 내가 어찌 그 말씀을 지키지 않으랴.

나는 먼저번 생산에는 나이가 어려서 어미 도리를 못하였으나, 금상(今上 : 현재의 임금 正祖大王) 낳은 후는 봄의 통석(痛惜) 뒤의 나라 경사가 다시 있으니, 육궁(六宮)의 기뻐하심이 처음의 백 배 더하더라. 모친은 내가 해산하기 전에 궁중에 들어와 보셨고, 부친은 직숙(直宿)하신 지 칠팔 일에 경사가 계셨고 양친의 경축이 무궁하시더라. 아이께서 기이하심을 더 기뻐하시고 나에게 하례하시니, 내 이십 전의 나이로되, 떳떳하고 기쁜 것이 인정에 당당한 일이겠지만, 아들 낳은 것이 신세의 의탁인 듯 싶었고, 마음이 영(靈)하던가 싶더라.

신미년 시월에 경모궁 꿈에 용이 침실에 들어와서 여의주(如意珠)를 희롱하는 것을 보시고 이상한 징조라 하시고, 그 밤에 곧 흰(白) 비단 한 폭에 꿈에 보던 용을 그려서 벽에 걸으셨으매, 그 때 춘추가 십칠 세이시니 이상한 꿈이라고 의아히 생각하며 넘길 때,

"아들 얻을 징조라."

하시기에, 노성(老成)한 어른 같았고, 용 그린 화법(畵法)이 비상하시더니 과연 주상을 얻을 이몽(異夢)이런가 싶었다. 항상 말이 없이 엄중하신 경모궁께서 어린아이를 보시면 늘 웃으시고, 나에게 하례하시어 이런 말씀을 하시기를,

"이런 아들을 두었으니 무슨 근심이 있으리오."

그 해에 홍역이 크게 번져서 옹주가 먼저 앓으매, 약원(藥院)의 청이,

"동궁과 원손(元孫 : 왕세자의 아들)을 다른 곳으로 피병(避病)하라."

하셨으나, 그 때 아직 산후 삼칠 일 전이라 움직이기 어려웠으나 상감 분부를 어기기 어려워서, 경모궁께서는 양정합(養正閤)에 처하시고, 원손은 낙선당(樂善堂)에 옮기시니, 삼칠 일의 아기로되 몸이 커서 먼 곳에 옮기는 데도 조금도 염려되지 않더라. 아직 보모를 정하지 못하였으므로 늙은 궁녀와 내 보모에게 맡기매, 곧 경모궁께서 홍역을 하시고 나인들도 모두 홍역에 걸렸으므로, 돌 볼 사람이 없었으므로 선희궁에서 친히 오셔서 보시고, 밖으로는 부친이 직숙하며 보호하셔서 증세가 순로로왔으나, 열이 심하였으므로 부친이 옆에서 구호하셨는데, 병이 나으신 후에 부친이 글을 읽어 드렸는데,

"글 읽는 소리가 시원하다."

하시고, 주야로 부친의 가르쳐 주심을 들으시더라. 그 때 부친이 읽으신 글을 다 기억하지 못하나 제갈량(諸葛亮)의 출사표(出師表)를 읽으시매,

　"옛날부터 군신(君臣)의 만남이 한소열(漢昭烈) 제갈량 같은 이가 없으니, 신이 항상 이 글을 흠탄(欽嘆)하오이다."

히시고, 또 고석(古昔)의 현군(賢君)과 명신(名臣)의 말씀을 이야기로 아뢰오면, 비록 미녕중(靡寧中)이시나 응대함이 각별하셨고, 왕세자의 홍역이 거의 다 나으신 후에 내가 이어서 홍역을 하게 되었는데, 산후에 이런 병을 얻으니 증세가 무거웠고, 갓난아기가 발병하셨으므로, 그 때 아직 석 달된 아기로되 증세가 큰 아기같이 순조로왔으나, 내가 큰 병 가운데 어떨까 염려하시고 선희궁께서 원손의 증세를 자세히 알려주시지 않아서 모르고 지내나, 부친이 나 있는 곳에 다니시고, 원손께도 주야로 왕래하셨는데, 하룻밤은 엎드려져서 걷지도 못하셨다 한다. 그런 사정도 내 병이 거의 다 나았을 때 비로소 알고 부친의 수고와 염려에 불안하더라. 그러나 주상께서 홍역을 순하게 하신 일은 진실로 신기하더라.

　주상이 홍역 후 잘 자라시고, 돌 때에 글자를 능히 아셔서 보통 아이와 아주 다르시고, 계유년 초가을에 대제학(大提學) 조관빈(趙觀嬪)을 대왕께서 친히 문죄하실 때, 궁중이 모두 두려워하자, 당신도 손을 저어서 소리 지르지 마라 하였으니, 두 살에 어찌 이런 지각이 있었으리요. 세 살에 보양관(輔養官)을 정하고, 네 살에 효경(孝經)을 배우시되, 조금도 어린아이 같지 않고 글을 좋아하시므로 가르치는데 조금도 어려움이 없더라. 어른 같이 일찍이 소제하고 책을 놓고 읽으시더라. 여섯 살에 유생이 전강(殿講)할제 대왕께서 불러서 용상

(龍床) 머리에서 글을 잃으시며 글읽는 소리가 맑고 잘 읽었으므로 보양관 남유용(南有容)이,

"선동이 내려와서 글 읽는 소리라."

하고, 아뢰니 대왕께서 기뻐하시더라. 이 처럼 숙성하니 이는 전고(前古)에 없었을 듯하고, 어리면서도 경모궁께 불언중의 효도스런 일이 많았고, 범백(凡百)이 하늘 사람이시지 예사 사람으로야 어찌 이러하리.

내가 일찍이 이런 거룩하신 아기를 두고, 갑술년에 청연(淸衍 : 長女)을 낳고, 병자년에 청선(淸璿 : 二女)를 얻었는데, 청연은 기질이 유화관후(柔和寬厚)하고, 청선은 기도(氣度)가 온아개제(溫雅愷悌)하여 장중의 쌍옥이매, 내 팔자를 누가 부러워하지 않으리오. 친정의 부모가 착하셔서 공명과 영화가 빛나시고, 형제 또한 많아서 근심이 없더라.

모친이 궁중에 들어오시면 계매(季妹)와 계제(季弟)를 앞세우고 들어오셨고, 계제는 부모의 만생(晩生)으로 사랑이 지극하셨는데, 위인이 충후관홍(忠厚寬弘)하여 어린아이라도 큰 그릇 될 기상이 있었으므로 주상께서 데리고 노시며 심히 사랑하시니, 내 장래를 기대하는 마음이 적지 않았고, 계매는 내가 궐내로 들어온 후, 부모께서 나를 잊지 못하다가 낳으셨는데, 사람마다 아들 낳기를 좋아하였으나, 우리 집의 정리는 딸 낳은 것을 요행히 여겨서 온 집안의 기쁨을 삼으셨으매, 내 마음에 내가 부모 슬하에 자취를 남긴 것 같이 기뻐하였으며, 자매의 기품이 아름다운 옥같고 성행이 효성스럽고 우애가 있으며 마음이 온순하며 부모가 총애하시고 동기의 사랑이 몸에 지나쳤으나 조금도 교만하지 않았고, 궐내에 들어오면 양성모

(兩聖母)와 선희궁께서 모두들 어여삐 여기시고 통명전(通明殿) 대례 때,

육궁의 내인들이 모두 안아 보고 밝은 달과 연꽃송이 구경하듯 하였으니 그 자질의 아름다움을 짐작할 수 있더라. 내가 기특히 여기는 것이 어찌 동기의 정뿐이리요. 나를 따라서 옆을 떠나는 일이 없고 경오년 다섯 살 때에 능히 모친을 모시고 궁중에 들어 왔었는데 내가 해산했다는 말을 듣고,

"나라님이 기뻐하시고 아버님 우리 어머님이 다 좋아하시겠다."
하고, 어른같이 말하므로 듣는 이가 이상히 여기고, 효순왕후(孝純王后)께서 노리개를 한 개 채워주셨는데, 그 후 노리개를 차지않았으므로,

"네 어이 그 노리개를 안 찼느냐?"
하며 물었더니,

"주시던 이가 안 계셔서 안 보시기에 못 찼노라."
하고 대답하더라.

임신년 삼월에 나라에 슬픔이 있었는데, 가을에 궁중에 들어와서 나를 보고, 눈물을 흘리며 그 아이 기르던 보모의 손을 잡고 울었는데, 그 때 나이가 일곱 살이었는데, 어떻게 그렇게 숙성할 줄 몰랐다. 임진년 구월의 대경(大慶) 때, 부친이 들어오실 때 저도 모시고 와서 주상 탄생 후라 제가 보고서,

"이 아기씨는 단단하고 숙성하시니 형님마마 걱정은 조금도 아니 시키겠다."
하고, 말하여 좌우가 웃었다. 부친께서도,

"아이 말같지 않다."

하고, 도리어 꾸중하시기에 내가,

"그 아이 말이 옳으니 꾸짖지 마오소서."

하였더니, 궁중의 복록이 면면(綿綿)하시고, 우리 친정집이 또한 번성하여서 남매가 모두 남만 못지 않았으므로, 궁녀들이 모두 나를 우러러 치하 아니하는 이 있으리오.

경모궁께오서 장모 대접하심이 보통 장모대접과 달리 지극하시니, 모친이 우러러 사랑하고 귀중히 여기시어 사위로 대하지 못하니 그 정성이 어떠하시리요. 모친이 궁중에 들어오셨을 때는 혹 경모궁께서 노한 일이 계시다가도,

"일이 그렇지 않으오이다."

하고, 아뢰면 곧 안색을 고치시더라.

갑술년에 청연을 낳을 때도 모친께서 오십여 일을 궁에 머무르시며 모실 때 지극히 무간(無間)하게 경대하시니, 모친께서 항상 감축함을 이기지 못하시더라.

슬프다, 세자님 기질이 탁월하시고, 학문이 점점 진취하시니, 그 기상과 기품이 모두 진취하였으나, 불행히 임계년에 증세가 계시매, 나의 무려한 근심과 우리 부모의 심중이 얼마나 초조하였으리요. 모친께서는 주야로 초조하여 몸소 기도하시고, 명산태천에 두루 치성하시며, 밤이면 잠을 못 주무시고 합장축천(合掌祝天)만 하셨는데 이것이 두루 불초에 나를 두신 때문이라.

나라 위하신 지극한 정성이 아니시면 어떻게 이처럼 염려하시리오.

우리 선형(洪樂仁)께서는 부모가 일찍이 얻으신 바로 교훈하심에 엄하며, 문장이 빨리 이루어졌고, 지기(志氣)가 교매하고 행실이

준결(俊潔)하여 십오 세가 지나매 엄연히 큰 선비 같았으매, 집안이 모두 존대하고 시복들이 모두 엄한 상전으로 알고, 감히 업신 여기지 못하는 엄중한 장부의 법도가 있었으므로, 정헌공이 항상 집안에 큰 기둥으로 여기셨도다. 오라버니는 계해년에 혼사를 지내려 하다가 나의 대혼 때문에 물려서 을축년에 성혼하셨는데, 배우는 여양(驪陽) 증손녀요, 봉조하(奉朝賀)의 손녀로서 일세에 으뜸가는 대가집 규수였는데, 규수도 어렸을 때 궁중에 들어와서 삼전의 사랑을 받자와 계시던 고로 우리 친정의 며느리 된 줄 아시고 기쁘다 하시며, 신행 때 상궁을 내보내시고, 양성모께서 그날 광경을 친히 물으셨으니, 인친간(姻親間)에 후하심을 알 일이로다. 형님이 처음으로 궁중에 들어오시니 자질이 청려(淸麗)하고 기품이 높아서 위의와 예모가 진선진미하여, 여러 척신(戚臣)집 소년부터 사이에서 닭무리 속에 섞인 학 같고, 돌 가운데 빛나는 옥 같아서, 궁중의 모든 눈이 놀라서 보며 칭찬하더라. 두 분의 배우가 실로 짧고 길음이 없은 천생배필이라, 우리 집 종손으로 일문의 으뜸이라 부모의 애지중지하심이 세상에 드물 정도였고 딸만 낳고 오래 아들을 낳지 못하여 부모가 매우 답답해 하시던 중 을해년 사월에 너 수영(守榮)을 낳았는데, 비록 포대기에 싸인 때에도 골격이 탁월하고 얼굴이 관옥 같으니, 부모의 사랑이 만금 보배에 지나고, 기대가 천지의 준구(駿駒) 같더라. 나에게 편지로 스스로 하례하여 계시오니 그 부모의 소생이 응당 잘났을 것이며 우리 집을 위하여 기쁨이 측량 없더라.

  그 뒤에 선대왕(先大王)께서 보시고 지나치게 귀여워하시고 이름을 수영(守榮)이라고 친히 지어주시니, 어린아이로서 이런 영광이 어디 있으랴. 주상(主上)이 더욱 사랑하시고 어여삐 여기시니 너

같이 어렸을 때에 은영(恩榮)을 담뿍 받은 이가 어디 있으리오.

너 낳은 후 우리 집이 더욱 험한 일이 없더니, 슬프도다, 을해년 팔월에 모친의 상사를 당하니, 누구인들 자모(慈母)를 잃은 슬픔이 없으리요마는, 내 정경은 천지간에 혼자 남은 듯하여, 그 애통하던 정사(情事)가 망연하니 어찌 살고자 하리요마는 부친이 현필(賢匹)을 잃으시고 애통하시는 밖에 나로 하여금 더욱 슬퍼하시니, 내 몸을 버리지 못하여 선친을 위하오나 한 없는 슬픔이야 어찌 한때인들 참으리오. 발상하던 날 선희궁께서 친히 오셔서 위로하심이 자모 같으시오니, 이런 자애는 사사모의 시어머니와 며느리 사이에도 없을 정도이매, 나의 감동을 감히 금할 수 없더라. 상사를 지내고 문안에 올라가니, 양성모께서 내 손을 잡고 눈물을 흘리시며 슬퍼해 주셨으니 망극한 중이나 이런 영광이 어디 있으리오.

내가 지통함을 억지로 참고 세상에 머물렀지만 진실로 살 마음이 없었으나, 선대왕께서 너무 슬퍼하지 말라 하옵고, 정성왕후께서와 선희궁께서,

"집상(執喪)이 지나쳐서 예절이 나라의 예절과 다르다."
하고 꾸중하시매, 내가 마음을 다하지 못함을 더욱 슬퍼하고 애통하더니라.

중제(仲弟)의 아내와 숙제(叔弟)의 아내, 재종형재(再從兄弟)로 동서가 되어 들어오니 귀한 일이라. 중제(洪樂言)의 아내는 현숙 유순하고, 숙제(洪樂任)의 아내는 온순 효우(孝友)하매, 부모가 기뻐하시더니 오래지 않아서 모친이 별세하셨는데, 이 때 두 아우의 나이 가 십칠 세와 십오 세였다. 성인한 보람이 어디 있으리오. 더욱 불쌍 함은 계제(季弟:洪樂倫)의 나이가 여섯 살이니, 부친께서 어머니를

잃으시던 나이와 같아서 슬픔을 아는 둥 모르는 둥하고, 계매(季妹
:李復一의 아내)는 슬퍼하여 상인(喪人) 구실을 하면서 끝 동생을
불쌍히 여기고 위로하기를 어른 같이 하여, 끝 동생은 할머니의 애무
를 받고 계매는 형님(洪樂仁의 아내)의 거두심을 입으니, 의복과
의식의 염려는 없으나 남매가 외롭게 의지할 데 없는 형용을 생각하
면 나로선 한때도 잊을 수 없으매, 계매의 편지에 모친 생각하는 슬픈
말이 종이 위에 솟아나매 내가 볼 적마다, 제 글씨 한 자에 내 눈물이
한 줄 내리더라.

병자년 이월에 부친이 광주유수(廣州留守)를 하시니 떠나시는
것을 심히 슬퍼하던 중 할머니를 모시고 가시니 내가 할머니를 어머
니같이 여기다가 얼마나 슬펐으랴. 그 해 윤구월(閏九月)에 청선(淸
璿)을 낳게 되니 해산 적마다 부친께서 들어오시던 일이 생각나서
고통이 더욱 심하여, 만삭의 몸을 돌보지 않고 소식도 오래 하였으므
로 기운이 파해서 위태로울 지경이었다. 선대왕께서 내몸을 염려하시
고 부친에게 분부하여 보약을 많이 써서 무사히 해산하였으나 슬픔이
뼈에 사무쳐서 그러하던지, 산후의 허약이 심하여 부친께서 지나친
근심을 하시더라. 그 달에 부친이 평안감사를 하시니 떠나는 심사가
또한 오죽하리요. 사사로운 정이 딱하나 왕명이 지중하여 채비를
서둘러서 부임해 가셨고, 그 해 동짓달에 경모궁께서 마마를 앓으시니
부친이 천리 관외(關外)에서 이 소식을 들으시고, 주야로 추운 방에
거처하시며 서울 문안을 기다려 들으시며 근심한 나머지 수염이 허옇
게 시어 계셨다 하더라. 다행히 경모궁께서 병환이 나으시자 종사
(宗社)의 큰 경사로 여기시더라. 그러나 그후 백일이 못되어 정성왕
후께서 승하하시오니, 그 때 슬퍼하시는 효심이 거룩하셔서 모두 경복

하였고 인산(因山) 때 백성들이 그 애통하시는 거동을 뵈옵고 감읍하
였다 하더라. 그때 국사가 점점 길하지 못하여 경모궁의 변화도 쉬
쾌차하시지 못하였더라.

부친께서 오월에 내직으로 들어오시매, 부녀가 떠났다가 다시 만나
는 기쁨이 컸으나, 쌓이고 쌓인 근심은 서로 대하면 눈물뿐이더라.
동짓달에 대왕(英祖)께서 격분하신 사건이 있어서, 부친께서 총애의
마음을 이기지 못하여 당신 처지로서 하기 어려운 말씀을 아뢰시니,
대왕께서 더욱 노혀셔서 삭직(削職)을 당하고 문 밖으로 나가시게
되었고, 갑자년 후에 나를 사랑하심이 한결같아서 난처한 때라도
나에게는 지자(止慈)를 감하신 일이 없으시더니 이 때 처음으로 엄한
분부를 듣잡고 몸 둘 곳이 없어서 하실로 내려갔더니, 오래간만에
부친을 다시 복직시키고, 또 나를 부르셔서 전과 같이 사랑하시더
라. 천만사가 황공할 때였으나 지극하신 성은이야 뼈가 부서진들
어찌 다 갚사오며, 내가 겪은 은혜가 이토록 무궁하나 붓으로 쓸 말이
아니기로 다 기록하지 못하노라.

국운이 불행하여 정성왕후 승하하신 이듬 해에 인원성모(仁元聖
母) 또 승하하시니,

두 분을 모시고 받잡던 자애가 무궁하던 나는 일조에 애통이 첩첩
하고 의지할 데 없게 되었고, 내 몸이 정성왕후 빈전 가깝게 있어서
미성을 다하려고 오시제전(午時祭奠)기 조석곡읍(朝夕哭泣)을 다섯
달 동안 한번도 폐한 일이 없고, 인원왕후가 나를 사랑하시던 은혜를
갚을 길이 없더라. 병환이 날로 위중하오시니 정성왕후는 이미 계시
지 않고 나 홀로 초조하던 정성이 또 어떠하리요. 선대왕께서 주야로
시탕(侍湯)하시며 옷을 벗고 쉬실 때가 없으시니 더욱 민망하였고,

승하하신 후에는 선대왕을 우러러 보며 망극하고 허전하여 애통함이
무궁하더니라.

양전(兩殿)의 삼년상을 겨우 마치고, 기묘년에 가례(嘉禮 : 貞純王
后金氏를 맞음)를 행하시오니, 그때 말 못할 근심이 많았으나 선희궁
께서 나에게 말씀이,

"정성왕후 안 계신 후는 이 가례를 행하와 곤위(坤位)를 정하는
   것이 나라에 응당한 일이라."

하시고, 선대왕께 하례하고 가례 차리기를 손수 정성껏 하시며 궁중
모양이 되기를 진심으로 기뻐하시니, 임금 위하신 덕행이 거룩하시더
라. 가례 후 성모궁께서 조견(朝見)하실 때 행례에 지극히 조심하시
고 공경하심이, 천성의 효성임을 이런 일에 알 수 있더라. 양전(兩
殿)이 평안하시면 스스로 기뻐하시던 슬픔은 하늘을 우러러 묻고자
하되, 할 일이 없도다.

세자의 기질이 효우(孝友)와 자애가 지극하셔서 금상(今上 : 현재
의 임금 正祖)을 귀중히 하시기는 이를 것이 없어서, 군주(郡主 : 世子
의 따님, 여기서는 正祖의 누이들)들이 감히 바라지 못하게 하시고
천출이 우러러보지 못하게 명분을 엄히 하시더라. 화순(和順), 화평
(和平)은 맏누님으로 공경하고, 화협(和協)은 선조의 소홀하셨음을
가엾게 여기셔서 더욱 잘 대접하시더니, 떠나매 대단히 슬퍼하시더
라.

정처(鄭妻 : 英祖의 九女인 和緩翁主 鄭達이 妻)에게는 예사 인정으
로 생각하면 선조께서 편애하셨으므로, 당신은 응당 냉대할 듯하나
조금도 차별이 없으셨으니, 범인으로 이런 터에 처변(處變)하면 어찌
이러할 리 있으리오.

신사년 삼월에 주상(正祖)이 입학하시고, 그 달에 관례를 경희궁(慶熙宮)에서 하시되, 세자께서 못 가보시기에 내가 또한 혼자 가보지 못하니, 자모지정(慈母之情)이 서운하고 근심이 몹시 무궁하더라.

부친이 이 때 간험(艱險)한 처지를 당하셨는데, 선대왕의 은혜도 갚고, 소조(小朝:국정을 대리하는 왕세자)도 보호하려고, 근심이 지나치면 가슴에 답답증이 심하고, 과격증이 항상 나시더라. 나를 보시고 하늘을 우러러,

"국사 태평하소서."

하시고, 합장하고 빌어주시던 붉은 정성은, 상천이 비치시고 신명은 옆에 계시오니 털끝만치도 부친 위한 사정(私情)으로 이런 말을 하는 것이 아니더라.

신사년 삼월에 대배(大拜)하오시고, 그때 대신이 없고 상후(上侯:英祖의 병환)가 계셨으므로 부친이 부지런히 출사(出仕)하시지 않을 수 없었을 뿐 본심은 아니시더라. 부친이 스스로 물러나려고 하셨으나, 성은이 지중하여 임의로 못하시고 첩첩 근심이 점점 더하시니, 오직 몸을 바쳐서 국은에 보답하려고 하매, 어느 때 근심 걱정이 없고, 어느 날 두렵지 않으시리요. 종묘에 기우헌관(祈雨獻官)으로 가셔서 제사 올릴 때, 열성(列聖)의 신위를 우러러,

〈조종(祖宗)이 묵우(黙佑)하사, 나라가 평안하옵서서.〉

암축하던 말씀을 편지로 써 보내시기에, 내가 그 사연을 보고 흐느껴 울었더라.

오라버님(洪樂仁)이 경오년에 소과(小科)하시고 궁중에 들어오시니, 경모궁께서 보시고,

"지기상합(志氣相合)하다."

하시더니, 신사년에 등과하여 강서원(講書院) 관원(官員)으로 세손을 자주 모시고 글을 가르쳐서 주상(正祖)께 공이 많았고 강서원 입직 때, 우리 남매가 자주 만나서 나라 근심을 말하고 문득 서로 모른 척하자고 하였더라.

신사년 겨울에 세손의 빈을 간택하시니, 청풍(淸風) 김판서 성응(聖應)의 어머니 수연(壽宴)에 부친이 가셨다가 중궁전(中宮殿:正祖妃)을 어렸을 때 보시고 비상한 자질이라고 하신 말을 들은 일이 있었으매, 그 집 김공(金公) 시묵(時黙)의 딸의 단자(單子)를 경모궁이 보시고 그리 간택하시려는 뜻이 많이 기울어지시고, 전궁(全宮)의 의논이 귀일(歸一)하여 순조롭게 완성되시니, 이 실로 천정이시며, 그 며느리 귀중 편애하심이 지극하시더라. 중전이 들어오셔서 특별한 자애를 받자왔는데 어린 나이로되 대상 후 애통이 심하고, 세월이 갈수록 추모하심이 더하며 말씀이 미치오면 곧 눈물을 안낼 적이 없더라. 자애 받자온 연고이지만 효성이 없으면 어찌 이러하리오.

내전(內殿)이 재간을 지내고 즉시 마마병에 걸리시고, 곧 이어서 주상이 또 마마에 걸리시니 증정(症情)이 매우 순조들 하시나 삼간(三揀)이 임박한 때에 연하여 큰 병환으로 지내시니 내 마음 쓰기가 또한 어떠하리요. 주상 성두(成痘)는 신사(辛巳)년 동짓달 그믐께부터 섣달 열흘째 나으시니 보통 집에서도 기쁜 일이매, 하물며 나라의 경사라 선조(先祖:英祖)께서 근심하시다가 기뻐하시고, 경모궁께서 기뻐하시던 일이 어제 같으매, 내 몸에 없는 정리로 중한 병환에 합수암축(合手暗祝)하여 태평히 쾌차하거늘 천지신명께 빌던 일과, 부친이 직숙(直宿)하여 애달퍼하시던 경상이야 더욱 무어라 말하리오. 조상이 도우셔서 양궁(兩宮)이 차례로 평순하시고 섣달에 삼간을 지내고 임오년 이월 초이튿날 가례를 순성하시니, 나라의 경사 이 밖에 어찌 더하리오.

섧고 섧도다, 모년 모월 모일을 내 어찌 차마 말하리요. 천지가 맞부딪치고 일월이 캄캄해지는 변을 만나, 내 어찌 일시나 세상에 머무를 마음이 있으리. 칼을 들어 목숨을 끊으려 하였더니, 옆의 사람들이 칼을 빼앗음으로 인하여 뜻같이 못하니, 돌이켜 생각하니 십일 세 세손에게 첩첩한 큰 고통을 끼치지 못하겠고 내가 없으면 세손의 성취를 어찌하리요. 참고 참아서 모진 목숨을 보전하고 하늘만 부르짖으매, 그때 부친이 나라의 엄중한 분부로 동교(東郊)에 물러나서 근신하고 계시다가, 사신이 일단락 된 후에 다시 들어오시니, 그 무궁한 고통이야 누가 감당하리요. 그날 실신하고 쓰러지니, 당신이 어찌 세상에 살 마음이 계시리요마는, 내 뜻과 같아서 오직 세손을 보호하실 정성만 계셔서 죽지 못하시니, 이 열심한 붉은 정성이야 귀신만 알지 누가 알리요. 그날 밤에 내가 세손을 데리고 사저로 나오니, 그 망극하고 창황한 지경이야 천지도 응당 빛을 변할지니 어찌 말로 이루 형용하리요.

선왕(英祖)께서 부친께,

"네가 보전하여 세손을 구호하라."

하고 분부하시매, 이 성교(聖敎) 망극 지중하나 세손을 위하여 강유함이 측량 없고, 세손을 어루만지며,

"성은을 갚으라."

하고, 경계하는 내 슬픈 마음이 또 어떠하리요. 그 후 성교로 인하여

새벽에 들어갈 때에 부친께서 내 손을 잡으시고 중마당에서 실성 통고하시며,

"세손을 모셔 만년을 누리사, 노경의 복록이 양양하소서."

하고 우셨으니, 그 때의 내 슬픔이야 만고에 또 있으리요. 인산 전에 선희궁께서 나를 와 보시니 가 없이 원통하신 설움이 또 어떠하시리요. 노친께서 애척이 지나치시니, 내가 도리어 큰 고통을 참고 우러러 위로하되,

"세손을 위하여 몸을 버리지 말으소서."

하옵더니, 장례 후에 윗대궐로 돌아가시니 나의 외로운 자취가 더욱 의지할 곳 없더라.

팔월에야 선대왕(英祖)께 뵈오니 나의 슬픈 회포가 어떠하리요마는 감히 말씀드리지 못하고 다만,

"모자가 보전함이 모두 성은이로소이다."

하고, 슬프게 울고 아뢰었으매, 선대왕께서 내 손을 잡고 슬프게 우시면서,

"네 저러할 줄 생각치 못하였으므로 너 보기가 어렵더니 네가 내 마음을 편케 하니 아름답다."

하는 말씀을 듣자오니, 내 심장이 더욱 막히고 모질게 살아 남아야 하는 생각이 더욱 강하여지매, 또 아뢰기를,

"세손을 경희궁으로 데려다가 가르치시기를 바라옵나이다."

"네가 떠나서 견딜까 싶으냐?"

하시기에, 내가 눈물을 흘리고,

"떠나서 섭섭한 것은 작은 일이요, 위를 모시고 배우는 것은 큰 일이오이다."

하고, 세손을 경희궁으로 올려보내려 하니, 모자가 떠나는 정리 오죽
하리요. 세손이 차마 나를 떨어지지 못하여 울고 가시니 내 마음이
칼로 베는 듯하나 참고 지냈으매, 선대왕께서 아드님 정을 세손에
옮기셔서 슬프신 마음을 쏟아서 좌와기거(坐臥起居)와 음식 범백
(凡百)에 마음을 놓지 못하시고, 한 방에 머무시고, 새벽에 깨워서
밝기 전에,

  "글 읽으라."
하고 내보내시더라. 칠십 노인이 한가지로 일찍 일어나셔서 조반을
잘 보살펴 드리니, 세손이 이른 음식을 못 잡수시되 조모님 정성으로
억지로 자신다 하니, 선희궁의 그 때의 심정을 또 어찌 헤아리리오.
  주상(主上:正祖)이 사오 세 때부터 글을 좋아하시니 다른 궁궐에
각각 떠나 지내다, 글 공부 하지 않으실까 하는 염려는 않았지만 역시
날로 잊을 수는 없더라. 세손이 자모 그리는 정성이 간절하여, 선대왕
모시고 자고 새벽에 깨어서 나에게 편지를 보내고 서연(書筵)에 나가
기 전에 회답을 보고서야 마음을 놓으시니 어미 못 잊는 인정은 자연
그러하려니와, 삼 년을 서로 떠나서 지내면서 한결같이 그러하시니
얼마나 숙성하셨던가. 내가 경력한 병이 자주 나서 삼 년 안에 병이
떠나지 않으매, 세손이 미리 알고서 의관과 상의하고 약을 지어 보내
시기를 어른 같이 하시더라. 이것이 모두 천성의 지효(至孝)하신
까닭이거니와 십여 세 어린 나이에 어찌 그리 매사에 숙성하시더냐.
  그 해 구월에 천추절(天秋節)을 만나니, 내 자취 움직일 기운이
없었으나, 상교로 인하여 부득이 올라가니, 내가 있는 집이 경춘전
(景春殿), 남쪽의 낮은 집이라. 선대왕께서 그 집 이름을 가효당(嘉
孝堂)이라 하시고, 현판을 친히 쓰시니

"네 효심을 오늘날 갚아 써 주노라."
하오시니, 내 눈물을 드리워 받잡고 감히 당하지 못하고 또 불안하여 하더니, 부친이 들으시고 감축하시고, 집안 봉서에 매양 그 당호로 써서 다니게 하시더니라.

2

임오화변(壬午禍變 : 思悼世子의 被禍)이 천고에 없는 변이라. 선왕이 병신 초에 영묘게 상소하시어,
《정원일기(政院日記)를 없이 하여지라.》
하여, 그 문적(文蹟)을 없이 하였으니, 선왕의 효심으로 그 때의 일을 모르는 사람이 없어서 무례하게 함부로 보는 것을 슬퍼하셨기 때문이니라. 연대가 오래고 사적을 알 이가 없어 가니, 그 사이에 이(利)를 탐하고 화를 좋아하는 무리들이 사실을 어지럽게 하고 소문을 현혹케 하여 혹하되,
'경모궁이 병환이 아닌 것을 영조께서 참소하는 말을 들으시고 그런 처분을 하오시다.'
하고 혹은
'영묘께서 못 생각하신 일을 신하가 권해 드려서 그런 망극지경이 되다.'
하는 소문이 나돌았다,
선왕이 영명하시고, 그때 비록 어린 나이였으나, 모두 직접 보신 일이라, 어찌 속으시리요마는 부모님 위한 일에 소홀하다 할까 두려

위서 경모궁께 속하고, 모년사(某年事)라면 일례로 그렇다 하고 일찍이 시비진가(是非眞假)를 분별치 않으시니 이것은 당신의 지통(至痛)으로 부득이 하신 일이라. 선왕은 다 알고 지정(至情)에 끌려서 그러하시니, 후왕(後王:純祖)은 선왕과는 처지가 매우 다르지만, 어떤 큰 일을 자손이 되어서 모르는 것은 인정과 처리에 어긴 일이더라.

주상(純祖)이 어려서 이 일을 알고자 하시나, 선왕이 차마 자세히 이르지 못하시고 다른 사람이 누가 감히 이 말을 하며, 또 누가 능히 이 사실을 자세히 알리요. 내가 곧 없어지면 궁중에서는 알 사람이 없어 모르겠으니, 자손이 되어서 조상의 큰 일을 알리기 위하여, 내가 전후사를 기록하여 주상에 뵈온 후에 없애고자 하나, 내가 붓을 잡아 차마 쓰지 못하고 날마다 미루어 왔더라. 내가 첩첩이 쌓인 공사의 참화 후, 목숨이 실 같아서 거의 끊어지게 되었으므로 이 일을 주상이 모르게 하고 죽기가 실로 인정이 아니므로, 죽기를 참고, 피눈물을 흘리어 이렇게 기록하나 차마 쓰지 못할 대목을 뺀 것이 많고, 지루한 곳은 다 거두지 못하더라. 내가 영묘의 자부로 평상시의 자애의 덕과 임오화변 때의 재생지은(再生之恩)을 입삽고, 경모궁 처자로 소천(所天:남편) 위한 정성이 하늘을 깨칠 것이니, 부자 두 분 사이에 조금이라도 말이 과하면 천벌을 면하지 못할 것이라.

외인들이 임오화변으로 이러니 저러니 하는 것은 모두 허무맹랑하고, 이 기록을 보면 사건의 시종을 완연히 알 것이니라.

영묘께서 처음은 비록 자애를 더하지 못하시나 나중에는 할 일이 없으시고, 경모궁께서도 천품 본성이 인후관대하심은 비록 거룩하시나, 병환이 만만 망극하여 종사위망(宗社危亡)이 절박한 때를 당하시고, 선왕께서도 나도 경모궁 처자로 망극지변을 지내고서도 죽지 못하고 목숨을 보전한 것 또한 애통함은 나 자신의 애통이요, 의리는 나 자신의 의리로서 오늘날까지 온 일이니 이 얘기 마디를 주상이 자세히 알고자 함이라.

대저 이 일이 영묘를 원망하며, 경모궁이 병환이 아니시라하며 신하를 죄 있다 하여서는, 비단 본사(本事)의 진상을 잃을 뿐 아니라, 삼조(三朝)에 다 망극한 일이니, 이것만 잡으면 이 의리를 분간하기 무엇이 어려우리요. 내가 임술년(純祖二年) 봄에 임오화변의 일을 초잡아 두고 미처 뵈지 못하였더니, 근일에 경역한 수작을 가순궁(嘉順宮：純祖)도 자손을 알게 하는 것이 옳으니 써 내라 청하셨으므로 비로소 마지 못하여 써서 주상께 뵈오니, 내 심혈이 모두 이 기록에 있느니라. 또다시 심혼이 놀랍고 간폐(肝肺)가 찢어지는 듯하여 한 자 한 자 눈물로 글을 이루지 못하니 세상에 나같은 사람이 어디 있으리요. 원통하고 억울하다. 을축(乙丑) 사월 일(四月 日).

무신년(英祖四年) 후로 왕세자가 오래 비오시매 영조께서 주야로 초조해서 근심하시다가 을묘(乙卯：英祖 十一年)년 정월에 선희궁께서 경모궁을 탄생하시니 영조께서와 인원, 정성 두 성모께서 종사의 큰 경사를 기뻐하심이 비할 데 없고, 나라의 신민이 또 뉘 아니 도무(蹈舞)하리요.

경모궁께서 나오시니 천성과 용모가 비범하게 특이하셨고, 궁중에 기록하여 전하는 바를 보면, 나신 지 백 일 안에 기이한 일이 많으시고, 넉달 만에 걸으시고, 엿섯 달만에 영조께서 부르시는데 대답하시고, 일곱 달만에 동서남북을 알아서 가리키시고, 두 살에 글자를 배워서 육십여 자를 쓰시고, 세 살에 다식(茶食)을 드리매 수(壽)자 복

(福)자 박은 것을 골라 놓고 잡숫지 않으므로, 어떤 신하가,

 "잡사오소서."

하고 권하였으매,

 "팔괘니 먹지 않겠다. 싫다."

하고 잡숫지 않았다 하시더라.

  그 후에 태호복희시(太昊福羲氏)가 그런 책을 높이 들라하고 절하시고, 천자를 배위다가 사치할 사(侈)자와 부할 부(富)자에 이르러서, 사짜를 짚으시고 입으신 옷을 가리켜서 이것이 사치라 하시고, 영조 어리실 때 쓰시던 감투에 칠보(七寶)에 얽힌 것이 있어서 쓰시게 하였으나, 이것도 사치라 하고 쓰지 않으시더라. 돐 때에 새 옷을 입으시게 하매,

 "사치하여 남 부끄러워 싫다."

하고, 입지 않으시었다.

  세 살때에 기이한 일이 있었는데, 어떤 신하가 시험하려고 명주와 무명을 놓고,

 "어느 것이 사치요, 어느 것이 사치 아니오니이까?"

하고 물으매,

 "명주는 사치라, 무명은 사치 아니라."

고 대답하시고, 다음에 다시,

 "어느 것으로 옷을 만들어 입사오면 좋사오리까?"

하고, 하시는 양을 보려고 물으니 무명을 가리키시며,

 "이것이 좋으니라."

하시더라.

  이것으로 그 어른께오서 매우 탁월하시던 것을 잘 알 수 있을 것이

50

다.

체구가 커서 웅장하시고, 천성이 효우(孝友) 총명하셨으매, 만일 부모님 옆을 떠나지 말게 하고, 모든 일을 교도하여 자애와 교육을 병행하여 드렸다면 덕기(德器)의 성취가 놀라왔을 것을 그렇지 못하여, 일찍이 각각 멀리 떠나 계신 일로 인연하여, 사태가 역전하여 작은 일이 크게 되어 필경은 말하기 어려운 지경까지 이르렀으니, 이것이 천수(天數)의 불행과 국운의 망극함이니 인력으로는 어찌하지 못한 일이려니와, 나의 지극한 원통함이야 어찌 측량하리오.

영조께서 동궁(東宮 : 왕세자 있는 궁)이 오래 빈 것을 염려하시다가, 원량(元良 : 왕세자)을 얻으시고, 기뻐하신 마음으로 멀리 떠나는 사정을 돌아보지 않으시고, 빨리 동궁의 주인 계신 것만 좋아서 법만 차리려 하시고 나신 지 백일 만에 집복헌(集福軒)을 떠나서 부모에게만 맡기어 오래 비었던 저승전(儲承殿)이라는 큰 전각으로 옮기시게 하더라. 저승전은 본디 동궁 드시는 전각이요, 그 옆에 강연하실 낙선당(樂善堂)과 소대(召待)하실 덕성각(德成閣)과, 동궁이 축하 받으시고 회강하시는 시민당(時敏堂)이 있다. 그리고 그 문 밖에 춘방(春坊)과 계방(桂坊)이 있는데, 장성하시면 모두 동궁에 달린 집이라, 어른 같으시게 저승전 주인이 되게 하신 성의오신지라.

영조께서 처하시는 데와 선희궁 처소가 서로 멀리 떨어져 있으므로, 두 분께서 극한과 극서를 피하시지 않으시므로, 날마다 오셔서 머무시는 때도 많았더라. 하나, 어찌 한 집 속에서 조석으로 양육하시며 끊임없이 교훈하심과 같으리요. 어찌하신 생각에서 인지 귀중하신 종사를 의탁하실 아드님을 겨우 얻으셨으니, 법은 지차(之次)요, 부모측에서 양육하며 성취하시게 하지 않고, 처소가 멀리 떨어져서

인사를 아실 즈음부터 자연 떠나심이 많고 모이심이 적으니, 조석에
대하시는 사람은 환신(宦臣), 궁첩(宮妾)이요, 들으시는 것이 항간의
잡담뿐이니, 이것이 벌써 잘 되지 못한 장본이며 , 어찌 슬프고 원통
하지 않으리요.

어렸을 때에 이미 덕기가 이상하시고, 행동이 법도가 있어서 상도
에 벗어남이 없으시고, 기상이 엄중하시고, 말이 없어 침착하셔서서
뵈옵는 사람이 어른 임금을 모시는 것이나 다름이 없게 여겼으매,
이러하신 천품과 자질로써 부모 옆을 떠나지 않으시고 부왕께서 만기
(萬機)의 여가면 글을 읽고 일 배우심을 옆에서 몸으로 가르쳐 주시
고, 모빈(母嬪)께서도 아드님 성취하는 것이 당신의 으뜸가는 소원이
시니 손 밖에 내 보내지 마시고 매사를 가르쳐서, 흡연(翕然)히 사이
가 없었더라면, 어이 이 지경에 이르렀으리요. 처음 당하는 참변이라
슬프고 애닯은 것이, 하나는 어리신 아기를 저승전에 멀리 두심이
요, 둘은 괴이한 나인들을 들여오신 연고이매, 여편네의 잔소리가
아니라, 사실의 시초를 대략 기록하노라.

저승전인즉, 어대비(魚大妃:景宗繼妃 宣懿王后 魚氏)가 계시던
집인데, 안 계신 지 오래 되지 않고, 저승전 저편의 취선당(就善堂)
이라는 집은 희빈(禧嬪:肅宗의 後宮 景宗의 私親인 張氏)이 갑술년
후에 들어서 인형 성모 거주하던 집이니라. 포대기에 싸인 아기네를
이런 황량한 전각에 혼자 두시고, 장희빈 처소는 소주방으로 만들어
서 잡숫는 음식 처소를 싸으시니, 어찌 이상한 일이 아니리요, 어대비
국상 삼년 후, 어대비 부리시던 나인들이 모두 나갔으니, 동궁 차릴
적에 각처 나인을 불러 모으시는 것이 당연하시거니와, 어찌 생각하
신 성의이신지, 경묘(景廟)와 어대비 모시다 나간 나인을 최상궁

이하로 전부 불러들여서 원자궁의 나인을 만드시니, 오처소(五處所) 나인들 모양이 경묘 계신 듯 싶을 것이요, 그 나인들이 억척스럽고 냉정하기가 이를 데 없어서 지극히 작은 일로 그런 큰 탈이 일어나시니 어찌 한 되지 않으리요.

영조께서 그 아드님을 얻으시고 지극하신 자애가 비할 데 없으셔서, 사오 세까지라도 저승전에 오셔서 함께 주무시고 계시기를 자주 하셔서 자애하심에 틈이 없으시니, 경모궁께서도 본질이 효우(孝友)히실 뿐 아니라, 천 리와 인정이 어릴 때부터 어찌 부모를 사랑치 아니하시리요. 비록 각각 처소는 사이가 멀지만 이렇듯 사랑하시고 교훈하셔서, 예사 집 부자 같으면 어찌 털끝만한 틈이 있으리요. 그러나 국운이 그릇되려고 형용 없고 지적한 곳 없는 미사한 일에 성심이 불언중 격노하시고, 하루, 이틀 어찌된 줄 모르게 동궁에 머무시던 일이 차차 줄어들게 되었으매, 그 아드님이 막 자라시는 아기네라 한 때만 가르치지 않고 잘못됨을 금하지 않으면 달라지기 쉬운 시절에 자연 안 보실 때가 많으니 어찌 탈이 나지 아니하리요.

영조께서 화평옹주(和平翁主 : 英祖의 三女 思悼世子의 동복 누이)를 천륜 밖으로 각별히 기애(奇愛)하시다가, 무오년(英祖十一年)에 금성위(錦城尉)를 택하여 행례하기 전에 동궁 처소에 놀게 하시니, 그 부마(駙馬)를 사랑하심이 옹주와 함께 특별하셨음을 짐작할 수 있더라.

원자궁 나인들이 모두 경묘인 나인인데, 보모 최상궁은 잡념이 없고 뜻이 굳세어 충성이 있으되, 성품이 과격 시험(猜險)하여 온순치 못한 사람이요, 지차의 한상궁은 수단이 좋고 간사스럽고 거짓이 많은 인물이다. 비록 동궁의 나인이 되었으나, 본디는 대전의 나인이니 영조께 어찌 극진한 진정이 있으리오.

  이러할 제, 천한 나인이 대의를 모르고 선희궁께서 동궁을 탄생하여 계시오니, 지극히 존귀하신 줄 모르고 선희궁의 그 전의 한미한 적 일만 생각하고 감히 업신여기기도 하고, 언사도 공손치 못하여 혹 헐뜯는 일도 있었으므로, 선희궁께서도 심중에 언짢게 여기시고 그런 사정을 영조께서 왜 모르고 계셨으리요. 그때 세초에 경을 읽히는 날, 금성위도 들어오고, 마침 날이 늦어 독경하는 준비가 늦었는데 공손치 못한 나이들이 짜증을 내고 헐뜯어서 서로 앉아 무엇이라 하였든지, 선희궁께서도 노하시고, 영조께서는 그 눈치를 미리 아시고 괘씸히 여기셨으나, 사랑하시는 금성위가 들어와 있는 자리에서 죄를 주시면, 옹주와 부마에게 원망이 미칠 듯하여 처분을 않으시나, 매우 분하셔서 동궁에 가고 싶으시나, 그 나인들의 꼴이 보기 싫어서, 동궁에 가시는 길이 자연 감하여 계시니, 그 나인들을 모두 내쫓지 못하시고 도리어 동궁을 그 나인들 수중에 넣어 두시고 그 나인을 믿으신 때문에 동궁을 드물게 보러 다니시니, 어찌 답답한 일이 아니리요. 그러 하오실 제, 동궁은 점점 자라오시니 놀고 싶은 마음이 생겼는데 그것은 아기네의 심정이라. 마악 가르칠 시기에 임금(英祖)께서 드물게 오시는 틈을 타서 한상궁이라 하는 것이 최상궁에게 하는 말이,

  "사람마다 듣기 싫은 말을 하고 거슬리면 아기네 마음이 울적하여
  펴질 못하실 것이니, 최상궁은 엄하게 도와서 옳은 도리로 인도하
  고, 나와 노실 때도 있게 부드럽게 대해서 마음을 풀어 드리도록
  하리라."

하고, 한상궁은 손재주가 있어서 나무와 종이로 큰 칼도 만들고, 활과

화살을 만들어서, 최상궁이 내려가고 제가 교체할 때면 어린 나인 아이들을 문 뒤에 모아 세워 두었다가, 그 아이들을 시켜서 장난감 군기(軍器)를 가지고 무예소리를 하며 달려들어서 함께 노시도록 하였더라. 성인의 자질을 가진 맹자도 세 번이나 교육환경을 옮기셨으니 어린 동궁께서 어찌 유희하고 싶지 않으시리요. 그렇게 놀기에 팔려서 부왕이 와 보시면 꾸중이나 하실까 염려하시게 되매, 아기네 마음에 항상 부모 뵈옵던 마음이 달라지시고, 모친께서도 아실까 겁을 내시게 되매, 나인이 와도 꺼리는 마음이 생기게 되는 것이 자연의 이치가 아니겠는가. 마악 배우실 시절에 불길한 군기로 노시게 하매, 본디 타고 나시기를 영웅의 기상이신데다가 그런 유희를 좋아하시다가, 그 유희로 말미암아 나중에 말 못할 지경까지 이르셨으니, 그 한(韓)가 나인이 작용한 것이 흉악하고, 황망스럽지 아니하리요.

그렇 듯 삼사 년을 지내고 일곱 살 되시는 신유(英祖十七年)년에 영조께서 한가의 심술을 깨달으시고 궁중에서 내쫓으시고 다른 나인도 벌받은 자가 많으니, 그 처분이 지극히 옳으셨고, 그때 동궁의 나인들을 다 내치시고 징계를 엄하게 하시고, 두 분이 떠나지 마시고 옆에 두셔서 가르치셨으면 그 효심에 어찌 따르지 않으리요마는, 그들 나인만 내보내시고 다른 나인은 다 두어서 거룩히 받들어서 넓은 집에 어른이 감찰하지 않고 임의로 자라시게 하니, 보시는 것이 궁녀와 내시뿐이니 무엇을 배우시리요.

이러하오실 적, 전궁 사이에 형용없이 모모사(某某事) 지적할 것은 없으나, 아드님은 아버님 두려워하는 마음이 생기시고, 아버님은 아드님이 어떻게 자라는고, 혹 내 마음과 다르지나 않을까 하시게 되었더라. 부자 성품이 다르셔서 영조께서는 영명인효(英明仁孝)하시고, 상찰민숙(詳察民熟)하신 성품이시고, 경모궁(思悼世子)께서는 말이 없이 침중하셔서 행동이 날래지 못하시고 민첩치 못하시니, 덕기는 거룩하시나 범사에 부왕의 성품과는 다르시더라. 상시에 물으시는 말씀이라도 곧 응대하지 못하셔서 머뭇거려 대답하시고, 무엇을 물으실 때에도 당신 소견이 없는 것이 아니로되, 이러면 어떨까 저러면 어떨까 곧 대답치 못하여 영조께서 매양 갑갑히 여기셨는데, 이런 일도 또한 큰 화변의 원인이 되었는지라.

대저 아이 가르치는 것이 비록 지존한 터에 나셨더라도 당신 부모를 모시고 가르침을 받자와, 부모 스스로가 허물이 없어야 할 때에, 그렇지 못하고 포대기 시절부터 부모를 떠나고 나인들이 아기네 스스로 할 일까지 전부 시중들어서, 심지어 옷고름 대님 매는 것까지 다하여 드리니, 매사를 남에게 맡기고 너무 편하시기만 하였더라. 강연에 학관(學官)을 인접하실 때, 엄숙히 글 외는 소리도 맑고 크시고, 글뜻도 그릇됨이 없으시니, 뵈옵는 이가 거룩하다 하여 영명이 많이 나타나시되, 갑갑하고 애닯을 손 부왕을 모시고는 어려와서 응대를 민첩하게 못하시는 일이더라. 영조께서 한 번 갑갑하시고, 두 번 갑갑하시다가 결국 격분도 하시고 조심도 하시나, 이럴수록 가깝게 두어서 친히 가르치셔야 지정(至情)이 무간(無間)하게 될 도리는 생각지 않으시고, 항상 멀리 떼어두고서 스스로 잘 되어서 성의에 맞으시기를 기다리시니, 어찌 탈이 생기지 않으리요.

그리하여 점점 서먹서먹하게 지내시다가 서로 보실 때에는, 부왕께서는 책망이 자애에 앞서고, 아드님께서는 한 번 뵈옵는 것도 조심스럽고 두려우심이 무슨 큰일이나 지내는 것 같아서 불언중 부자간

사이가 막히게 되니 어찌 슬프지 아니 하리요.

경모궁이 병진(丙辰 : 英祖十二年)년 삼월에 동궁 책봉(册封)하시고 일곱 살 때 글을 배우시고, 여덟 살 때 종묘에 배례하시고, 삼월에 입학하시니, 거룩하신 자질을 흠탄하지 않는 이가 없더라. 계해(英祖十九年)년 삼월에 관례(冠禮)하시고, 갑자(英祖二十二年)년 정월에 가례(嘉禮)하오시니,

내 들어와 궐내의 모양을 보니, 그때 삼전이 계신데 법이 엄하고 예가 중하여 털끝만한 사정(私情)어 없으매, 두렵고 조심스러워서 마음을 일시도 놓지 못하였고, 경모궁께서도 부왕께 대하여 친애는 뒤지고 엄위가 앞서서 열 살 된 아기네시되, 감히 부왕 앞에 마주 앉지 못하고 신하들처럼 몸을 엎드려서 뵈었으니, 그 어찌 그토록 과하신고 싶더라. 소세를 일찍하시는 일이 없고, 매양 글 읽을 시간이 되어서야 보채 듯이 하시므로 문안 갈 때면 나는 일찍 세수하고 무거운 머리와 옷을 입고 가려고 하나, 동궁이 앞서지 않고는 빈궁이 감히 못하는 법이라. 초조히 기다릴 적에 아이 마음에 왜 세수가 저리 더디신고 하고 심중에 이상히 여기고 병환이신가 여겼으매, 그러더니 과연 을축(英祖二十一年)년 즈음에 아기네 야단스럽게 날치며 노시는 것과 달리 어쩐지 예사롭지 않고 병환이 드시는 듯 하더라. 나인들이 모여서 수군거리며 근심하고 염려하는듯 하더니, 그해 구월 중에 병환이 대단히 들어서 진퇴가 무상하오매, 이처럼 증세가 가볍지 않을 때 어찌 문복(問卜)을 않았으리요.

과연 무복(巫卜)의 말이 여출일구(如出一口)하여 저승전에 계신 화라고 하여 재물을 기울여서 신사(神祀)기도, 독경(讀經) 붙이를 많이 하여도 낫지 않으시니, 저승전을 떠나서 대조전(大造殿) 옆채인

융경헌(隆慶軒)으로 옮기시고 나는 집복헌(集福軒)으로 가서 모시고 지냈더라. 그러다가 병인(英祖二十二年)년 정월에 경춘전(景春殿)으로 나까지 또 옮겨가니, 그때 십이 세시고 경춘전은 연경당(延慶堂)과 집복헌이 가까와서 선희궁께서도 자주 오시고, 화평옹주 성품이 인후공검(仁厚恭儉)하여 그 오라범을 귀중히 하여,

"연경당으로 드오소서."

하고, 권하여 친절히 지내시더라.

영조께서 그 옹주께 사랑이 지극하셔서 특별히 너그럽게 즐거워하셨으므로, 그 덕으로 부왕께 두려워하시는 마음이 점점 나으시더라. 그러므로 화평옹주가 장수하셨더라면 전궁(殿宮) 사이를 도와서 유익함이 얼마나 컸었으리요.

정묘(英祖二十三年)년에는 글공부도 착실히 하시고 근심 없이 지내더니, 시 월에 창덕궁 행각(行閣)의 화재로 경희궁으로 이어(移御)하셨으므로, 경모궁 처소는 집희당(緝熙堂)이요, 화평옹주는 일녕당(逸寧堂)이니. 각각 사이가 멀어서 상종하기가 드물게 되었더라. 그때부터 경모궁의 놀음하기가 두루 시작되시더라.

무진(英祖二十四年)년 유월에 화평옹주 상사가 나매, 영조께서 각별히 귀여워하시던 따님을 잃고 애통하심이 거의 성체(聖體)를 버리실 듯하고, 선희궁 슬퍼하심이 또한 같아서 두 분이 이참척으로 만사가 꿈같으셔서 아드님도 돌보지 못하시더라. 아드님은 그 사이에 꺼릴 것 없이 유희도 더하고 세상만사에 안해 보시는 것이 없어서, 활쏘기, 칼쓰기, 기예(技藝)붙이를 모두 잘 하셔서 놀이가 모두 그런 것이었고, 그림 그리기로 날을 보내시고, 경문잡서(經文雜書)를 좋아하셔서 당상복자(堂上卜者) 김명기(金明基)에게 경을 써 오라고

하셔서 공부하고 외우시는 등 이런 잡일에 우의하시니 그러니 어찌 강학(講學)에 온전하시리요.

이것으로 보면 가깝게 두실 적은 책문도 힘쓰시고, 부자분 사이도 무간하시고, 유희도 안 하시더니, 멀리 계신 후는 유희도 도로 하시고, 강학도 전일(專一)치 못하시니, 부자간의 서먹서먹하신 것도 더 심해졌으니 만일 부모님 손 밖에서 내시지만 않았더라면 어찌 이 지경에 이르렀으리요. 이 한 가지 일로 생각하여도 지극히 서러운데, 어찌하신 성의이신지, 그 아드님을 조용한 때 친근히 앉히시고 진정 교훈하시는 일이 없으셨던가. 모두 남에게만 맡겨버리고 아는 체하지 않으시다가, 항상 남 모인 때면 흉보시듯이 말씀하시니, 얼마나 답답하리오.

한번은 대왕께서 병환으로, 인원왕후도 내려오시고, 여러 옹주와 월성(月城 : 英祖二女 和順翁主의 남편 月城尉 金漢盡), 금성(錦城)의 두 부마도 들어오고, 많은 사람이 모인 때, 나인을 명하셔서,

"세자 가지고 노는 것을 가져오라."

하시고, 여러 사람이 보게 하셔서 무안케만 하시고, 강학에 대해서도 여러 신하가 많이 모인 때에 굳이 부르셔서 글뜻을 물으시되, 아기네 자세히 대답하지 못한 대목이라도 각박히 물으시고 하시더라. 본디 부왕 면전에서는 분명히 아시는 것도 주춤주춤하시는데 중회중(衆會中)에 어려운 것을 일부러 하시 듯이 물으시니 경모궁께서는 더욱 두렵고 겁이 나서 못하면, 남 보는 좌중에서 꾸중하시고 흉도 보시더라. 경모궁께서는 그런 일이 한두 번만이면 감히 원망하실 것이 아니로되, 당신은 진정 교훈을 하시지 않는 것을 노엽고 어렵게 여겨서 필경 천성을 잃기에 이르도록 하시니, 이런 원통한 일이 어디 있으리

요.

화평옹주 계실 적에는 오라버님 편을 들어서, 일마다 상감께 간하고 풀어 여쭈어서 유익한 일이 많더니, 그 옹주 상사 후로는 상감께서 지나친 일을 하시거나 지나친 꾸중을 하시어도 자애가 부족하셔도 누가 와,

"그리 마옵소서."
하고 여쭐 사람이 없게 되니, 점점 자애가 부족하시고, 아래서는 두려워하는 생각만 날로 심해져서 자도(子道)를 더욱 못 차리시게 되었다. 화평공주가 계셨더라면 부자간에 자효(慈孝)하시게 할 뻔하였으니, 착하신 옹주가 일찍이 죽으신 것이 어찌 국운에 관계치 아니하리요. 지금 생각하여도 통석하도다.

경모궁께서 천질이 넓고 크시고, 도량이 활달하시며, 사람에게 신의가 두터우셔서, 아랫사람에게도 믿음직하게 말씀하시고, 부왕을 무서워는 하시나 잘못한 일이라도 사실대로 정직하게 아뢰옵고, 일호도 기망하시는 일이 없으므로 영조께서도 속이지 않는 것은 알고 계시더라.

효성이 거룩하시던 말씀은 위에서 다하였거니와, 우애가 특별하셔서 화평옹주는 부왕의 자애를 각별히 받아서 귀하게 여기시는 것이 상정이어니와 본심은 세(勢)를 따르신 것이 아니라, 진정으로 친애하시더라. 그리고 화순옹주는 어머님 없이 지내는 일을 불쌍히 아시고 맏누이도 공경하셨고, 화협옹주는 계축생(癸丑生)이니 나실 때 영조께서 또 딸이라 애닯아서 그러하시던지 그 옹주가 용모도 절승하고 효성도 있어서 아름다우나, 부왕의 자애를 입지 못하시더라. 그때 아들 못 되는 줄 알고 애닯아서 화평옹주와 형제가 서로 한 집에

있게 못하셨으므로 화평옹주가 홀로 자애를 받는 것을 심중에 은근 괴로와서 아무리,

"마오소서."

하고 여쭈어도 할 수 없더라. 그래서 화협옹주로 인연하여 그 부마 영성위(永城尉:申光綏)가 사랑을 못 받자오니, 경모궁께서 그 누이와 나이가 비슷하고 부왕 사랑받지 못하는 처지가 서로 같음을 매양 불쌍히 여겨서 동정하심이 자연 각별하시더라.

기사(英祖二十五年)년에 경모궁이 십오 세 되시니 관례를 정월 이십 이일에 하고 이십 칠일에 합례(合禮:신랑 신부가 첫날밤을 같이 하는 예식)를 정하니, 늦게야 얻으셔서 십오 세가 되어 합례까지 하게 되니, 기뻐하시고 조용히 재미를 보시면 좋으실 텐데, 어찌하신 성의이신지 홀연히 대리(代理)하실 영을 내리시니, 그날이 내 관례날이라 억만사가 대리(代理) 후에 탈(脫)이니 어찌 서럽지 아니하리요.

영조께서 효친선봉(孝親先奉)하심과 경천애민하시는 지덕지성이 천고 제왕에 뛰어나시니, 내 이목으로 뵈옵고 기록한 바로 생각하여 역대에 비할 임금이 아니시니, 경력이 많으시더라. 신임(辛任:景宗元年 辛丑年과 壬寅에 걸쳐서 일어난 王位繼承문제로 생긴 獄禍)을 지내시고, 무신역변(戊申逆變 壬午士禍以來의 不平으로 英祖四年戊申年에 李麟佐 等의 反亂)을 겪으신 심려가 거의 병환이 되신 듯 싶었고, 심지어 말씀을 가리어 쓰시는 데도 죽을 사(死)자, 돌아갈 귀(歸)자를 다 꺼리시고, 조의(朝議) 때나 밖에 나오셔서 입으시던 옷도 갈아 입으신 후에야 안에 들어오시고, 불길한 말을 하거나 들으시면 들어오실 때, 양치질을 하시고 귀를 씻으신 다음, 먼저 사람을

불러서 한 마디라도 처음 말씀을 한 후에 안으로 들어오시더라. 그리고 좋은 일과 좋지 않으신 일 하실 제 출입하시는 문이 다르고, 사랑하는 사람의 집에 사랑하지 않는 사람이 있지 못하게 하시고, 사랑하시는 사람 다니는 길을 사랑하지 않으시는 사람이 다니지 못하게 하시더라. 이 처럼 극히 황공하되 애증의 역력하심이 이루 측량할 수 없더라.

대리전(代理前)이라도 계복(啓復 : 上奏한 死刑囚를 심리하시는 일)이나 형조공사(刑曹公事)나, 친국(親鞫 : 임금이 重罰者를 친히 다스리는 일)이나, 대궐에서 말하는 불길한 일에는 자주 세자를 시좌(侍坐)하라 하시고, 화평옹주와 무오생(戊午生) 옹주(和緩翁主 : 鄭致達의 妻)가 방에 들어오실 제는 만나보시는 옷을 갈아 입으시더라. 그러나 세자께서는 그러지 않으셔서, 밖에서 정사하시고 들어오실 제 입으신 채로 오셔서 동궁을 부르오셔,

"밥 먹었느냐?"

하고, 물으셔 대답하오시면, 그 대답을 들으신 후에 그 자리에서 귀를 씻으시고, 씻으신 물을 화협옹주 있는 집 광창으로 대궐담 너머로 버리시더라. 이 처럼 어떤 따님은 밖에서 입으신 옷을 벗어야 보시고, 이 중 한 아드님에게는 그 말씀 들으신 후에 귀를 씻으셔야 하오니, 경모궁께서 화협옹주를 대하시면,

"우리 남매는 씻사오신 차비(差備)로다."

하고 서로 웃으시더라.

화평옹주(翁主)는 당신을 지성으로 몸을 편안히하여 드리는 줄 감격하시고 일호도 의심하거나 시기하거나 하시는 일이 없고, 한결같이 친애 귀중하여 하시던 일은 궁중이 다 아는 바로써 감탄하시더

라. 선희궁께서는 임금의 자애가 고르지 않으심을 슬퍼하셨으나 어찌 할 수 없으시더니라.

매양 공사중(公事中), 금부(禁府), 형조(刑曹), 살륙(殺戮) 등의 일은 친히 보시지 않고, 안의 옹주가 처소에 계실 제는 내시에게 맡겨 시키시매, 대리하실 때의 전교(傳敎)는 무진(英祖二十四年)년 화평 옹주 상사 후 슬픔도 심하시고 임금님 병환도 잦아서 정양하시려고 대리하게 하신 것이나 실인즉 꺼려서 안에 들이지 못하는 공사 등으로 내관에게 맡기시기 답답하신 일을 동궁께 맡기시려는 뜻이더라. 그래서 대리를 맡으신 후의 공사는 내관들을 데리고 하시고 한 달에 여섯 번 있는 차대(次對:閣議)에, 보름 전 세 번은 대조(大朝)께서 하시고 동궁이 시좌하시고, 보름 후 세번은 소조(小朝:世子)께서 혼자 하시는데, 그럴 때마다 순편치 못하고 매사에 탈이 많았더라. 대저 조신의 상소라도 언사(言事)가 있거나 편론이나 하는 상소는 소조께서 자단(自斷)치 못하여 대조께 묻자오면, 그 상처가 아랫사람 의 일이지 소조께서는 아실 바 아니로되 격노하셨는데, 그것은 소조 께서 신하를 잘 조화시키지 못한 탓으로 그런 상처가 나왔다고 책하 시더라. 그리고 그런 상소에 대한 비답(批答)도,

"그만 일을 결단치 못하고 나를 번거롭게 하니 대리 시킨 보람이 없다."

하시며 꾸중하시더라. 그러나 아뢰지 않으면 또,

"그런 일을 알리지 않고 왜 자단(自斷)하느냐?"

하고 꾸중하시더라. 이 처럼 저리 할 일은 이리 하지 않았다 꾸중하시고, 이리 할 일을 저리 하지 않았다 꾸중하셔서, 이일 저일 다 격노하여 마땅치 않게 여기시더라. 심지어는 백성이 추운데 입지 못하고

굶주리거나 한재가 나거나 천재이변이 있어도,

"소조에게 덕이 없이 이러하다."

하고 꾸중하시더라. 그러므로 소조께서는 날이 흐르거나, 겨울 천둥을 하거나 하기만 해도, 또 무슨 꾸중이 나실까 근심걱정을 하여 일마다 두렵게 겁을 내게 되므로, 마침내 사사망념(邪思妄念)으로 병환 드시는 징조가 점점 나타나시더라.

영조께서 이 만금소탁(萬金所託)의 동궁께 이런 병환이 생기는 줄을 깨닫지 못하시니, 어찌 슬프지 않으리요. 한 번 꾸중에 놀라시고 두 번 격노에 겁내시면, 아무리 웅위하시고 영장(英壯)하신 기품이라 한들, 한 가지 일이라도 자유롭게 하실수 있으리요. 무슨 정시(庭試)나 알성문과(謁聖文科)나, 시사(試射), 관무재(觀武才) 같은 호화로운 행사를 구경하실 때는 일생 부르지 않으시고 동지 섣달의 계복에다 시좌를 시키시니, 어찌 마음이 편하시며 슬퍼하지 않으시리요. 설사 아버님께서 혹 과하셔도 아드님이 다음 효도를 힘쓰거나, 아드님이 혹 못 믿어우셔도, 아버님이 갈수록 은애를 드리워 계시오면, 한때 공연히 그리된 일이니, 그것이 천의시고 국운이니 인력으로 용납치 못할 바 아니로되, 내가 본 것을 고통이 가슴에 박혀서 어찌써 내랴. 이제 그 사실을 쓰려하니 영조와 경모궁 사이에 하시던 일이 상하에 부족하신 덕이 드러날까 죄스럽고, 그렇다고 실상을 기록하지 않을 수 없으니, 종이를 임하여 가슴이 막힐 뿐이로다.

십오 세가 되시매, 능행을 한 번도 수가(隨駕)하지 못하시고 점점 성장하셨는데, 항상 교외 구경을 하고 싶으셔도 매양 서울 거동이고 능행 거동에 예조에서 동궁 수가(隨駕)의 품이 있으면 혹 허락될까 하고 초조하게 기다리시다가, 번번이 못 가시게 되면, 처음에는 서운

하고 설득하신 것이 점점 성화가 되어서 우실 적도 있더라. 당신이 부모님께 속으로 본디 정성은 거룩하시건마는 민첩하지 못하신 행동이 정성의 백분 지 일도 나타내지 못하시니, 부왕은 그 사정을 모르시고, 미안하신 사색은 매양 계셔도 한 번도 부왕의 관용을 입지 못하시니, 점점 두려운 것이 마침내 병환이 되어서 화가 나시면 푸실 데가 없더라. 그래서 그 화를 내관과 나인에게나 풀으시고 심지어 내게까지 풀으시는 일이 몇 번이나 되는지 알 수 없더라.

경오(英祖二十六年)년 팔월에 내가 의소(懿昭：思悼世子의 一男)을 낳으니, 영조 성심이온들 어찌 기쁘지 않으시리요마는, 마침내 내가 순산 생남하니 기쁘신 중에도 옹주(和平翁主)는 남처럼 순산 생육 못하신 것이 새로 애닯으셔서 옹주 생각하시는 슬픔이 손자 보신 기쁨을 이기지 못하더라. 그 아드님께,

"네가 어느 사이 자식을 두었구나."

이런 한 마디 말씀도 하시지 않고, 다만 어여삐 여기심에 분수에 넘치니, 내가 감격 천은하옵는 중에도 다만 홀로 사랑과 칭찬을 입은 일이 불안하여 매양 조심하였더니, 해산 후에는,

"네가 순산 생남하니 기특다."

하는 말씀도 하시지 않으시니, 어린 나이에 생남한 기쁨을 모르고 도리어 황송하더라. 성심의 비원하심이 새로우시니 몹시 노하시고 기뻐하시지 않더라.

선희궁께서는 그 따님 생각을 어찌 하시리요마는 나의 생남한 일을 지정(至情)으로 귀하시고 종사의 큰 기쁨이라, 내 해산 후 칠일까지 산실 근처에 머물러 구호하시니 영조께서,

"선희궁이 옹주 생각을 잊고 좋아만 하니 인정이 박하다."

하고 미안하시니, 선희궁이 웃으시고 성심이 편벽하심을 탄식하오시더라.

경모궁께서 속성하심이 어른 같아서, 당신께 아들이 생겨서 국본(國本)이 굳어짐을 기뻐하시고, 부왕이 덜 기뻐하시는 줄을 감이 어떻다 못하셔도, 심중에 슬퍼하시고,

"나 하나도 어려운데 아기가 나서 어떨꼬."

하시니, 나는 그 말씀 듣기가 심히 슬프더니라. 이 사적은 쓸 사연은 아니로되 마지 못하여 쓰며, 내가 의소를 임신할 제 화평옹주가 꿈에 자주 보이며, 내 침방에 들어와서 더에 앉고 웃기도 하니, 내가 이상히 생각하지 않을 수 없더라. 옹주가 해산하다가 그 지경이 되셨으니, 그 악착한 산귀(産鬼)가 꿈에 자주 보여서, 내 몸을 염려하고 의소를 낳고 씻길 적에 보니 어깨에 푸른 점이 있고, 배에 붉은 점이 있기에 우연히 보았더니, 그해 구월 십이 일 온양(溫陽)에 거동하시는데 십일 일에 영조께서와 선희궁께서 안색이 일변 기쁘신 모양으로 두 분이 오셔서 홀연히 자는 아이의 깃을 풀고 벗겨 보셨다. 과연 몸에 푸른 표 붉은 표가 있으매 참혹히 여기시고 분명히 옹주가 환생한 줄을 믿으시더라. 그러자 그 날부터 아이를 갑자기 귀중히 여기시고, 화평옹주 형제에게 하시듯이 사랑하시더라.

아이를 처음 낳을 때는 사외(미신으로 재앙을 꺼리는것)하여 정사 보실 제 입으신 의대 그대로 들어와 보시더니, 그 날부터 사외를 더욱 극진히 하셨는데 그 일이 허탄하고 괴이하여 알 길이 없더라. 백일 후 당신이 인견(引見)하시던 환경전(歡慶殿)을 수리하여 경모궁을 옮기게 하시고 천만 귀중히 하시니 요행 아들로 인연하여 아버님께서 혹 나으실까 축수하나, 실인즉 아이는 화평옹주가 재생한 줄 알고

사랑하실 뿐이지, 소생부모는 이 아이로 인연하여 더 귀할 것이 없어서 전과 다름 없으시니 알 수 없는 일이더라.

그 아이가 겨우 십삭된 신미(英祖二十七年)년 오월에 세속 책봉하시니, 애중하시는 성심으로 그러하시나 과하신 일이더라. 임신(英祖二十八年)년 봄에 아이를 잃으신 영조께서 애통하심이 말할 수 없더라.

하늘이 묵묵히 도우시고 조종(祖宗)이 도우셔서, 신미년 섣달에 내 몸에 임신하여, 임신년 구월에 생남하니 곧 선왕(正祖)이시다. 내가 매우 작은 복력으로 이 해에 이 경사 있기는 생각 밖의 일이요, 선왕이 나시매 풍채가 영위하고 골격이 기이하며 진실로 하늘이 내신 진인(眞人)이더라. 신미년 동짓달에 경모궁께서 주무시다가 일어나셔서,

"용몽을 꾸었으니 귀자를 낳을 징조라."
하시고, 흰 비단 한 폭을 내라 하시고, 그 밤에 손수 꿈에 보신 용을 그려서 침실벽 위에 붙여 계서더니, 성인이 탄생할 제 기이한 징조 어찌 없으리요. 영조께서 의소를 잃으시고 참석(慘惜)하시다가, 국본을 얻으시고 기뻐하시며 나더러 말씀하시길,

"원손이 이상히 초범(超凡)하니 조종의 신령이 내려주신 것이다. 네가 정명공주(貞明公主) 자손으로 나라의 빈이 되어, 네 몸에 이런 경사가 또 있으니 네 나라에 공이 있다. 어린아이를 잘 기르되 검박하는 것이 복을 아끼는 도리라."
내 이 성교를 받자와 천은을 뼈에 새기니 어찌 그대로 받들어 지키지 않으리요.

경모궁에서 기뻐하심은 이루 말할 수 없고, 온 나라의 신민의 즐거

움이 경오(英祖二十六年에 의소를 낳은 일)년에 비겨 백 배나 더
하였고, 우리 친정 부모가 기뻐서 경축하심이 더욱 어떠하시리요.
뵈올 적마다 성자 낳음을 내게 하례하시니, 내가 스물 전의 나이에
또 나라 경사를 내 몸에 얻은 즉 즐겁고 기쁨 이외에, 과연 신세 의탁
이 어떠하리요. 멀리 빌어서 장차 지극한 효양 받기를 기약하더니
라.

그 해 시월에 홍역이 크게 유행하여 옹주가 먼저 하니, 경모궁께서
는 양정합(養正閤)으로 피해 계시고 원손은 낙선당(樂善堂)으로
옮기니, 탄생한 지 삼칠 안에 움직이나 몸이 건장하여 먼 데도 염려롭
지 않고, 미처 보모도 정하지 못하여 늙은 궁인과 내 유모에게 맡겨
보내고, 날이 지나지 못하여 경모궁께서 홍역을 하시고 나으실 경지
에 내가 또 하고 원손도 하시니, 내가 해산 후 큰 병을 염려하다가
병 증세가 가볍지 않고 원손이 또 홍역을 하더라. 증세가 순조로우시
되 내가 병중에 염려할까 하시고 선희궁께서 와 나의 부친이 나에게
알리지 않으므로 나도 모르고 지냈더라. 경모궁께서 홍역 후에 열
이 심하시매 나의 부친이 경모궁께 보오랴, 나도 구호하랴, 원손도
보호하랴, 세 곳으로 주야에 다니신 그 때의 수고와 초조한 근심으로
수염이 다 희어 계시더니라.

화협옹주가 그 병(홍역)에 상사나시니, 경모궁께서 그 누님의 처지
가 당신과 같으심을 불쌍히 여기고 우애가 각별하시더니, 옹주 병환
때 액정서(掖庭署)의 하인에게 물어서 상사 나심을 알고 애통을 이기
지 못하시더라.

이런 일로 보아서도 본연의 천성이 착하심을 알 수 있고, 그 해
섣달에 대간(臺諫) 홍준해(洪準海)의 국사에 관한 상소로 영조께서

대단히 노하셔서서 선화문에 엎드리시고 경모궁께 엄교가 많이 내리셨다. 경모궁께서 그때 큰 병환 끝에 설한이 혹독해서 눈 속에 대죄하시니, 엎드리신 몸에 눈이 쌓여 엎드리신 것을 분간치 못하되 몸을 움직이지 않으시니, 인원왕후께서,

"일어나라."

하시되, 듣지 않으시더라. 영조 지나치신 노여움을 진정하신 후에야 일어나시니 친절이 침중하심을 알 수 있거늘, 그 후 성노(聖怒)가 그치지 않으셔서 그달 십오 일 창의궁에 동하시고 인원왕후께,

"전위(傳位) 하러 하옵나이다."

하는 말씀을 하시더라. 그러나 인원왕후는 귀가 먹으셔서 잘못 들으시고,

"그리하라."

하고 대답하오시니, 영조께서,

"자교(慈教)의 허락을 얻자 왔노라."

하시고,

"전위하려노라."

하시더라. 그때 동궁께서 창황 망조(惘措)하심 어떠하리요. 춘방관(春坊官 : 世子侍講院의 官員)들에게 상소를 불러 쓰이실 제 조금도 그치지 않으시더라. 그때 춘방이 나와서 길이 탄식하였다 한다. 창의궁에서 오래 머무르시고 환궁치 않으시니 인원왕후께서 말씀하시길,

"내가 가는 귀가 먹어서 대답 한 마디 잘못한 것이 종사에 득죄하였노라."

하시고, 소실에 내려와 계시고, 영조께 편지를 보내서 환궁을 청하시

더라. 동궁은 시민당(時敏堂) 손지각(遜志閣) 뜰의 얼음 위에 짚자리를 깔고 엎드려서 대죄하시고, 창의궁에 걸어가셔서 또 짚자리를 깔고 엎드려서 대죄하시고, 머리를 돌에 부딪쳐서 망건이 다 찢어지고 이마가 상하여 피가 나오셨으니, 이런 일이 천성의 효성과, 본질이 충후(忠厚)하신 것이요, 억지로 꾸민 일이 아님을 잘 알 수 있더라. 그리 하실 즈음에 또 꾸중이 어떠하시리요마는 공손히 도리를 다 하시니 변을 당하여 잘 처리히기로 영명을 많이 얻으셨을 때,

"이품(二品) 이상을 다 귀양보내라."

하시니, 부친이 그 중에 드시나 전지(傳旨)가 내리지 않았기로, 문밖에서 동궁의 일을 수습하실 때, 초심망조(焦心惘措)하여 의논하시는 봉서가 몇 장인 줄 아리요. 그 편지를 모아 두었더니 원손이 보시고 지극하신 충성을 감탄하시고,

"두고 보자."

하시고, 친히 가져 가시더라.

수일 후, 대조(大朝)께서 환궁하시고, 여러 신하를 다시 임용하시고 친히 정사를 들으시니, 부친이 들어오셔서 경모궁의 머리 상하신 데를 뵈옵고 어루만지시며 흐느껴 우시고, 그 사이 지난 말씀을 하시던 일을 지금도 눈 앞의 일 같다. 경모궁께서 그 병환이 안 나으실 때는 인효통달(仁孝洞達)하셔서 거룩하심이 미진한 곳이 없으시다가, 병환이 나으시면 곧 딴 사람 같으시니, 어찌 이상하고 슬픈 일이 아니리요. 매양 경문(經文) 잡설(雜說) 등을 심하게 보시더니,

"옥추경(玉樞經:道教의 呪文)을 읽고 공부하면 귀신을 부린다 하니 읽어봐."

히시고, 밤이면 읽고 공부하시더라. 그러더니 과연 깊은 밤에 정신이

아득하셔서,

　"뇌성보화천존(雷聲普化天尊)이 뵌다."

하시고, 무서워하시며 병환이 깊이 드시니 원통하고 슬프다. 십여 세부터 병환이 생겨서 음식 잡수기와 채용 운용(運用)까지 다 예사롭지 않으시더니, 옥추경 이후로 자주 기질이 변화한 듯이 되어 무서워하시고, 옥추 두 글자를 거들지 못하시더라. 단오 때는 옥추단(玉樞丹 : 藥材로 만든 재앙을 물리친다는 패물)도 무서워서 차지 못하고, 그 후에는 하늘을 퍽 무서워하시고, 우뢰 뢰(雷),벽력 벽(霹),그런 글자를 보지 못하시고, 그 전에는 천둥을 싫어 하시나 그리 심하지 않으시더니 옥추경 이후는 천둥 때면 귀를 막고 엎드려서 다 그친 후에야 일어나시니, 이런 일을 부왕과 모빈께서 아실까 질겁하는 것은 형용치 못할러니라.

　임신(英祖二十八年)년 겨울에 그 증세가 나타나서 계유(英祖二十九年)년은 경계증(驚悸症)까지 있으매, 갑술(英祖三十年)년도 그 증세가 때때로 나서 점점 고질이 되시니, 그저 옥추경이 원수였다. 그렇듯 어찌하여 양빈(良嬪 : 從二品의 女官 景慕官의 後宮)을 계유(癸酉)년 때부터 가까이하셔서 자식을 배니, 대조의 꾸중을 듣자올까 두려워서 아무쪼록 낙태를 시키고자 하였으나, 해괴한 것이 생겨나서 화근이 되려고 보전하여 갑술(英祖三十年)년 이월에 인(裀 : 恩祖君)을 나니, 항상 꾸중이 많으신대 그때 여러번 엄교가 거듭하였으므로 벌벌 떨고 지내시더라.

　부친이 경모궁께서 엄책받는 것이 민망하여 위에 아뢰어 성노(聖怒)를 풀으시게 하시고, 궁내에서는 투기를 하는 일이 없었는데다가 내 본성이 사납지 못하고, 사초로 선희궁께서 몹시 경계하셔서,

"그런 일을 꺼리끼지 마라."

하실 뿐 아니라, 인의 머리를 총애하시는 일이 없으매 투기할 리 없고, 만삭이 되나 처치하시지 않고 버려두니, 경모궁께서는 한 때 그리하신 것이 자식이 생기니 꾸중 들으실까 겁을 내시고 돌아보시는 일이 없고, 선희궁께서도 아는 체 아니하시니 하는 수 없이 내가 처리하지 않으면 어려울 것이므로, 무슨 식견이 있으리요마는 힘에 당하는 일은 다 살펴 주었더라. 그러나 영조께서 나더러,

"남편의 뜻만 따라서 남이 다 하는 투기를 안한다."

하고, 꾸중을 많이 하시더라. 갑자(英祖二十年)년 후 처음으로 엄한 꾸중을 듣잡고 황송히 지내었으나, 우스운 것이 옛부터 투기가 칠거(七去)에 든 죄요, 부녀가 투기하지 아니함을 으뜸가는 덕으로 여기매, 나는 투기 않는다고 도리어 허물되니, 이것도 다 나의 운수련가 싶더라. 대저 부자분 사이가 예사로운 터로서 그것이라도 손자라고 영조께서나 선희궁께서 조금만치라도 용서하시거나, 경모궁께서 이것에게 혹하여 계시면 내 비록 도량이 있다 하더라도 부녀의 마음이 어찌 편하리요마는, 이는 그렇지 않아서 영조와 선희궁께서 알은 체 아니하시고, 경모궁께서 겁만 내고 어찌할 줄 모르시는데 내가 또 곁들여서 심히 투기하면, 경모궁께서 그렇지 않아도 황겁하신 중에 근심으로 병환이 몇 층 더 하실까 걱정하지 않을 수 없더라.

그 해 칠월 십사일 청연(淸衍:作者 惠德宮 소생의 첫째 郡主)이 나니, 영조께서,

"백여 년만에 군주가 처음 나니 귀하도다."

하시고 기뻐하시더라. 그러다가 을해(英祖二十一年) 정월에 인의 아우 진(禛)을 낳으시니, 그 후는 영조의 꾸중이 작으신 듯하더라.

경모궁의 병환 증세가 종이에 물들 듯하셔서 문안도 더 드물게 하시고 강연(講筵)도 전일(專一)치 못하시고, 마음의 병이시라 늘 신음이 잦아서 병폐하신 모양이니, 대조께서 춘방관을 부르셔서 강학 말씀을 물으시면, 홍공하기만 하더라.

을해(尹志 등의 逆謀가 있었음) 이월에 역변(逆變)이 나서 오월까지 친히 심판하시니, 그 때 역적을 정법(正法)하여, 백관서립(百官序立)하는 때면, 동궁을 내보내서 보게 하시고, 날마다 친히 전좌(殿座)하셔서 심판하시다가 들어오시면 인정(人定：更初)후나 이경이 되고 삼사 경이 될 적도 있으니 하루도 폐하지 않으시므로,

"동궁 불러라."

하시어, 가시면,

"밥 먹었느냐?"

하고 물으신 후에 대답하시면 즉시 그날 친국(親鞫)하신 일 씻으시고 가시려는 일이매, 실은 좋고 길한 일엔 참례치 못하시고, 상서롭지 못한 일에는 참석하게 하시고, 잠깐 수작이나 하시면 그러도 하련마는 날마다 다른 말씀은 한마디 하시는 일이 없이, 마치 대답시켜서 듣고 귀를 씻고 가시기 위해서, 하루도 폐하지 않고 밤중에 그러시니 아무리 지극한 효심이요, 병 없는 사람이라도 어찌 싫지 않으리요. 그 병환의 증세를 생각하면 짜증이 나셔서,

"왜 부르시나이까?"

하실 듯하되, 그 병환을 능히 참으시고 날마다 밤중이라도 부르시는 때를 어기지 않으시고, 대령하고 계시다가 그 대답을 어기지 않고 하시니, 본연의 효성을 알 수 있더라. 그 병환이 이상스러운 것은 처자 애쓰고 내관 나인이나 주야에 두려워 지내사 자모(慈母)도 자세

히 모르시니, 부왕께서 어찌 자세히 아실 수 있으리요. 위에 뵈올
적과 신하에 대하실 적은 보통 때와 다름 없이 예사로우시니, 그것이
더욱 갑갑하고 서러운 것이, 위에서부터 춘방까지라도 병환을 어이
없이 용서할 도리가 없게 절박한 때는 병 증세를 남이 다 알게 나타
나게 하시면 싶더라.

　역옥(逆獄) 때에도 부자님 사이에 근심이 많아서 답답하던 일을
다 어찌 기록하리요. 동짓달 즈음에 선희궁 병환이 계시오니 경모궁
께서 뵈오러 집복헌(集福軒)에 가 계시더니, 영조께서 옹주 있는
곳과 가까운 것을 혐의하셔서서 대단히 노하시고,

"바삐 가라."

하시니, 창황이 높은 창을 넘어 나오시더라. 그날 꾸중이 지극히 엄하
셔서 낙선당(樂善堂)에 있고 청휘문(淸輝門) 안에 들어오지 말고,
서전(書傳) 태갑편(太甲編)을 읽고자 하시니, 자친 병환 뵈오러 가
계시다가 아무런 잘못하신 일이 없이 그러하시니 슬프고 원통하여,

"자처하러 하노라."

하고, 겨우 진정하시더라. 그러나 부자간은 점점 망극하니 무어라
하리요.

　병자(英祖三十二年)년 설날에 자상(自上)으로 존호(尊號)를 받으
시되, 경모궁은 참례시키시는 일이 없으시고, 병환은 점점 깊어서
강연도 더듬으시고, 취선당(就善堂) 바깥 소주방(燒廚房) 한 곳이
깊고 고요하다 하오시고 많이 머무르시니, 어느 날이 근심이 아니며
어느 마디가 초조하지 않으리요. 오월에 영조께서 숭문당(崇文堂)
에서 인견하시고 홀연 낙선당 보러 나오시매, 소세도 잘못 하시고
의대 모양이 모두 단정치 않으시더라. 그 때 금주(禁酒)가 엄한 때

라, 술을 잡수셨나 의심하고 대로하셔서,

"술 들인 이를 찾아내라."

하시고, 경모궁께 누가 술을 드렸느냐고 엄중히 물으셨으매, 사실로 술 잡수신 일이 없었으니 얼마나 억울한 일이리요. 영조께서는 아무 일이든지 억측으로 무슨 말씀이시고 물으시면 그 후에 그 일을 생각하시니 모두 하늘이 시키시는 듯하더라.

그날 경모궁을 뜰에 세우시고 술 먹은 일을 엄문하시니 실지로 잡수신 일이 없건마는 너무 두려워서 감히 변명을 못하는 성품이시라 하도 강박히 물으시기 때문에 하는 수 없이,

"먹었나이다."

하시매,

"누가 주더냐?"

댈 데가 없으매,

"밖의 소주방 큰 나인 희정이가 주옵더이다."

하시니, 영조께서 두드리시며,

"네 이 금주하는 때 술을 먹어 광패(狂悖)히 구느냐?"

하고 엄책하시더라. 이 때 보모 최상궁이,

"술 잡수셨다는 말씀은 억울하니, 술내가 나는가 맡아 보소서."

하고 아뢰더라. 그 뜻은 술이 들어온 일이 없고, 잡수신 배 없으니 원통하여 참을 수 없어서 아뢰었던 것이더라. 그러나 경모궁께서, 상전(上前)에서 최상궁을 꾸중하시더라.

"먹고 아니 먹고 내가 먹었다고 아뢰었으니, 자네가 감히 말할 것이 있는가. 물러가게."

보통 때는 상전에서 주저하여 말씀을 못하시더니, 그 날은 원통히

꾸중을 들었기 때문에 그렇게 말씀을 잘하셨던가. 그 때 두려워서 벌벌 떠시던 중에도 그렇게 말씀하시는 일이 다행하더니, 영조께서 또 격로하시더라.

"네, 내 앞에서 그 상궁을 꾸짖다니, 어른 앞에서는 견마(犬馬)도 꾸짖지 못하는데 그리 하는가?"

"감히 와서 변명하기로 그리 하였나이다."

얼굴을 낮추어서 아래 사람의 도리로 잘하신 일이더라. 그러나 금주령 아래서 동궁에게 술을 드렸다고 희정이를 멀리 귀양보내시고, 대신 이하 인견(引見)하라 하시고, 우선 춘방관이 먼저 들어가 면계(面誡)하라 하오시니, 그날 억울하고 슬퍼서 충천하는 장기(壯氣)가 다 나오셔서, 병환 계시오나 겉모양은 모르려니, 춘방관이 들어오니, 처음으로 호령하시더라.

"너희 놈들이 부자지간에 화하게는 못하고 내가 이렇게 억울한 말을 들어도 너희들은 말 하나 아뢰지 않고, 감히 들어올까 보냐. 다 나가라."

춘방관 하나는 누구였는지 모르나 하나는 원인손(元仁孫)이더라. 그는 무어라 아뢰고 썩 나가지 않으니 경모궁께서 화증을 내시고,

"어서 나가라."

하고 쫓아내실 즈음에, 좌중에 촛대가 거꾸러져서 낙선당 온돌 남창에 닿아 불이 붙더라. 그러나 불 잡을 이는 없고 화세 급한지라, 경모궁은 춘방을 쫓아 낙선당으로 해서 덕성합(德成閤) 내려가는 문으로 가시더라. 일번 춘방은 쫓겨나가고, 매양 숭문당에서 인견하시던 대전(大殿)에 입시(入侍)하는 손이 창덕궁 동문으로 돌아 집현문(集賢門)이 닫혀서, 시민당 앞에서 덕성합 서원소시(書院召侍)하시

는 집을 지나, 보화문(普化門)으로 입시하게 되어 있더라. 춘방이 나가며 입시하는 손이 덕성합 앞을 마악 지날 제, 경모궁께서 소리를 높여,

   "너희 부자간을 좋게 못하고 녹만 먹고 간(諫)치는 않고자 입시하러 들어가니, 저런 놈들을 무엇에 쓰랴!"

하시고 모두 쫓으시니, 그 과하신 행동이 어떠하리요. 그러는 동안에 화세는 급하매, 원손(元孫)을 관희각(觀熙閣)이라 하는 집에 두었더니, 낙선당과 관희각이 한 일(一)자로 있어서 두어 간 사인데 불의의 화재가 나니, 경황 없이 원손을 데려 내오려고 달려가더라.

   그 때 청선(淸璿)을 가진 지 오륙 삭이라 반 간이나 되는 섬돌을 바삐 뛰어 내려가서 자는 아기를 깨워서 보모에 안겨 경춘전(景春殿)으로 가게 하고, 관희각은 하는 수 없이 구하지 못할 줄 알았으며, 기이하게도 지척에 관희각은 불이 미치지 않고 휘몰아서 기와도 연하지 않은 양정합(養正閤)에 달하였으니, 임금되실 이가 계신 관희각이 화재를 면한 것이 이상하더라.

   화재가 의외로 났으므로 영조께서는 아드님이 성결에 불을 지르신 것이 아닌가 하고 노염이 십 배나 더하셔서, 함인정(涵仁亭)에 제신을 모으시고 경모궁을 부르셔서,

   "네가 불한당이냐. 불을 왜 지르느냐?"

하고 호령하시더라. 그 때의 설움이 가슴에 복받쳐서, 또 거기서도 그 불이 촛대가 굴러서 난 불이라는 원인을 여쭙지 않으시고 변명을 하지 않고 스스로 방화한 듯이 하시니 절절이 슬프고 갑갑하더라. 그날 그 일을 지내시고 막히셔서 청심환(淸心丸)을 잡수셔서 울화를 내리시고,

“아무래도 못 살겠도다.”

하시고 저승전(儲承殿) 앞 뜰의 우물로 가서 떨어지려 하시니, 그 놀라운 경상(景狀)과 끔찍한 형용을 어찌 말할 수 있으리요. 가까스로 구하여 덕성합으로 나오시게 하더라.

부친이 그해 이월에 광주유수(廣州留守)를 하여 내려가시니, 외임(外任)하시면 경모궁께서 더 의지할 곳이 없는 듯이 하시더니 그 일로,

“내대(內對)하라.”

하시는 분부로 올라오시더라. 대조께서 부친에게 지난 말씀과 걱정을 무수히 하시더라. 그리고 경모궁께서 술 문제, 불 문제의 두 가지 원통한 말씀을 하시고,

“아마도 서러워 살기 어려워라.”

하시니, 그 말씀 듣는 부친의 마음이 어떠하리요. 부친인 대조(大朝)께는,

“자애를 잃지 마소서.”

하고, 소조(小朝)께는,

“갈수록 효성을 닦으소서.”

하고 울면서, 간절히 부자께 아뢰더라. 경모궁께서는 지나친 행동을 하시다가도 장인이 아뢰고 직접 훈계하시면 수그러지시더라. 그래저래하여 겨우 진정하신 듯 하더라.

내가 가을에 자모를 잃고 서러운 정이 이를 데 없는데 경모궁의 병환이 점점 심하시니, 근심이 중중 첩첩한데, 그 때 광경을 당하여 하도 경황 없이 지내다가, 부친을 뵈오니 서로 붙들어 울던 일이 이제도 눈앞에 본 듯하매, 오월 변 후에 놀라서 병환도 더하시고 외조

(外朝)보는데 지나친 일도 하시니, 강연(講筵)도 더 드물고 차대(次對:閣議) 때가 억지로 기운을 차리고 나가시니 무슨 경황이 있으리요. 더구나 울적을 견디지 못하여 대조께서 거동이 나시면 후원에 가서 활도 쏘시고 말도 타시고 기치병기(旗幟兵器) 붙이를 가지고 내인을 데리고 노시니, 그 내관들이 풍악까지 하더라.

그해 칠월에 인원왕후가 칠순이시므로 기로과(耆老科:노인만 보는 과거) 보이기로 하시고 후원에 진하(進賀)하시는데, 어찌하여 경모궁을 참여케 하시니 그 진하를 무사히 지내고 오셔서, 하도 좋아 하시던 것으로 보아도, 분명히 대조께서 화색으로 가엾이 여기고 좀 견딜 만큼 하셨으면 일이 이 지경에 이르렀으리요. 부자 두 분이 스스로 뜻대로 못하시듯이 그리들 하시니, 모두 하늘의 뜻이매 그저 원통할 뿐이로다.

능행수가(陵行隨駕)를 이십 이세가 되도록 못하시어, 춘추로 가실 수 있을까 기다다가 한 번도 못 가시니, 그 일도 슬프고 울화가 되시더니, 병자(英祖三十一年) 팔월 초에 처음으로 명릉(明陵:肅宗大王의 陵)에 수가하시니, 시원하고 기뻐서 목욕하시고 정성을 다하여 요행히 탈 없이 다녀오시고, 가신 사이에 인원왕후, 정성왕후께와 선희궁께 글월을 하시고, 자녀에게까지 편지하신 그 수적(手蹟)이 지금 내게 있으니, 그런 일은 조금도 병환 계신 이 같지 않고 순조롭게 환궁하신 것을 큰 경사같이 아시더라. 능행 후 한동안은 대단한 꾸중 들으신 일이 없으니, 그것은 정처(鄭妻:英祖九女 鄭致達의 妻)가 팔월 초생에 생녀이므로 성심이 기뻐셔서 그러신 것이더라. 상정으로 생각하면 그 누이는 그리 총애하시고 당신은 뜻을 얻지 못하시니 응당 어떤 마음이 계실 듯하되, 그 때까지 시종 불효하신

기색이 없으시고 순산한 일을 기특히 여기시더라. 처음으로 능행에 따라 가시게 한 것은 선희궁께서,

"지금 능행 수가 못하는 일이 민심도 괴이하게 여길 것이오다."

하고 정처에게 여쭙게 한 모양이었다.

그해 윤구월에 청선이 나니, 전 같으면 오죽 좋아하시요마는 들어와 보신 일이 없으니 병환이 심하신 것을 알 수 있더라. 오래지 않아서 부친이 평양감사를 하셔서 당일로 떠나시는 것을 민망히 여기더니 그해 동짓달 열흘째 경모궁께서 덕성합에서 마마 병에 걸리셨다. 증세는 극히 순조로우나 마마꽃이 심하게 돋아서 더욱 두려워하였으나 다행히 성두(成頭)로 지내시니, 이십 이세 춘추에 격화(激化)는 이를 것이 없으신데, 고이 나셨으니 그런 경사가 어디 있으리요. 선희궁께서는 가까이 오고서 머무르시며 주야로 초려하시고 원손(元孫)은 공묵합(恭黙閤)으로 피해 계시매, 나는 좁은 방에서 구완하느라고 한 곳에서 지냈더라. 그 때 춥기는 심하고 삼면에 성에로 얼음벽이 된 데서 그 중환을 순조롭게 지내시니, 그런 종사(宗社)의 큰 경사가 없었으나, 대조께서는 그 병환에 한 번도 친임(親臨)하신 일이 없으시고, 부친은 관서에 멀리 계시고, 나만 혼자 아득히 애쓰던 말을 어찌 다 쓰리요. 마마가 완쾌하신 후에 경춘전(景春殿)으로 와서 조리하시더라.

정축(英祖三十三年)년 이월 십삼 일에 정성왕후께서 숙환(宿患)이 갑자기 중하셔서 손톱이 모두 푸르고 토하신 피가 한 요강이나 되는데, 빛이 붉은 피도 아니요. 검고 괴이한 것이 적년(積年) 모인 것이 나온 것이매, 놀랍기 어찌 측량하리요. 나는 먼저 가고 경모궁께서 바로 뒤쫓아 가시니, 토열하시고 매우 위태로운지라, 토하신 그릇

을 붙들고 눈물을 흘리시니 보는 사람이 누가 감동하지 않으리요. 대조께 미처 아뢰지 못하고 그릇을 들고 중궁전(中宮殿) 장방(長房)에 친히 나가셔서 의관에게 보이시려 하셨다고 하더라. 비록 지극한 자애를 받고 계시나 친생(親生)과 달라서 간격이 계실 듯하되, 천성이 효하고 착하시기 때문에 스스로 말하여 그러하시니, 누가 그 경모궁에게 병환 계신 줄 알리요.

밤에 정성왕후께서 병환 끝에 어찌 늦게 계시랴 하시고,

"그만 돌아가라."

하고 돌려보내시니, 삼경을 하여 경춘전에 잠깐 내려가 계시다가, 새벽에 나인이 와서,

"깊은 잠이 드셔서 아무리 여쭈어도 대답이 없으십니다."

하고 여쭙더라. 경모궁께서 놀라서 달려가신즉, 깊이 잠드신 듯이 아무리 여쭈어도 응하심이 없었으므로 부르짖어 천만 번이나 여쭙고,

"소신 왔소, 왔소."

하셔도 모르시매, 망극하여 울고 하시던 일을 다 쓸 수 없더라. 날이 밝은 후는 십사 일이니, 위에서 아시고 오시더라. 양전(兩殿)사이가 극진치 못하시나, 병환이 위중하셨기 때문에 오신 것이매, 경모궁께서는 아버님께 뵈옵고 또 황축(惶縮)하여 울고 하시던 일도 못하시고 전신을 움추리고 고개를 들지 못하시니, 그 병환의 몸으로 그토록 속으로 울고 하시는 모양에 옆의 사람들이 감동하여 눈물을 흘리고 흐느껴 울더라. 아무리 부왕이 무서워도 무릅쓰고 울면서 삼차(蔘茶)를 연하여 흘려 넣으시며 보살피시고 병환 증세나 말씀하시면 대조께서 보시기에 좀 나으실 것을 창황 중 좁은 방에서 한 구석에

황송히 엎드려 계시니, 아까 울고 서러워 하시던 일을 어찌 아시리
요. 옷 입은 것 행전 치신 모양까지 걱정하시고,

"내전 병환이 이러하신데 몸을 어찌 그리 갖느냐."
하고 또 꾸중하시니, 천지간에 터질 듯 갑갑한 것이 아까 그 지극하
시던 모양은 다 감추어지시더라.

"아까는 저렇지 않으셨나이다."

할 수도 없고, 위에서는 불효하게 버릇 없다고 하시니, 선희궁 애쓰
시는 것과 내 속에 타는 듯함을 어디다 비하리요.

이 때 공교롭게 일성위(日城尉 : 英祖九女의남편 鄭致達)의 병이
위중하셨으므로 옹주를 내보내시고, 영조께서 마음이 산란하신 중
문안은 점점 위급하셔서 십오 일 신시에 승하하시니 망극하기 이를
것이 있으리요. 동궁은 관리합(觀理閤) 아래방으로 내려오셔서 발상하
려 하시고, 나도 발상 차로 초혼(招魂)을 마악 하려고 할 즈음에,
위에서 허다한 나인들과 양전이 서로 만나시던 말씀과, 이 때 이리
여의신 말씀을 길게 하시니, 날이 저물어서 동궁께서는 가슴을 치며
망극 애통하시고, 때는 어기되 발상을 못하고 당황하더니, 일성위
부음(訃音)이 전달되더라.

위에서는 그 때에야 애통하시고, 즉시 거동을 하시니, 신시에 운명
하셨는데 저물어서야 발상을 하니 망극 황황한 일이 어디 있으리오.

십육 일 후에 야습(襲)을 하고, 영조께서 환궁하심을 기다려서
염(殮)을 하더라. 동궁께서 하늘에 부르짖고 몸부림치심이 과하시고
우시는 눈물이 줄줄 흐르시니 친생 모자간이신들 이보다 더 하리요.
경모궁의 애통하시는 거동을 부왕께서 보시면 혹 감동하실까 하였으
나, 환궁 후 뵈올 제 또 황송한 모양으로 엎드려 계셔서 종시 체읍

(諦泣)하시는 모양을 못 보시니, 갑갑하고 이상하지 않으리요.

정성왕후께서 상시에서도 대조전(大造殿) 큰 방에 거처하시되, 주무심과 감기만 계셔도 건넌방에 와서 계시더니 환후가 위중하시매,

"대조전이 어찌 지중하건데, 내 이 집에서 몸을 마치리오."
하시고, 서쪽의 옆채 관리합(觀理閤)이라는 집으로 바삐 내려오셔서 계시다가 승하하시더라. 염한 후에 경훈각(景薰閣)에 모시와 입재궁(入梓宮：棺人)하와 빈전(殯殿)이 되고, 옥화당(玉華堂)이라는 집에 동궁의 거려청(居廬廳)을 만들고 오삭거려(五朔居廬)를 거기서 하시고, 조석전(朝夕奠)과 조석상식(朝夕上食) 후 주다례(晝茶禮)에 연하여 참사(參祀)하시매, 어떤 날은 여섯 때의 곡읍(哭泣)을 거의다 하시고, 나도 관리합 맞은 방 융경헌(隆慶軒)에 있었더라.

인원왕후께서 칠순이 넘사오니, 심히 쇠약하여 정성왕후 국상후 애척하시는 중, 연무(烟霧) 중에 계신 듯 슬픈 줄을 잘 모르시는 듯 하시더니, 그달 그믐에 병세가 다시 더해서 대왕대비전(大王大妃殿) 장방(長房)에 피우(避愚)하여 계시다가, 삼월 이십 육일에 승하하시니 망극하올 뿐 아니라, 영조께서 망칠(望七：예순 한살 바라보는) 노경에 큰 일을 만나셔서 애통이 지나치심이 더욱 망극하더라. 인원왕후의 성덕이 탁월하셔서 궐내 법도가 인원왕후 계신 고로 지엄하고 동궁에 대한 사랑이 지극하시고, 나를 각별히 사랑하시던 은혜를 어찌 다 기록하리요. 동궁께 사랑하심이 정을 다하여 별찬(別饌)을 자주 만들어 보내셨으매, 궐내 음식 중 인원왕후전 음식이 별미진찬(別味珍饌)이더라.

점점 대소조(代小朝)의 난처한 소문을 들으시고 깊이 근심하여

나를 보시면 가만히 걱정하시고,

"얼마나 민망하냐?"

하고 위로해 주시더라. 동궁의 상복 모습을 차마 눈뜨고 보시지 못하고,

"저리하고 있으니, 가뜩이나 울게 하더라."

하고 자주 걱정하시더라. 그리고 법을 엄히 하셔서 옹주네가 감히 빈궁(嬪宮)과 어깨를 나란히 하여, 좁은 방에서라도 있지 못하게 하시더니, 그 문안에 화순이 계시나 병폐(病弊)하고, 화유(和柔)만 있어서 나를 따라다니니라.

좁은 방에 앉을 때 내가 어깨를 나란히 하였더니,

"빈궁이 어찌 중하신데, 제가 감히 그리히리?"

하고, 분하여 하신 일이 있더라. 그리고 병환이 위중하신 중에도 체모의 엄하신 것을 감탄하더라.

정상왕후께서는 그 아드님 위하시는 마음으로 대조께서 동궁께 민망히 구시는 일이 한이 되셔서 답답히 여기시고, 지나친 행동의 소문이나 들으시면, 나라 일을 근심하셔서 선희궁에 매양 왕복하시고 지성으로 초려(焦慮)하시더라.

달을 이어서 두 성모(聖母)가 승하하시니 궁중이 텅 비고, 지엄하시던 법이 어느 사이에 무너져서 한심스럽기 짝이 없더라.

경모궁께서 그 할머님(仁元王后)의 자애를 많이 입고 계셨으므로 애통하시기 각별하셨으니, 부자분 사이만 예사로우셨다면 얼마나 좋으랴. 영모당(永慕堂)에서 염습하와 경복전으로 오르시고 빈전은 통명전에 하시고 그믐날에 입재궁(入梓宮)하시매, 그날 소판(素板) 위의 흰 비단 소금저(素錦楮)를 덮어서, 자전께서 후원 출입하시던

요서문(耀西門)으로 본 처소 나인들이 상여를 메고 위의(威儀)는 대례 받으실 때 같이 하여 모시더라. 대조거려청(大朝居廬廳)은 체원합(體元閣)으로 하더라. 영조께서 환후 때 부터 초황(焦惶) 망조하여 주야로 머물러서 지성으로 시탕(侍湯)하시고, 인산(因山) 안 오삭을 조전(朝奠)부터 육시곡읍(六時哭泣)을 한 때에 궐하신 일이 없으시니, 춘추 예순 넷이신데 그러하신 효성과 그러하신 정력이 다시 어디 있으리요.

당신은 이러하시니 아드님께서 하시는 일을 본심은 모르시고 나쁘고 잘못하는 줄만 알으시니, 두 성모(聖母) 안 계시고, 궐내 모양이 말이 못 되어 더욱 망연하더라. 대저 부자분 사이가 좋지 못하신 곡절이 또 있으니, 이것은 다름 아니라 신미(英祖二十七年) 동지달에 현빈궁 상사나시니, 영조께서 효부를 잃으시고 애통하셔서 장례에 친히 임하여 간곡하게 돌보시더라. 그렇듯 하시는 중, 그곳 시녀 나인들이 소위 문녀(文女:英祖의 後宮 淑儀文氏)더라. 상사 후 가까이 하셔서 수태(受胎)하고, 그 오라비는 문성국(文性國)이란 놈인데 그것을 별감(別監)으로 사랑하시고 누이도 총애하여, 계유(英祖二十九年)년 삼월에 옹주를 낳으시니, 그 때 인심이 소요하여 들리는 말이,

'그것 남매가 아들을 못 낳아도 다른 자식이라도 갖다가 아들을 낳았다고 속이려 하더라.'

'그 어미는 중에서 환속(還俗)한 것인데, 딸의 해산에 들어왔더라.'

하는 괴이한 말이 낭자하더라.

문성국이 제 무슨 심장으로 동궁에 그리 흉한 뜻을 먹었던지 요악

(妖惡) 간흉(奸兇)한 놈이 아니리요. 별감으로서 사약(司鑰)으로
승진하고 누이는 신미(英祖二十七年)년 겨울부터 승은(承恩:여자가
밤에 임금 모시는 총애)하여 남매의 총(寵)이 극에 달하더라. 그리고
영조께서 어려서부터 계시던 집이 건극당(建極堂)인데 효장세자
(孝章世子)에게 주어서 현빈(賢嬪)이 거기 머물러서 신미년 상사도
거기서 지내더라. 그 아래 고서헌(古書軒)이라는 집에 문녀를 두어서
거기서 해산하고 갑술(英祖三十年)년에 또 여자를 낳더라. 후원 중정
문 밖에 문녀의 차지내관(次知內官) 전성해를 두시고 문성국이도
그 내판 처소로 와 뵈오니, 양궁(兩宮) 사이가 좋지 못하신 것을
그 놈이 알고, 그 틈을 타서 성의만 맞추어서 동궁하시는 일을 누가
사이에서 말한 이 있으리요마는 성국이는 세력을 믿고 무서운 마음이
없어서 동궁 액속(掖屬)들이 모두 제 동류이므로 동궁의 사소한 일까
지 알아듣는 족족 대조께 여쭙고, 문녀는 안으로 모든 소문인즉 다
여쭈으니, 모르실 제도 의심하시던 터에 날로 동궁의 험만을 들으시
니, 성심이 갈수록 갑갑하게 되실 수 밖에 없더라. 국운의 불행하여
요녀(妖女)와 간적(奸賊)이 일어나는 일이 슬프도다.
  그 남매가 여쭙는 일은 의심 없이 알거니와, 무슨 곡절로 그러는지
는 모르더니, 병자(英祖三十二年)년에 부릴 나인이 없어서 자장궁과
빈궁 사약 별감의 딸을 나인으로 뽑으려 하더라. 이것은 동궁께서
생각하신 일이 아니고 내가 나인이 없어서 뽑자고 말하여, 그것들의
딸을 들여다가 사약 김수완의 딸을 잡고, 별감의 자식도 잡았더니,
아침에 그런 일을 낮에는 벌써 아시고 동궁을 불러서,
  "네 어이 내게 아뢰지 않고 나인을 뽑았는고!"
하고 꾸중이 대단하시더라. 그 때 놀랍기가 이를 것이 없더라. 김수완

인즉 성국이와 친한 것이매, 제 자식을 안 들여 놓으려고 청하여 그리 급히 아신 일을 보니, 성국이가 아뢴 일이 너무나 분명하더라.

병자(英祖三十二年)년에 마마병으로 오래지 않아서 대고(大故 : 어머니 상사)를 당하시니 슬프시기도 하고, 마음을 많이 쓰시니 병환은 점점 더하시고, 과거(過擧)는 가지시니 성국이는 듣는 말마다 아뢰어, 두 분 사이가 더욱 망극하더라. 오삭(五朔)동안 빈전에서 대조께서는 경훈각에 곡하러 가시면, 옥화당에 가셔서 무슨 일이라 잡히오면 꾸중이 오시고, 동궁은 통명전에 가시면 또 꾸중이 오시니 화는 불같이 일어나시더라. 사람 모인 데나 나인들이 많은 데서도 허물을 들어내시는 품이시더라, 통명전의 인원왕후전 나인이 가득히 있는 육칠월 극열(極熱) 가운데 여러 가지로 동궁을 꾸짖으시매, 그대로 격화(激火)와 병환이 점점 더하시더라. 그래서 내관들에게 매질하시는 일이 그 때부터 더하시더라. 초상에 거룩히 슬퍼하시던 일로 비기면 상중에 하시는 매질이 잘못하시는 일이요, 정축(英祖三十三年)년부터의 의대(衣帶)의 탈이 나시니 그 말이야 어찌 다하리오.

오삭중 지극히 어려움을 지내시고, 유월에 정성왕후 인산이 되어 슬퍼하심이 초상과 다르지 않으셔서 성 밖까지 나오셔서 상여를 곡송(哭送)하여 애통하시니, 백관군민(百官軍民)이 누가 아니 감읍(感泣)하였으리요. 본마음이 나오시면 이러하시건마는, 그런 진정을 부왕께서는 모르시고 곡송하고 들어오실 제와 반우(返虞)의 영곡(迎哭)하러 나가실 즈음에, 무슨 탈이나 조건은 다 생각하지 못하되, 그 때 한재(旱災)는 있고 노염이 장하셔서 엄교(嚴敎)가 많으시니, 그 밤에 덕성합 뜰에서 휘녕전(徽寧殿 : 貞聖王后의 魂殿을 이름)을 바라보시고, 슬피 울면서 죽고자 하시던 일을 어찌 다 적으리오.

그 유월부터 화증이 더하셔서 사람 죽이기를 시작하시요, 그 때 당번내관(當番內官) 김환채라는 사람을 먼저 죽여서 그 머리를 들고 들어오셔서 나인들에게 보이시니, 내가 그 때 사람의 머리 벤 것을 처음 보았는데, 그 흉하고 놀랍기 이를 것이 어이 있으리요. 사람을 죽이고야 마음이 조금 풀리시는지, 그 때 나인 여럿이 상하니, 그 갑갑하기 측량없어 마지 못하여 선희궁께,

"병환이 점점 더하여 이러하시니 어찌할꼬?"

하고 여쭙으니, 놀라서 음식을 끊고 자리에 누워서 근심하시며, 그 말씀을 알고자 하시자 하니,

"누가 이 말을 한고."

하고 찾아내시면 남 보실 인사가 없으시니, 내 몸에 급화가 이를 듯하기에 선희궁께 울며,

"하도 안타까우니, 아는 일을 안 아뢰지 못하여 여쭈었더니 저리하시니 어찌하오리까."

하여 겨우 진정하였으니, 그 때 점점 이렇다 할 바 없이 애쓰던 말을 어찌 다 형상하며, 그저 죽어 모르고 싶더라.

칠월에 인원왕후 인산이 되시니, 그 때 큰비는 흐르는데 전조께서는 능소(陵所)에 가 계시고, 동궁은 효성이 부족한 것은 아니나 병환은 점점 더하시고, 사람 죽이시는 길이 나니, 인심을 두려워하고 언제 죽을지를 몰라 하니, 그런 모양이 어디 있으리요. 부친이 관서(關西)에서 오월에야 환조(還朝)하시니, 영조께서 반겨 애통하시고, 동궁도 뵈옵고, 그 사이에 큰 병환을 지내시고 대고를 만나시며 병환으로

근심이 많아서 부녀가 서로 붙들고 슬퍼하더라. 그해 구월에 경모궁께서 인원왕후전 침방(針房) 나인 빙애(思悼世子의 後宮)를 데려오시더라. 그 나인은 현주(恩全君)의 어미이니, 그 나인을 마음에 두고 계시다가 화증은 점점 나시고 마음 붙일 데가 없으시고, 인원왕후가 안 계시니 당신의 말을 누가 여쭈으랴 하고, 데려다가 방을 꾸미고 기용즙물(器用什物)을 잘 갖추더라. 그 사이에 나인을 가까이하시나 순종치 않으면 쳐서 피가 흐르고, 살이 터진 후에라도 가까이하시니 누가 좋아하리요.

가까이하신 것들이 많으되, 한 때 그리하시고 대수롭게 여기시는 일이 없으시매, 자식 낳은 양제(良娣)라도 조금도 용서하심이 없더라. 그러시던 분이 이것에게는 그리 대수롭게 구시니, 그것의 인물이 또 요악(妖惡)한지라, 동궁에 무슨 재물이 있으리요.

그 때부터 내수사(內需司) 쓰기를 비로소 하시니 얼마나 민망하리요. 내수사 관원 이하 그런 사실을 아뢰지는 않으나 어찌 위에서 모르시며, 성국이가 어찌 아뢰지 않으리요. 구월에 나인 빙애를 데려다 동짓달에 아시매, 그날이 바로 동짓날인데 대로하고 동궁을 부르셔서,

"네 감히 그러하랴!"

하고 꾸짖으시더라. 드러난 허물이 없어도 엄책이 그치지 않으셨는데, 하물며 이런 경우 어떠하리요.

"그 나인을 잡아내라"

하시니, 그 때 경상인 동궁께서 그것에게 혹하여 한사코 못 나가게 하시더라.

"어서 잡아오라!"

부왕께서는 노하여 재촉하시고, 동궁께서는 내어보내지 않고 사생
(死生)으로 위협하고 안 보내시니 일이 매우 급하게 되더라. 그러자
동궁께서는 빙애의 얼굴을 위에서 모르시므로 침방 나인의 같은 나이
또래를,

"빙애로소이다."
하고, 내어보내시더라.

나는 갑자년 후로 애휼하심이 각별하시고 그 아드님에게 미안할
제 처자가 한가지로 미우신 것이 상리로되, 날 사랑하시고 내 자녀를
귀중히 여기시더라. 이것은 그 아드님 처자 같지 않게 하시므로 매양
감축천운하더라. 그러나 그 일로 인하여 또 불안한 폐단이 무수하니
어찌 다 형상하리요. 시봉(侍奉) 십사 년에 처음으로 꾸중이 지엄하
시니 꾸중의 조건인즉,

"세자가 빙애를 데려올 제, 네가 알았으련만 내게 고하지 않았으
니, 너조차 나를 속이는 법이 어디 있으랴. 네 남편의 정에 끌려서
양제 적에도 네 조금도 투기하는 일이 없었고, 그 자식을 거두니,
내가 인정 밖으로 알고 너를 미안히 여겼더라. 그런데 이번에 웃전
(上殿)의 나인을 감히 데려다가 저렇게까지 하되 나에게 알리지
않고, 내가 오늘 알고 물어도 즉시 대답하지 않으니 네 행사가
이럴 줄 모르더라."
하고, 땅을 두드리시고 꾸짖으시매, 그 꾸지람을 받잡고 황공하여
아뢰기를,

"어찌 남편이 한 일을 위하여 이러하다고 하겠나이까. 소인의 도리
가 그렇지 못하옵니다."
하였더니, 더욱 꾸중하시더라. 자애만 받잡다가 처음으로 엄한 꾸중

을 듣잡고 송구함을 어찌 이르리오.

그리할 즈음에 그 나인을 몰래 다른 나인으로 하여금 정처의 집으로 내보내고,

"감추어두라."

하였더니, 그 밤에 부왕께서 지려청 공묵합으로 동궁을 불러서 또 꾸중을 많이 하시니, 서러워서 그 길로 양정합 우물에 빠졌으매, 그런 망극한 광경이 어디 있으리요. 방직(房直)이 박세근이라 하는 것이 업어 내니, 우물가에 얼음이 가득하고 마침 물이 많지 않아서 무사히 모셨으나, 막히시고 상하기도 하셨으니 무슨 말이 있으리요. 부왕께서는 우물에 빠지시는 해괴한 행동까지 보시니 어찌 노하지 않으시며, 그 때 마침 대신 이하 다 입시하며 그 광경을 목도(目睹)하더라. 그 때 수상(首相)은 김상로(金尙魯)였는데 음흉하여 동궁 뵈올 적엔 뜻을 맞추는 체하고, 대조께는 망극한 언사를 하여 보이니 흉측스럽더라.

부친이 동궁께서 그 꾸지람을 들으심과 우물에 빠지시는 일을 보시고 충애우민(忠愛憂悶)의 마음을 이기지 못하여 당신 처지를 돌아보지 않고 아뢰시되,

"옛날에 임금을 얻지 못하면 몸이 단(熱)다 하였사오니 군신도 그러하거던 하물며 부자 천성이오시리까. 자애를 잃으셔서 전전하여 저러 하시오니, 그 곡절을 생각하시도록 천만 바라옵나이다."

하고 아뢰더라. 그러자 군신제우(君臣際遇)가 천고에 드물어서 추고(推考) 한 번 당하시는 일이 없더니, 그날 아뢰는 말씀에는 격노하시고, 나도 노여워하신 끝이라 내 죄를 겸하셔서 삭직(削職)하시고 엄교가 대단하시더라. 선친이 황황히 나와서 성밖 월과계라 하는

데 계시더라.

상감 동궁 두 분 사이의 과거(過去)는 그러시고, 백성들도 부친만 믿다가 인심이 요란하여 어찌 될지 측량치 못하고 나도 엄교를 처음으로 듣잡고 황공하여 하실(下室)로 내렸더니, 오래간만에 부친을 다시 등용하시고 나를 부르셔서 자애가 여전하시니 천만 황공한 때였으나 지극하신 성은이야 미신분골(靡身紛骨)한들 어이 다 갚사오리요.

〈신축년 정월 초닷새, 호동(壺洞) 대방(大房) 서.〉

3

무인(英祖三十四年) 세초에 부왕께서 미녕하여 계시나, 사도세자께서 일향 병환으로 문안을 못하시니, 점점 어쩔 줄 모르게 지내면 만나뵈올 적마다 신혼(新魂)이 비산(飛散)하니 그 형상을 어찌 말하리요. 정월에 월성위(月城尉)의 상사가 나매 화순옹주 혈속이 없고, 일단 우직한 마음에 대의(大義)를 굳이 잡아, 십칠 일을 절곡(絶穀) 마침내 상사가 났고, 왕가에 이런 거룩한 일이 없으나, 영조께서 노부(老父)를 두고 당신 말씀을 듣지 않고 돌아가신 것을 불효라고 노하셔서, 정문(旌門) 청함을 허락치 않으시더라. 동궁께서 그 누님의 절열(節烈)을 탄복하여 많이 칭찬하시니, 그 병환 중에도 어찌 그러하시던고 싶더라.

정축(英祖三十三年)년 동짓달 변 후에 관희합에 머무시더니, 무인 삼십 사년 이월에 부왕께서 또 무슨 일로 불평하시고 동궁 계신 데로

92

찾아가시나, 하고계신 것이 어쩌나 눈에 거슬리지 않으시리요. 숭문당으로 오셔서 동궁을 부르시니 동짓달 후 처음 만나셨으매, 여러 조건을 많이 꾸중하시고 사람 죽인 것을 위에서 응당 아시고 바로 아뢰는가 보려하셨던지, 하신 일을 바로 아뢰라고 추궁하더라. 경모궁께서 아무리 어른들이 아시면 큰일이 날 줄 아시면서도 어전에서는 당신 하신 일을 바로 아뢰시는 품이니, 이는 천성이 숨김이 없어서 그러신지 이상하더라. 그날 그 말씀에 대답하시더라.

"심화가 나면 견디지 못하여, 사람을 죽이거나 닭 짐승을 죽이거나 하여야 마음이 낫나이다."

"어찌하여 그러하냐?"

"마음이 상하여 그러하나이다."

"어찌하여 마음이 상하느냐?"

"사랑치 않으시므로 슬프고, 꾸중하시기로 무서워서 화가 되어 그러하오이다."

하고, 사람 죽인 수를 하나도 감추지 않고 세세히 다 고하더라. 영조께서도 그 때 일시 천륜의 정이 통하시던지, 마음에 측은하셨던지,

"네 이제는 그러지 말라."

하시고, 노염이 조금 감하고 경춘전으로 오셔서 나더러 말씀하시기를,

"세자가 이리이리하니 그러함이 옳으냐."

하시니 부자간에 그런 말씀이 처음이더라. 하도 뜻밖의 말씀이라 내가 창졸에 듣잡고 경희(慶喜)하고 감읍(感泣)하고 눈물을 드리워 아뢰기를,

"그러하옵다뿐이오이까. 어려서부터 자애를 입삽지 못하와 한 번

놀라고 두 번 놀라서 심병(心病)이 되어 그러하오이다."

"마음이 상하였다 하는구나."

"상하기 이르오리까, 은애를 드리시면 그렇지 않으오이다."

이렇게 여쭙으면서 서러워서 우니, 안색과 말씀이 좋아지시더라.

"그러면 내가 그런다고 하고, 잠은 어찌 자고, 밥은 어찌 먹느냐?
내가 묻는다고 하여라."

하셨는데, 그날이 무인(英祖三十四年)년 이월 이십 칠일이더라.

내가 대조께서 관희합으로 가시는 양을 보고 또 무슨 변이 날까
혼비백산하여 애를 쓰다가 의외로 하교를 붙잡고 하도 감격하여 울며
웃으며,

"이리하여 그 마음을 잡게 하시면 오죽 좋겠나이까?"

하고, 절을 하고 손을 비비며 축수하매, 내 그 거동이 가엾으셨던지
온화하게,

"그리하여라."

하고 가시더라. 이것이 어찌 되신 성교(聖敎)이신지 희한한 꿈같더
라. 마침 경모궁께서 나를 오라 하여 가 뵙고,

"왜 묻지 않으신 사람 죽인 말씀을 하셨나이까. 스스로 그런 말씀
을 하시고 나중에는 남의 탈을 삼으시니 어찌 답답지 않으오이까?"

"알고 물으시니 다 말씀 드릴 수밖에."

"무엇이라 하시옵더이까?"

"그리 말라 하시더군."

"이렇게 말씀 듣자왔으니, 이후는 부자간이 다행히 좋아지겠습니
다."

하였더니, 경모궁께서 화증을 덜컥 내시더라.

"자네는 사랑하는 며느리라 그 말씀을 다 곧이듣는가. 일부러 그리 하시는 말씀이니 믿을 수 없소. 필경은 내가 죽고 마느니."

그리할 제는 병중에 계신 이 같지 않고 아까 부왕께서 유연(悠然)한 천륜으로 말씀하셨으니 믿삽지 못하오나, 한때 그 말씀이라도 감축하여 울었고, 경모궁께서 병환중 능히 하시는 밝은 소견을 들으니 어찌 흐뭇하지 않으리요, 대처 하늘이 부자 두 분 사이를 그토록 하시게 하여, 아버님께서 말고자 하시다가도 누가 시키는 듯이 도로 미움이 생기시고, 아드님은 뵈옵는 때나 속이는 일이 없이 당신 과실을 고하시니, 이는 천질(天質)의 착함이라, 조금 예사로우시면 어찌 이렇게 하리요, 하늘 뜻이 어찌하여 조선국(朝鮮國)에 만고에 없는 슬픔을 끼치셨는지 애통할 뿐이로다.

이 때 의대병(衣帶病)이 극심하시니, 그 무슨 일인고, 의대병환(사도세자가 옷을 입지 못하던 怪病)의 말씀이야 더욱 형편 없고 이상한 괴질이시니, 대처 옷을 한 가지 입으려 하시면, 열 벌이나 이삼십 벌이나 하여 놓으면, 귀신인지 무엇인지 위하여, 놓고 혹 불사르기도 하고, 한 벌을 순하게 갈아 입으시면 천만다행이요, 시중 드는 이가 조금만 잘못하면 옷을 입지 못하여 당신이 애쓰시고, 사람이 다 상하니 이 아니 망극한 병이냐. 어떤 때는 하도 많이 하니, 무명인들 동궁세간에 무엇이 많으리요. 미처 짓지도 못하고, 옷감도 얻지 못하면 사람 죽기가 순식간의 일이니 아무쪼록 옷을 해대려도 마음이 쓰이는지라, 부친이 이 말을 들으시고 근심하는 탄식이 무궁하시고, 내가 애쓰는 일과 사람 일을 민망히 여기시고 그 옷을 대어 주시더라. 그 병환이 육칠 년에 걸쳐서 극히 성한 때도 있고, 좀 진정한 때도 있더라. 그 옷을 입지 못하여 애를 쓰시다가 어찌하여 조금 증세가 나아서 천행으로 한 벌 입으시면, 당신도 다행한 것같이 여기고 더럽도록 입으셨으니 그 무슨 병이런고. 천백 가지 병중 옷 입기 어려운 병은 자고로 없는 병인데, 어찌 지존(至尊)하신 동궁이 이런 병을 얻으셨는지 하늘을 불러 알 길이 없더라.

정성왕후와 인원황후 두 분의 소상을 차례로 무사히 지내고 두어 달은 극심한 탈은 없이 지나가고, 국상(國喪) 후에 동궁께서 홍릉(弘陵)에 참배치 못하였으므로 마지 못하여 수가(隨駕)를 시키더라. 그해 장마가 지지하다가 거동 날 큰 비가 쏟아지매, 부왕께서 날씨가 이런 것을 아드님을 데려온 탓이라 하시고 능에 미처 가지 못하여,

"도로 들어가라."

하고, 동궁을 쫓아 돌려보내고 대가(大駕)만 가시더라. 동궁께서는 능에 전알(展謁)하려 하시다가 뜻을 이루지 못하셨으니 백관군민(百官軍民)의 소견엔들 오죽 의괴(疑怪)하리요. 거동이 잘 가셨다가 잘 돌아오시기를 축수하다가 이 기별을 듣고, 나는 선희궁을 모시고 앉았다가 망연 실색하고, 밖에서 들어오시면 화증을 내실까 하고 절절 매고 있었더니, 동궁께서 큰 비를 맞고 도로 들어오시니 그 마음이 어떠하시리요. 격기(激氣)가 올라서 바로 오실 수 없어서 경영고(京營庫 : 서울 軍營)에 들러서 기운이 막 질리는 것을 진정하고 들어오셨으니, 그 모양 얼마나 고통스럽고 걱정스러우셨을까. 그런 동궁을 생각하니, 그 일은 병들지 않으시고 대순(大舜)의 효도가 아니고는, 아니 섧지 않으실 것이로다.

"점점 살 길이 없노라."

하시고, 그 후에 옷을 잘못 입고 가서 그런 일이 났는가 걱정으로

의대 증세가 더하시니 안타깝더라.

그해 섣달에 상후(上候)가 대단히 편찮으셔서 기묘(英祖三十五年)년 정조혼전(正朝魂殿) 제사에 친임(親臨)치 못하시더라. 문안 때에 문안 일도 갑갑하니, 혹 문후를 하여도 대조께서 순순히 보시지 않고, 소조께서 병환도 심하시고, 무서우시니 어찌 문안하러 하리요. 그래서 나는 문안중 슬프고 한심하더라. 그 때 영의정이 김상로(金尙魯)였는데 소조께서 잘 하여 달라시면 말을 음흉히 하니, 정축(英祖三十三年 英祖가 노하여 傳位 분부가 내리자 思悼世子가 졸도하여 落傷)동짓달의 변(變)부터 은인이라고 하시매, 대조의 병환이 중하시니 국사를 어찌할까 근심하시는 말씀을 대신해서 자주 하시니, 그때 신하들의 처변(處變)이 실로 어려웠고, 대소조 사이니 말씀 하시기가 극히 어렵거니와, 김상로는 소조께서 흘러가는 듯이 좋게 하며, 대조께서는 성의봉승(聖意奉承)하고 울고 서러워하는 기색을 뵈이니, 말씀을 아뢰려 한들 침전에 선희궁이 계셔서 주야로 시령(侍令)하여 계시고, 근시(近侍)하는 나인들이 있으므로 말을 못하더라. 공묵합 거려(居廬)하시는 데가 방이 두 칸이니 안방 문 밑에 누우시고 바깥방 한 칸에 삼제조(三提調)와 의관이 입시하니, 대신은 머리 두신 데 바로 엎드려 있으므로 비밀 말도 할 수 있으련만은 안에 모신 이를 꺼려서 매양 방바닥에 손가락으로 써 보이면, 영조께서는 문지방을 두들겨 탄식하시고, 김상로는 엎드려 슬퍼하더라. 그 때 정상이 체극대신(體極大臣 : 英領相)이야 어찌 통곡하지 않으리요마는 상로는 음흉하게 전궁(殿宮 : 大殿과 東宮) 사이에 말을 하였으매, 그럴 데가 어디 있으리요. 선희궁께서 항상 거기 계시다가 글자 써보옵는 것을 보시고 통분하여 흉한 일이라고 하시더라.

그 문안 중에 청연(清衍)의 역질(疫疾)이 처음은 중하더니 나중은 매우 순하고, 상후(上候)도 설을 지낸 뒤에 곧 평복하여 청연을 보시려고 친히 오셨으므로 그 때 경사롭게 지내더라.

기묘(英祖三十五年) 삼월에 세손책봉(世孫册封)을 정하시고 효소전(孝昭殿 : 仁元王后의 殿號)과 휘녕전(徽寧殿 : 貞聖王后의 殿號)에 전알(展謁)하니, 동궁께서 그 병환중 세손책례(世孫册禮)하신 일을 기특히 여겨 기뻐하시고 병증이 심하실 제는 처자를 알아보지 못하시나, 세손 귀하시기는 이를 데가 없어 군주(君主 : 王世子 嫡室이 낳은 딸)들이 감히 바라보지 못하고, 천출(賤出 : 妾出生의 子孫)들이 우러러보지 못하고 명분을 엄하게 하시니 이런 때는 어찌 병환 계신 이 같으리요. 두 성모님의 삼년상을 마치고, 오월 육일 인원왕후 부태묘(付太廟 : 神主를 太廟에 모시는 일)까지 하니 허전한 심사를 어찌 다 형용하리요. 부태묘 적에 예조(禮曹)에서 간선(揀選 : 선은 보는 것 여기서는 英祖繼妃 간선)을 청하니, 효소전에 고하시고 간택하기로 정하여 유월에 가례(嘉禮)를 행하더라. 그 때 동궁께서 병환이 점점 깊으시니 불언중 근심이 많았다. 선희궁께서 나에게 말씀하시더라.

"정성왕후 안 계신 후는 이 가례를 행하여 곤위(坤位)를 정하는 것이 응당한 일이라."

하고 영조께 하례하시고, 가례 차리심을 몸소하여 정성을 다하시니 임금 위하신 덕행이 거룩하시기 때문이로다. 가례 이튿날 양궁(思悼世子와 洪嬪)이 중궁전(中宮殿 : 貞純王后殿)에 조견(朝見)할 제 양전(兩殿 : 英祖大王과 貞純王后)이 함께 받자오니, 동궁께서 행례를 지극히 공손히 하였는데, 본성이 성효(誠孝)에 뛰어나신 것을 이런 일에 더욱 알지다.

윤유월(閏六月)에 세손 책례를 명정전에서 행하니 여덟 살인데 엄연히 훌륭하심을 어찌 다 이르리요. 외면으로 보면 당신 몸이 청정(聽政)하시는 저군(儲君 : 王世子)이시고 아들이 여덟 살 되어 세손책례를 지내니, 국세(國勢)가 태산반석 같고 무슨 근심이 있으리요마는, 궁정 사정은 조석을 보전치 못하여 지내니 갈수록 하늘을 우러러 묻자올 길이 없더라. 가을에서 겨울 사이에 가례하신 후 성심이 자연 한가치 못하셔서 드러난 일이 적으며, 겨우 그 해를 보내고, 경진(英祖三十六年)년을 당하니, 그 해는 병환이 더욱 위독하시고, 대조께서도 책망이 날로 심하시매 울화는 점점 성화시고, 의대병환이 극심하더라. 갑자기 모르는 사람이 보인다 하시고 다닐 때는 미리 사람을 보내어 금하시고, 나가실 때 혹 미처 피하지 못하여 얼핏이라도 보이면 그 옷을 못 입고 벗으시고 비단 군복 한 벌을 입으시려 하면, 군복 몇 벌을 이어서 불사르시고 겨우 한 벌을 입으셨으니, 기묘 경진년 사이에 군복 지어서 없앤 것이 비단 몇 궤이지 알리요. 조금도 범연한 비단으로는 못하니 그 때 내 간장이 어찌 상한 줄 알리요.

이상한 것이 정월 이십일이 탄일(誕日)이시니, 그 날은 예사로 보내시면 좋으련마는, 그날 차대(次對 : 閣議)를 하시거나 춘방관(春坊官)을 부르시거나, 동궁을 부르시거나 하여 동궁 말씀을 하시므로 그 일로 큰 근심이 되시니, 갈수록 슬프고 애닯아서 어느 해에 탄일을 예사로이 잡수신 적이 있으리요. 그날 굶으시고 궁중이 황황이 지내니 어찌 팔자가 그토록 기구하시던고 그저 슬프기만 하도다. 경진년 탄일에 또 무슨 일로 울화 대단히 올라서 그 날부터 부모

공경하시는 말씀을 못하시고 상말로 천지를 분별 못하듯이 노엽고 슬퍼서,

"살아 무엇하리."

하시며, 선희궁께 공손치 못한 말을 많이 하시고, 세손 남매가 문안하자 큰 소리로 호령하시더라.

"부모 모르는 것이 자식을 알랴, 물러가라."

그러시자 구세, 칠세, 오세의 어린아이들이 아버님 탄일이시라 용초(龍綃)도 입고 장복(章服)들을 하고 절하여 뵈오려다가, 그 무서운 호령을 듣고 깜짝 놀라서 어쩔 줄을 모르던 정상이 오죽하리요.

병환이 심하셔서 내게나 괴롭게 구시지, 어머님께서는 그리 못하시더니, 그 날에야 비로소 병환을 감추지 못하시더라. 전일에는 선희궁께서 비록 아드님의 병환 말씀을 들으셨으나, 혹 과한 말인가 하시다가 처음으로 보시고 기가 막혀서 말씀을 못하시니, 병환이 점점 깊어서 칠십 자모를 알아보지 못하시고, 자녀를 자애하시던 정을 잊으시고 그리하시니, 선희궁 심사와 자녀들 놀란 기색이 찬재(灰色) 같으니 그런 광경이 어디 있으리요. 내가 그 때 슬퍼서 뼈를 깎는 듯이 곧 죽고 싶었으나, 죽지 못하니 내 형용이 어찌 사람의 모양이리요. 그해 봄에는 그 병환이 날로 심하시니 주야로 초조한 가운데 여름 한재(旱災)로 대조께서 또 근심하시고,

"소조에서 덕을 닦지 않는 탓이로다."

하고, 차마 들을 수 없는 분부가 많으시니 여지 없는 병환에 이렇게 하시매 차마 견디지 못하는 근심은 무궁하고 한시라도 살 길이 없어서 주야로 죽기만 원하시더라.

정처가 나중에 세손께 괴상하게 굴었지, 경모궁 일에는 스스로

몸을 버려서 동궁께 성심이 풀리시게 간(揀)하지 못한 것이 죄라 하려니와, 그 오라버님이 두려워서 아무일이라도,

"못하겠소이다."

하고, 아니하더라. 경진년에 병환이 더하신 후로부터 비로소 재물도 가져오시고 잘 해 내라고 하시더라. 그전에는 조용히 잘하여 달라는 말씀이나 하시더라. 격기(激氣)는 성하시고, 슬픔이 극진하신지라, 저는 자애를 극진히 입고 나는 어찌 이러한고, 마치 그 누이 탓인 듯 참으시던 분이 다 터져서,

"다 다 잘하라."

하시더라. 그 사람이 무섭기도 하고 민망도 하여, 자칫하면 위태롭다 가 무사하더라. 그 정처의 말을 들으면 대조께 바로 여쭈오면 일이 어떠할지 모르기 때문에 백방으로 도모하여 무사케 하여 놓으므로 아무런 탈이 없고, 인견하시면 소조 말씀이 나오기 때문에 인견 못하 시게 하라 하고, 정처가 혹 나가면 그 사이에 또 무슨 일이 있을까 염려하여 호령하시며,

"다시는 안 보겠노라."

하고, 한동안 그 집에 나가지 못하게 서시매, 그 양자 후겸(厚謙)의 관례(冠禮)를 유월 열흘께나 가서 지내려다가 가지 못하더라. 당신 병환과 당신 일이 점점 어려워지자, 한 대궐 안에서 지낼 수가 없더 라. 홀연 대조께서 거처를 옮기시면 당신이 혼자 후원에 가서 군기 (軍器)나 가지고 소창하시려는 생각이 나자 불시에 정하시고 칠월 초생에 정처에게,

"아무래도 한 대궐 안에 살 수가 없어서, 윗대궐을 보자고 하거 나, 무슨 수단으로 모시고 가라."

하고 부탁하시더라. 그 일을 하러 하실 제 날더러 정처에게 꼭 그렇게 시키라고 조르신 것이 오죽하리요. 그 때 내가 겪은 고통은 사생(死生)이 순간에 있더라. 그런데 그 옹주가 어떻게 도모하였던지 대조께서 거처를 옮기시게 정하고, 초팔일로 택일하자 초육일에 그 옹주를 불러다가 칼을 뽑으려고 칼자루에 손을 잡고,

"이후에 내가 무슨 일이 있으면 이 칼로 너를 베리라."

하고 위협하시더라. 선희궁께서도 그 옹주를 어찌할까 염려하고 따라오셔서, 그 광경을 당하셨으니 심사가 어떠하시리요. 옹주는 울고,

"이후는 잘할 것이니 목숨만 살려 주시오."

하고 애걸하자, 동궁은 또 옹주를 졸랐더라.

"이 대궐에만 있어도 갑갑하여 싫으니, 네가 습기로 다리가 허는 것은 너도 알 것이니 가게 해라."

"그러하겠나이다."

하고 가더니, 대조께서 이어(移御)하시고 동궁에게 온양 거궁이 내리매, 그 옹주가 대조께 간곡히 보채는 곡절을 하였기에 이런 일이 순조롭게 되었지, 그렇지 않고는 어찌 이어를 하시며, 동궁에게 온양을 가시게 할 리가 있으리요. 과연 신통도 하다. 이런 수단을 벌써부터 하였으면 부자 두 분의 사이를 몸을 버려하여 봤더면 나을는가. 모두 하늘이 시키는 일이니 홀로 하신 일을 어찌 하리요. 나는 어이하여 내지 않는다고 섰는 것을 바둑판을 던져서 왼편 눈이 상하여 하마터면 눈망울이 빠질 뻔하였으나 요행히 그런 지경을 면하였으나, 놀랍게 붓고 상처가 대단해서 이어하시는 데는 하직을 못하고, 선희궁께 낯으로 뵈오지 못하니 놀라운 이회(離懷)를 어찌하여 살아갈 수가 없더라. 죽고자 하되 차마 세손을 버리지 못하여 다행치 못하나,

각색의 어렵고 위태로운 열이 무수하니 어찌 쓰리요.

이어하시면 온양 거동 결속(結束)을 차려서 칠월 십삼 일에 떠나시니, 선희궁이 자모지정에 온양 행차를 잘 돌아오실까 하는 근심과, 잊지 못하시는 정리 형용할 수 없으시면서, 찬합을 이어 만들어 보내시더라. 그리고 질자(姪子) 이인강(李仁剛)이 공주영장(公州營將)이니 잘 지내는지 소문이나 알아 들이라고 궁금히 여기시니 어찌 그렇지 않으시리요. 그런데 온천 갈 때에 어찌 생각하셨는지 대조께서 하직 말로 바로 가라고 허락하시더라.

그러나 거동하시는 위의(威儀)는 쓸쓸하기 말이 못 되더라. 당신은 전배(前陪)나 많이 세우고 순령수(巡令手) 소리나 시원히 시키시고, 풍악이나 장하게 잡히고 가려고 하셨으나, 부왕께서는 마지 못하여 보내시니 어찌 그렇게 차려 주셨으리요. 그 때 신하들인들 두 분 사이에 누가 감히 입을 벌리리요. 소천이 아무리 중하나 하도 두려워서 내 목숨이 부지 불각중 어느 날 마칠지 모르니, 마음이 뵈옵지 말기만 원하여 온천 가신 그 동안만이라도 다행한 것 같더라.

부친의 초조하신 근심과, 두 분 사이에 어렵게 지내시던 일이야 붓으로 어찌 다 기록하리요. 자고 새어 부녀의 간장만 태우고 지냈으니 이런 정경은 훗 사람들이 상상하여도 짐작할 것이다. 온양에 가신 뒤에 세손이,

"외숙(洪樂倫)과 수영(守榮 : 惠慶宮 洪氏의 伯姪)을 불러 달라."
하고, 내 목숨이 조석에 있으므로 친정 친척이 하직이나 하고자, 내 아우와 동생의 댁들이 궁중으로 들어왔더라.

동궁께서는 온행(溫行)하려 하실 적은 사람이 다 죽게 되어 보이더니 성문을 나가시매 울화가 내리셨는지, 영을 내려서 일로(一路)

의 작폐(作弊)를 못하게 하시고, 지나시는 길에 은위(恩威)가 병행하시니, 백성들이 고무하여 성명지주(聖明之主)라 하고, 행궁(行宮)에 드신 후도 한결같이 덕을 베푸시니 온양 일읍이 고요 안정하여 왕세자의 덕을 축수 찬양하였다 하더라. 그 때 시원하신 듯이 병환이 물러나고 본연의 천성이 동하신 듯 하더라. 일껏 가셨으나 온양 소읍에 무슨 경치가 있으며 장려(壯麗)한 물색이 있으리요. 십여 일을 머무르시자 또 답답하여 팔월 초유일에 환궁하신 후,

"온양은 답답하니 평산(平山)이나 가자."

하셨으나, 또 평산에 가겠다고 말씀할 길이 없어서, 평산은 좁고 갑갑하기가 온양만도 못하다 하여 그 길은 안 가시더라. 그러나 그저 답답하여 하시고 춘방관이며 신하들은,

"대조께 진견(進見)하오소서."

하는 상서를 하더라. 그러나 가실 모양은 못 되시고 그 일로 큰 근심을 하고 계시더라.

　대조께서 세손을 자주 데려다 두시고 점점 근심이 중하시니, 연중(筵中 : 君臣의 公度)에서도 항상 탄식하시고 자연 종사(宗社)를 위하여 나라를 세손에게 의탁하시고, 세손이 숙성하고 영명하여 응대와 행동이 성심에 마땅하셔서 사랑하시는 말씀이 자주 있으시더라. 동궁께서 연설(筵說)을 매양 사관(史官)에게 써다가 보내셨는데 그 중에 세손을 칭찬하고 사랑하시며,

〈나라의 중탁(重託)을 세손에게 하노라.〉

하시는 대목에 미쳐서는, 동궁께서도 세손을 사랑하시나 제왕가의 부자간이 자고로 어려운데, 하물며 병환중 당신은 어려서부터 자애를 못 받은 것이 지한(至恨)이 되어 계신데, 그 아들만 칭찬하시니 그

울화 가운데 어찌 하시리요. 세손 한 몸에 종사존망(宗社存亡)이 있으니, 그 세손이 평안하셔야 나라가 보전할 것이니, 세손을 무사케 할 도리가 그 연설을 안 보시게 하는데 있더라. 그래서 내관에게 일러서 사관이 써오거든 그 연사(筵辭)를 고쳐서 보시게 하시고, 위급한 때면 내가 내관에게 직접 말하여 문제될 귀절은 빼어 버리게 하고, 이 사연을 부친에게 기별하였다.

〈아무쪼록 세손 평안할 도리를 하소서.〉

부친은 지극하신 위국지충(爲國之忠)으로 두루 주선하셔서 그런 말은 밖에서 빼고 써오게 하더라. 부친이 험난한 때를 당하여 대조 은혜도 갚사오며, 소조도 보호하려, 세손도 위하여 평안케 하려 하시니, 타는 듯한 걱정이 과하신 때는 격기가 상하여 매양 관격증이 나더라. 나를 보시면 하늘을 우러러 국가의 태평만 축수하시고, 세손을 보호하여 종사를 잇게 할 기틀이 그 연설을 못 보시게 하는데 있으니, 우리 부녀의 초심인들 상리(常理) 인정이겠지마는 그 고심 지성은 신명께서 아실 것이로다. 만일에 동궁께서 세손 칭찬하시던 상교(上教)를 바로 보았더라면 세손께 놀라운 일이 어느 지경에 이르렀으리오.

이렇듯 신사(英祖三十七年)년이 되니 동궁의 병환이 더욱 심해지시매, 대조께서 이어하신 후에는 후원에 나가서 말타기와 군기붙이로 소일할까 하시다가 칠월 후에는 후원에도 늘 가시니 그것도 심심해서, 뜻밖에 미행(微行)을 시작하시매, 처음의 일이라 어이없으니 어찌 다 근심을 형용하리요. 병환이 나시면 사람을 상하고 마셨다. 그 옷 시주의 현주의 어미가 들었는데 병환이 점점 더하셔서 그것을 총애하시던 것도 잊으셨으므로 십사 년 정월에 미행하려고 옷을 갈아 입으시다가 의대증이 발작하여 그것을 쳐서 죽이고 나오셨더라. 즉각에 대궐에서 이런 탈이 났으니 제 인생이 가련할 뿐 아니라 제 자녀가 있으니 어린 것들의 정상이 더 참혹하더라. 언제 들어오실지 몰라서 시체를 한곳에도 둘 수 없어서 그 밤을 새우고 내어보내고 용동궁(龍洞宮)으로 호상 소임을 정하여 상수(喪需)를 극진히 하여 주었고, 나중에 동궁이 와서 들으시고 아무런 말씀도 하지 않으신 것이 정신이 없어서 그러신 것이매, 일마다 망극하더라. 정월, 이월, 삼월을 미행으로 보내고 궁밖 출입이 잦으시니 그 때 내 마음이 얼마나 무섭고 조심스러웠으리요.

　삼월에 세손이 입학하시고 관례를 경희궁에서 하시니, 내 정리로 어찌 보고 싶지 않으리요마는 동궁께서 가실 모양이 못 되시니 내 무슨 낯으로 혼자 가보리요. 병이라 하고 못 가보니 그런 정리가 어디 있으리요. 그 해 이 삼월에 연하여 이천보(李天輔) 이후(李珝), 민백상(閔百祥)의 세 정승이 돌아가고, 상후가 편찮으신데 대신이 없었기 때문에 삼월에 부친에 대배하셨고, 당신 지처(地處)나 국세(國勢)나 본심이나 어찌 출사(出仕)코자 하시리요마는, 휴척지의(休戚之義)와 사생지심(捨生之心)으로 그 때에 당신 몸이 물러나시면 세도인심(世道人心)이 더욱 하나도 믿을 것이 없을 줄 헤아리시고 종국(宗國) 위하는 단호한 일편 혈심으로 오직 몸을 바쳐 나라와 함께 존망하려 하시더라. 그러니 어느 때 두렵지 않으시며 어느 날 초조하지 않으시리요. 삼월 그믐께 관서미행(關西微行)을 하시니, 이것은 서백(西伯)이 옹주의 외시삼촌 정휘량(鄭輝良)인 고로, 그리 가셔도 부왕께 아뢰지 못할 줄 짐작하시고 가신 것이다. 동궁이라 아니하신들 감사가 어찌 영중(營中)에 편히 있으리요. 떠나서 영 외에 대령하니 음식과 도중에 쓰실 것을 다 진상하고 간장을 태우며 장림(長林)에 나올 제 피를 토하였다 하더라. 그 사람이 조심이 작고, 그 조카 일성위는 없거니와 옹주 편애하시기로 두려워하더니 그 때에 황황송구하기가 어떠하였으리요. 이 서행(西行) 후에 내 근심은 말할 것도 없고, 부친이 초조 황망하여 넌지시 감사에게 알아와서 소식을 들으시고, 항상 대궐에 오시다가 혹 집에 돌아오셔서도 마루에 앉아서 밤을 새워 사시니 당신의 심사가 어떠하시리요. 소조께서는 일을 대조께 차마 아뢰지 못할 것이니 간할 터가 어찌 있으리요. 간할 만하면 무슨 마음으로 간하지 않았으리요. 설사 간하여도 들으실 리 없고 연좌(連坐)는 내 몸 보전치 못할 것이요, 자식들까지 어찌될지 모르니 간코자 않으신 것이 아니로되 전혀 병환 때문이시니, 일심으로 세손이나 보전하려 하시는 고심이더라. 그러나 모르는 이는 보도(輔導)를 잘못 한다고 책망하니 누구에게 이런 고충을 말하리요. 그저 만나신 바가 기구하고 험악하시니 슬플 따름이로다.

서행하신 후 이십여 일 만에 사월 이십일 후에 돌아오시매, 초조하다가 도리어 아무렇다 못하여, 서행하신 사이니 병환 계시다 하고 내관에게 약속하며, 장번내관(長番內官) 유인식(柳仁植)은 속방에 누워 소조 말씀같이 하고 박문흥(朴文興)은 각색 일을 다수 응하니, 무섭고 망극함을 어찌 다 기록하리요. 그 때 윤재겸(尹在謙)의 상처가 있었는데 간하는 것이 신분(臣分)이 당연하나 소조께서 하실 지경이 못 되시고, 대조께서 하시면 무슨 변이 날지 아리요. 간할 터가 없이 되어 있더라. 서행 후 좀 마음을 섧으시는 듯하여 차대(次對)

도 하시고 강연(講筵)도 하시니, 아쉽게 진정하실까 바라던 마음이 간절하더라. 그후 차대에서 계희(啓禧)가 무어라 아뢰니, 하령(下命)을 엄히하시고 강충(江充:漢武帝의 臣下로서 太子를 이간하여 해친 者)이 말씀까지 하시는 양이 병환이 아니신 듯하시니, 부친이 기뻐하시며 들어와서 나에게 전하더라.

오월의 열흘 지나서 처음으로 경희궁에 가셔서 문안하시니 천행으로 탈 없이 다녀오시더라. 나도 보름께 세손과 함께 경희궁에 올라가서 대조께 뵙고 선희궁을 뵈오니 가슴이 막혀서 무슨 말씀이 있으리요. 유월에 학질을 얻으셔서 수월을 다망히 지내시니, 그 해는 봄부터 미행하시기로 옥체를 잘못 가지셔서 병환이 나신가 싶더라. 나의 이 말에 인사에 괴이하게도 만고에 없는 일을 겪으시니 그 병환에 돌아가셨다면 여의온 지통(至通)뿐이요. 당신의 슬픔과 처자의 지원이 이토록 하며, 세손의 망극함과 사람의 상함과 내 집의 원통함이 이 지경이 이르렀으리요마는 팔월에 학증은 나으시고 구월에 대조께서 정원일기를 보시다가 서행 말이 있으니 처음 아시고 그 때 일장 풍파를 지냈으되 큰 변이 나지 않은 것은 정휘량의 힘을 많이 입은 것이매, 창덕궁 거동도 하려하시고, 그 때 내관도 다스리시니 어찌 그리 아니하시리요. 어려서부터 대조 하시는 일을 경력하니, 작은 일에 까다로와서 어렵지 일이 커서 대단하면 작은 일에 격노하시는 것보다 덜 하시니, 살생하신다는 말씀을 들으시고 '마음이 상해서 그렇다'하고, 도리어 위로하시던 일 같아서, 서행하신 후야 진노(震怒)와 처분이 어떠하리요마는, 나중에 그토록 꾸중하지 않으시니, 일이 너무 커서 그러신가 싶더라. 그 때 거동령이 나니 당신 버리신 군기(軍器) 제두(諸具)를 다 치우고 당신도 무사치 못할 듯하여

환취정(環翠亭)에 계시더니 여러 해 정답게 하시는 말씀을 듣지 못하
였는데 그날 나에게 하시는 말씀이,

"아마도 무사치 못할 듯하니 어찌 할꼬."
하시기에, 내가 대답하기를,

"안타깝소마는 설마 어찌 하시오리까?"

"왜 그럴까, 세손을 귀여워 하시니, 세손이 있는 이상 날 업시 한들
관계할까. 세손이 내 아들인데 부자가 화복(禍福)이 같지 않으니
어떠하오리까."

"자네는 못 생각하네. 나를 미워하심이 점점 심하여 어려우니 나는
폐하고 세손을 효장세자(孝章世子 : 英祖의 長男)의 양자 삼으면
어찌할까 본고."

그 말씀하실 제는 병환 기운도 없고 처량하게 그러시니 그 말씀이
슬픈고로,

"그럴 리 없나이다."

"두고 보소. 자네는 귀여워하니, 내게 좋은 사람이로되 자네와
자식들은 예사롭고 나만 그리하여 이리 되고 병이 이러하니 어디
살게 하였는가."

내가 슬퍼서 울며 들었고, 그후에 갑신(英祖四十年)년에 망극지원
극통을 당하여 하시던 말씀을 생각하나, 미래의 일을 짐작하여 그날
말씀하시던 일이 이상하고 밝으시던 것이 지극히 원통하도다.

거동을 안 하게 되매 화색(禍色)이 좀 진정하시나, 한 번 구경을
하시면 별증은 그대로 더하시더라. 시월 즈음에 더 중하시니 망극하
며 세손빈 간택을 정하시니, 그 청풍(清風)집이 대가덕문(大家德門)
이요, 김판서 성응(聖應) 대부인 수연(壽宴)에 부친이 가셨다가 대비

전(大妃殿 : 正祖 大王 大妃)을 유시에 보시고 비상한 자질이라 하시던 말씀을 들었더니, 처녀 단자(處女單子)에 김판서 시묵(時黙)의 딸이라고 쓰인 것을 동궁께서 보시고 많이 하고자 하셔서 옹주에게 기별하고 그 곳에 못하게 되면 알리라고 하시더라. 그런데 성의(聖意)는 윤득양(尹得養)의 딸에게 기우시고 궁중의 소견들도 그러하되, 동궁께서 못 가시니 내 어찌 혼자 가리요.

내 아들 의지하는 천륜상 자별한 지정(至情)으로 그 간택을 보지 못하는 일도 궁금하여, 인정 밖의 일이라 한심스럽게 지내매,

동궁께서 못 될까 걱정하시다가 완정하시니 매우 기뻐하시더라. 재간(再揀)을 지내고 빈궁(嬪宮 : 世孫嬪)이 즉시 마마병을 앓으시고 이어 세손이 마마를 하여 섣달 열흘께 나으시더라. 대조께서 걱정하시다가 기뻐하시고 동궁께서 좋아하시고 조심을 하시니 이런 때는 병환이 없는 듯 싶으며, 내가 남에 없는 정리로 중한 병환에 손을 모아서 마마 나가기를 천지신명께 빌던 일과, 부친이 직숙(直宿)하여 주야 초심하시던 정성이야 더욱 말할 것이 있으리요. 조종(祖宗)의 신령이 도우셔서 양궁(兩宮)이 차례로 평순하시고 십이월 삼간(三揀)이 되었으니, 그 경사 말로 어찌 형언하리오.

삼간에는 부모를 뵈지 못하여 동궁과 나를 오라 하니, 세손과 빈궁 볼 일이 기쁘나 또 동궁께서 어찌 다녀오실까 갑갑히 조이더니, 염려에 어긴 일이 어이 있으리요. 동궁께서 의대 병환으로 일습을 모두 여러 번 갈아 입으시다 망건도 옥관자를 지당치 못하여 안타깝던 중, 그날 공교롭게 통정옥관자(通政玉貫子 : 三品官員에 붙이는 옥관자)를 붙이고 가시더라. 사현합(思賢閤)에서 대소조가 만나셨는데, 그 통정옥관자가 호반(虎班)의 관자같이 크고 괴이하여 왕세자답지

않으시나, 그것이 무슨 그토록 큰 일인데, 미처 처녀가 들어오기 전에 그 관자 때문에 대조께서 노하시고, 보지 말고 돌아가라고 꾸중하시더라. 그 일은 실로 슬프고 그렇게까지 하지 않으셔도 좋다고 생각되나, 동궁께서는 며느리를 보시지도 못하고 돌아가셨으니, 그 심정이 어떠하시리요. 그런데도 어찌 그 화증을 안 내시고 공손히 내려가셨던가. 나는 나중에 죽을 변을 당할 결심으로 올라가, 세손을 보고 가려고 겨우 삼간을 지내고 생각하니 동궁이 삼간까지 보시지 못하는 것이 박정하고 일도 어려워질 듯하여 그 때 중궁전(中宮殿)께와 선희궁 옹주께,

　"별궁 길이 창덕궁을 지내니 위에 여쭙지 말고 함부로 데려가기 황공하나 아마 뵈올 것입니다."
했더니, 의논이 그렇게 하기로 되더라. 협시내관(夾侍內官)에게 일러서,

　"아래 대궐 지낼 때, 내 연(輦)과 같이 들게 하라."
하고, 세자빈을 데리고 왔다. 동궁께서 마음이 좋지 않아 계시다가, 보시지도 못하고 그냥 내려오셔서 어이 없고 슬프셔서 덕성합에 죽은 듯이 누워 계시더라.

　"세손빈을 데리고 오십니다."
하니, 반갑게 일어나서 그 며느리를 어루만지며 기특히 여겨 좋아하시고, 밤에야 별궁으로 내보내시더라. 사세가 하는 수 없어 데려다 보였으나 대조를 속인 듯하여 죄송스럽더라. 동궁은 날로 슬퍼하고 날로 병환이 더하셨으며 부왕께 하신 불공(不恭)한 말씀이 점점 심해지시니 어찌 망극하지 않으리요.

　마음은 놀랍고 주야로 공구(恐懼)하여 내 목숨이 어느 때 어떨지

몰라서 어서 대례(大禮)나 지내라고 초조하더라. 마침 해가 변하여 임오(英祖三十八年)년이 되니 가례(嘉禮)는 이월 이일로 택일하더라. 어서 날수가 가서 가례를 순조롭게 지내기만 기다렸는데, 정월 열흘 후에 홀연히 목병이 대단하여 대사는 임박한데 어떨꼬 안타깝더니, 침을 맞고 곧 회복하시니 만행이더라. 가례 기약이 이미 차매 막중한 일류의 일을 폐치 못하게 하더라. 초이튿날에,

"세손을 데려오라."

하시니, 세손은 먼저 가시고, 동궁께서 일찍이 올라가셔서 숭현문(崇賢門) 밖에서 좀 쉬시고 경현당(景賢堂)에 초례(醮禮 : 婚禮式)하시니, 일당(一黨)에 조자손(祖子孫) 삼대가 모여서 그 손자를 하례하여 전안(奠雁)하려 보내더라. 그 즐거운 성거(盛擧)와 막대한 경사가 어디 있으리요. 초례를 지내고 대례는 광명전(光明殿)에서 지냈더라. 동궁은 집희당(緝熙堂)에 머무시고 세손 양궁은 광명전에서 밤을 지내시고 이튿날 양전 양궁이 한 궁전에서 세손빈 조견(朝見)을 받으실 제, 양전은 광명전 북쪽 벽의 교의에 앉으시고, 동궁 좌석은 동편으로 하고 내 좌석은 서쪽으로 되더라.

세손 빈궁이 어리고 걸음이 쉽지 못하여 그 사이 두 분이 서로 대하신 지 오래라, 보시기 싫다 하시고 말씀을 안 하시니 기색이 어찌 좋으리요. 내가 우러러 말씀 안 하시기를 속으로 빌면서 나가서 세손빈을 재촉하여 들여 세우고 조율반(棗栗飯 : 대추와 밤을 섞은 밥)과 하수반(遐壽飯)을 재촉하여 양전 양궁께 태평히 드리니 그런 만행이 어디 있으리요. 동궁께서는 그저 어려워하시며 삼일 지내는 것을 보고 가시려 하셨는데, 그런 때는 병 증세도 없어서 당신을 대접만 하면 그래도 나은데, 성의(聖意)도 막중한 대례를 안 보일 수 없어

하시니, 조견까지 지냈으니 동궁의 행차령을 내리시매, 그리고 나만은 삼일을 보고 가게 하셨으나 나만 혼자 난처한 일이 많아서 겨우 평계를 하고 뒤미쳐 내려왔더라. 세손과 빈궁은 삼일 후에 창덕궁으로 내려오니 동궁께서 기다리다가 좋아하셔서 빈궁을 데리고 휘녕전(徽寧殿)에 전알(展謁)하게 하시고 슬퍼하시매, 이러하실 적은 본심이 돌아오셔서 그 며느리를 과연 사랑하시더라. 대비전의 특별한 자애를 받으셨기에 어리면서도 상사 후에 애통이 심하셨고, 세월이 갈수록 추모함이 더하여 말씀이 미치면 눈물 내지 않으실 적이 없으시니 자애를 받으신 연고라, 효성이 없으시면 어찌 이러하시리요.

근년은 장인(洪鳳漢)을 사사로이 만나신 일이 없으시더니, 그로 부친이 북도릉(北道陵 : 成鏡道에 있는 陵) 봉심(奉審)으로 가시게 되어, 대조께서 나를 보시고 세손빈을 보고 가라 하셔서 아래 대궐로 가시니, 동궁께서 그날은 병환도 좀 덜하시고 며느리 자랑도 하시려고 장인을 만나보시매, 원래 동궁께서 자라실 적에 보양관(輔養官), 춘방관(春坊官)들 이외에 사적하실 척리(戚里)가 없어서 외부의 사람을 친히 가깝게 보신 이가 없다가 가례 후에 부친을 보시고 대접하고 친후(親厚)하시니, 부친이 삭망(朔望 : 초하루 보름날)으로 문후하시나, 상교(上教)로 들어오신 때도 매양 오래 머무르지 않으시고,

"궁금(宮禁)이 지엄한데 외부 사람이 오래 머물지 못한다."
하고 곧 나가시자, 동궁께 대하시면 일심으로 학문을 권면(勸勉)하시고, 사실을 간절히 아뢰고, 유식한 옛사람의 문자를 자주 써드리고, 글을 지어 보내시면 자세히 고쳐 써 드렸으므로, 부친께 배우심이 많더라.

부친이 천만년을 바라셔서 태평성군(太平聖君)이 되시기를 축원하시는 지성에 어느 신하가 만분의 일이라도 미치리요. 애대(愛戴)하시기는 비록 간격이 없으시나, 도우시기는 반드시 옳은 일로 하셔서 척리(戚里)들이 혹 노리개감을 유희하시게 드리는 상례가 있으나, 부치는 일체 그런 일이 없고, 뵈오면 자초지종으로 번번히 여쭙는 말씀이,

"효도 힘쓰소서."

"공부 부지런히 하소서."

이 두 마디 밖에는 말씀하신 일이 없더라. 동궁께서 귀중히 하시는 중 매우 기대하고 조심하시던고로 병환이 점점 드시었으나 부친의 낯을 보고 이렇다 말씀하신 일이 없으시고, 난처하신 때는 점점 어려우니 잘 하라 밑노라 하는 사연을 내가 편지로 썼고 당신이 써 보내신 일은 없더라. 의대병환(衣帶病患)으로 사생관두(死生關頭) 한 일이 되어 부친께 내가,

"얻어 주소서."

하고 청하였지, 동궁께서는 달라고 하신 일이 없더라. 금성위(錦城尉)에게 와 정처에게는 가져오시되, 내 집 것은 한 가지도 가져온 일이 없으시매, 미행을 시작하시니 응당 내 집에 먼저 가실 듯 하되 금성위 집으로 가셔서 차려가시되 내 집에는 한 번도 가신 일이 없고, 체모 없이 대접치 못하여 어렵게 여기시고 꺼리시더라. 그 사이 변괴가 많아서 미행하신 일이 당신 스스로 겸연쩍어서 장인을 면대하여 말씀을 못하시더라.

밖으로 차대(次對 : 閣議) 때나, 병환 때나 대리(代理) 한 가지로 입대(入對)하여 계시지, 사사로운 말씀의 여러 해 하지 못하고 계시

더니, 그날 만나셔서 우러러 반가우심과, 묘년에 자부를 얻으시고 양궁이 당신을 보시는 것이 귀엽고 기쁘셔서, 부친이 하례하시니 동궁께서도 전같이 환대하여 조금도 병환증이 나타나지 않으시던 것이 이상하게 슬플 정도더라.

삼월이 또 되어 병환이 더욱 중하셔서 여지 없으시니, 내 차마 붓으로 어찌 쓰리요. 화증이 나오시면 내관 나인들에게 감히 못할 말을 시키시니 그것들이 죽을까 두려워서 큰 소리로 해괴망측한 말을 하니, 오직 하늘이 무섭고 천만 망극하여 죽어서 모르고 싶더라. 동궁은 병자(英祖三十二年)년 술일로 지극히 여기시더니 대조께서 하시던 말씀처럼 금주가 엄격하신 때, 술을 가만히 들여다가 놓고서도, 본디 주량이 적으시매 변변히 잡숫지도 않으시면서, 술만 궁중에 낭자하니, 어느 일이 근심이 아니리요.

경진(英祖三十六年)년 이후에 내관 나인이 동궁께 상한 것이 많으니 기억하지 못하되, 뚜렷이 나타난 것은 내사차지(內司次知) 서경달(徐京達)이니, 내수사(內需司) 가더니 거행한 일로 죽이시고, 출입번(出入番) 내관도 여럿이 상하고, 선희궁 나인 하나도 죽어서 점점 어려운 지경에 이르렀고, 신사(英祖三十七年)년 미행 때, 승(僧)년 하나, 관서미행(關西微行) 때 기생 하나 데려다가 궁중에 두시고, 잔치한다 할 제는 사랑하시는 궁중의 천한 계집들과 기생들이 들어와서 잡되게 섞여서 낭자하였으니 만고에 그런 광경이 어디 있으리요.

이월 그믐께 옹주를 오라하셔서 좋도록 데리시고, 당신 병환이 서러워서 이러하셨노라 하시니, 옹주도 겁을 내어 서러워하며 공손치 못한 말을 하매, 나는 차마 듣지 못하고 죽어도 두렵지 않더라. 그러나 동궁은 옹주를 데리시고 동명전에 잔치하시니 잔치 장소는 후원이 아니면 동명전이요, 머무시는 데는 환취전(還翠殿)이기도 하더라. 삼월은 경황 없이 지나고, 또 사월이 되매 거처 범백이 어찌 산 사람이 있는 곳 같으리요. 죽은 사람의 빈소 모양 같기도 하여 다홍으로 명정(銘旌) 모양 같은 것을 만들어 세우고 영침(靈寢)하는 형상처럼 하여 놓고, 그 속에서 주무시고, 잔치를 하다가 밤이 깊으면 상하가 다 지쳐서 자면, 상 위의 음식은 가득하여 그 정경이 모두 귀신의 일이니, 하늘이 시키는 일이라고 생각할 수 없더라.

장님들도 불러다가 점을 치시다가, 그것들이 말을 잘못하면 죽은 이도 있고, 의관이며, 역관(譯官)이며, 액속(掖屬) 죽은 것들도 있어서, 하루에도 대궐에서 사람 죽는 것을 여럿 쳐내니, 내외 인심이 황황하며 언제 죽을지 몰라서 벌벌 떨더라. 당신의 천질은 진실로 거룩하시건마는 그 착하신 본성을 잃으시고 아주 그릇되시니 이를 어찌 차마 말하리요.

오월이 되자 동궁은 홀연히 땅을 파고 집 세 칸을 짓고, 사이에 장지문을 해 닫아서 마치 광중(壙中)같이 만들고 드나드는 문을 위로 내고 널판자 뚜껑을 하여, 사람이 겨우 다닐 만하게 하고 판자 위에 떼를 덮더라. 그리하여 땅 속에 집 지은 흔적도 없게 되자 묘하다 하시고, 그 속에 옥등(玉燈)을 켜 달고 앉아 계시더라. 그것은 부왕께서 오셔서 당신 하시는 것을 찾으셔도 군기 붙이와 말까지 다 감추고자 하시는 것이지 다른 일은 아니지마는 그 땅 속의 집일로 해서 더욱 망극한 말이 있었으니, 모두 흉한 징조를 귀신이 시키는 것 같아서 인력으로도 어찌할 수 없더라.

그 달에 선희궁이 세손 가례 후, 처음으로 세손빈도 보실 겸 아래 대궐에 내려오시매, 동궁께서 반갑게 대답하심이 과중하셨는데, 마음이 영하여 마지막 영결로 그리하셨는지 모르더라. 잡숫는 것과 잔치하는 진상이 거룩하여 과실을 높게 고이고 인삼과 자까지 하여 놓고 수연시(壽宴詩)를 지으시고 잔을 올리시고 남은 것 없이 받으시매, 후원에 모셔갈 제 가마를 대연(大輦) 모양으로 하여 권하자, 선희궁께서 마다 하시되 억지로 태우시고, 앞에 큰 기를 세우고 풍악을 합치며 모시더라. 그 모양이 당신으로는 극진히 효행하시는 일이라 선희궁께서는 동궁의 그러시는 것, 병환인 것을 망극히 놀라하시고 걱정하시더라. 선희궁께서는 나를 대하시면 눈물을 흘리시고 두려워하시며,

"어찌할꼬."

하는 탄식만 하셨고, 수일을 머무르시고 올라가시니, 어머님도 우시고 아드님도 매우 슬퍼하시니, 종천영결(終天永訣)로 그러하신 듯 싶으며, 나는 날로 위란(危亂)한 가운데 생면(生面)으로 다시 뵈올 것 같지 않아서 마음이 더욱 칼로 베는 듯이 몹시 아프더라.

그 때 영상(領相) 신만(申晩)이 탈상(脫喪)하고 다시 정승을 하더라. 대조께서 그 동안 삼 년을 못 보시다가 새 사람을 만나는 것 같아서 되풀이하여 하시는 말씀이 모두 동궁에 관한 말씀이며, 동궁께서는 신만 때문에 당신의 흉이 나게 되매,

"그 정승 복 없고 밉도다."

하시매, 점점 신만이를 미워하고 무서워하더라. 그가 대조께 무슨 참소나 하나 싶게 이를 갈으시며, 그 때문에 더욱 화(禍)를 돋우셔서 점점 망극하니 어찌하리요. 망극하더니 천만 뜻밖에 나경언(英祖三十八年의 告變)의 일이 일어나더라. 그 때 형조참의는 내 외삼촌 이해중(李海重)이더라. 그놈의 상언(尙彦 : 羅景彦의 아우) 이 무슨 흉심

으로 그짓을 하여 사기(事機)에 망극함이 이를 것이 없어서, 경언을 친국(親鞫)하시고 동궁을 부르시더라. 동궁이 창황히 보행으로 윗 대궐에 가시매, 그 광경이 어떠하리요. 가뜩한데 흉한 놈이 나타나서 병환은 더 말할 수 없고, 부자간은 더 말할 수 없이 험악하게 되더라.

경언을 사형에 처하고, 경언의 아우 상언을 잡아다가 시민당(時敏堂) 손지각(遜志閣) 뜰에서 형벌하여 교사한 자를 물으셨으나 자백하지 않더라. 이 사건으로 동궁께서는 영상 신만을 더욱 미워하시고, 아비 죄로 영성위(永城尉 : 英祖七女 和協翁主의 남편)를 잡아다 죽인다고 벼르시더라. 그 때 화색(禍色)이 말할 수 없어서, 영성위를 오늘 잡아온다 내일 잡아온다 하셨으나, 영성이 죽지 않을 때였는지 썩 잡아 올리지는 않더라. 선희궁께서 동궁하시는 일이 점점 망극하시니 할 수 없다 하시고, 또 동궁께서 옹주에게 잘 해주지 않는다고 편지 써보낸 것이 망극하여 차마 쓰지 못한 말이로다.

"수구(水口)를 통하여 윗 대궐을 가려고 하노라."

히시고, 영성위를 갈수록 벼르고 계시더라. 비록 잡아오진 못하였으나, 영성위의 관복(官服), 조복(朝服), 일용제구와 패옥과 띠까지 전부 가져다가 불사르고, 깨쳐버리고 하니 영성위의 목숨이 경각에 달려 있더라. 선희궁께서 영성위를 아끼신 것이 아니고, 점점 이러하시니 안타깝게 마음만 쓰이는 가운데, 동궁 하시는 일이 극도에 달하여 여지 없이 망극하셨던 것이더라.

동궁은 윗 대궐을 수구로 가신다고 하시다가 못 가시고 도로 오셨는데 그 때가 윤오월(閏五月 : 英祖三十八年) 열 하루 이틀 사이더라. 그러한 황황한 소문이 과정되어 퍼지지 않을 수 있었으랴. 동궁의 하시는 일이 극도로 낭자하시니, 전후 일이 모든 본심으로 하신 일이 아니건마는 인사 정신을 모르실 적은 화에 들떠서 하시는 말씀이 칼을 들고 가서 죽이고 싶다 하시니 조금이라도 본 정신이 계시면 어찌 이러 하시리요. 당신의 팔자가 기구하여 천명을 다 못하시고 만고에 없는 참혹한 일을 당하려는 팔자니, 하늘이 아무쪼록 그 흉악한 병을 지어 몸을 그토록 만들려 하신 것이로다. 하늘아, 차마 어찌 이리 만드는가.

　선희궁께서도 병으로 그러신 아드님을 아무리 책망하여도 믿을 것이 없으매, 자모되신 마음으로 다른 아들도 없이 이 아드님께만 몸을 의탁하고 계시더니, 차마 어찌 이 일을 하고자 하시리요. 처음은 자애를 받잡지 못하여 이같이 되신 것이 대조께서 불능무감(不能無感)하시니 당신의 종신지통(終身之痛)이 되어 계시나, 이미 동궁의 병세가 이토록 극심하고 부모를 알지 못할 지경이니 사심으로 차마 못하여 미적미적하다가 마침내 병증세가 위급하여 물불을 모르고 차마 생각지 못할 일을 저지르려 하시면 사백년의 종사(宗社)를 어찌하리요. 당신의 도리가 옥체를 보호하옵는 대의가 옳고 이미 병이 할 수 없으니 차라리 몸이 없는 것이 옳고 삼종(三宗 : 孝宗, 顯宗, 肅宗) 혈맥이 세손께 있으니, 천만 번 사랑하여도 나라를 보전하기가 이밖에 없다 하시고, 십삼 일에 내게 편지 하시되,

〈어제밤 소문이 더욱 무서우니, 일이 된 후는 내가 죽어 모르거나, 살면 종사를 붙들어야 옳지, 세손을 구하는 것이 옳으니 내가 살아서 빈궁을 다시 볼 것 같지 않소.〉

라고 말하시더라. 내가 그 편지를 잡고 울었으매, 그날에 대변이 날 줄이야 어찌 알았으리요.

　그날 아침에 대조께서 무슨 전좌(殿座 : 親政으로 王이 玉座에 나와
定座함) 나오려 하시고, 경현당(景賢堂) 관광청(觀光廳)에 계시더
라. 선희궁께서 가서 울면서 아뢰되,

　"큰병이 점점 깊어서 바랄 것이 없사오니, 소인이 차마 이 말씀을
　정리에 못하올 일이오나, 옥체를 보호하옵고 세손을 건져서 종사를
　편안히 하옵소서."

　하고, 또 이어서 말씀하시되,

　"부자지정으로 차마 이리하시니 병을 어찌 책망하오리까. 처분은
　하오나 은혜를 끼치셔서 세손 모자를 편안케 하오소서."

하시니, 나 차마 그 아내로 처하여 이것을 옳게 하신다고 못하나,
일인즉 할수 없는 지경이더라. 내가 따라 죽어서 모르는 것이 옳되,
세손으로 차마 결단치 못하였더라. 만난 바의 기궁(奇窮) 흉독함을
서러워할 뿐이로다.

　대조께서 들으시고 조금도 지체하시지 않고 창덕궁 거동령을 급히
내리시매, 선희궁께서 사정을 끊고 대의로 말씀을 아뢰시고 가슴을
치고 기절할 듯이 계신 양덕당(養德堂)으로 가서 음식을 끊고 누워
계시니 만고에 이런 정리가 어디 있으리요.

　전부터 선원전(璿源殿) 거동하시는 길이 두 길이 있으니, 만안문
(萬安門)으로 드시는 거동은 탈이 없고, 경화문(景華門) 거동은 탈이
났더라. 거동령이 경화문으로 나오시니, 그날 동궁께서 십일일 밤은
수구(水口)로 다녀오셔서 몸이 물에 빠지시고, 십이일은 통명전에
계셨는데, 그날 들보에서 부러지는 듯이 굉장한 소리가 나매, 동궁이
들으시고,

　"내가 죽으려나 보다, 이게 웬일인고."

하고 놀라시더라.

그 때 부친이 재상으로서 첫 오월(英祖三十八年) 엄중한 교지(敎旨)를 받자와 파직되고 동교(東郊)에 달포 동안이나 나가 계시더라. 동궁께서 당신이 스스로 위태하셨든지 조재호(趙載浩:右相, 眞宗 國舅 趙文命의 아들)가 원임대신(原任大臣:前任大臣)으로 춘천(春川)에 있었는데, 계방(桂坊) 조유진(趙維進)으로 하여금 말을 전하여 상경하라고 하시더라. 이런 일을 보면 병 계신 이 같지않더니 이상한 하늘의 조화로다. 동궁은 부왕의 거동령을 듣고 두려워서 아무 소리없이 기계와 말을 다 감추어 경영할 대로 하라 하시고, 교자를 타고 경춘전(景春殿) 뒤로 가시며, 나를 오라고 하시매, 근래에 동궁의 눈에 사람이 보이면 곧 일이기 때문에 가마 뚜껑을 하고 사면에 휘장을 치고 다니셨는데, 그날 나를 덕성합(德成閣)으로 오라 하셨고, 그 때가 오정쯤이나 되었는데 홀연히 무수한 까치떼가 경춘전을 에워싸고 울더라. 이것이 무슨 징조일까 괴이하더라. 세손이 환경전(歡景殿)에 계셨으므로 내 마음이 황망중 세손의 몸이 어찌 될지 걱정스러워서 그리 내려가서 세손에게,

"무슨 일이 있어도 놀라지 말고 마음을 단단히 먹으라."

천만 당부하고 어찌할 바를 몰랐다. 그런데 거동이 웬일인지 늦어서 미시(未時)후에나 휘녕전(徽寧殿)으로 오신다는 말이 있더라. 그때 동궁은 나를 덕성합으로 오라고 재촉하시기에 가보니, 그 장하신 기운과 언짢은 말씀도않으시고 고개를 숙여 깊이 생각하시는 양 벽에 기대어 앉으셨는데, 안색이 놀라서 핏기가 없이 나를 보시매, 응당 화증을 내고 오죽하시랴. 내 목숨이 그날 마칠 것도 스스로 염려하여 세손을 경계 부탁하고 왔었는데, 말씀이 생각과 다르게 나더러

하시는 말씀이,

 "아무래도 이상하니, 자네는 잘 살게 하겠네, 그 뜻들이 무서워."
하시기에 내가 눈물을 드리워 말 없이 허황해서 손을 비비고 앉았더
니, 이 때 대조께서 휘녕전으로 오셔서 동궁을 부르신다는 전갈이
왔더라. 그런데 이상하게도,

 '피하자'는 말도 '달아나자'는 말씀도 않고, 좌우를 치지도 않으시고
조금도 화중내신 기색이 없이, 썩 용포를 달라 하여 입으시면서,

 "내가 학질을 앓는다 하려하니 세손이 휘항(揮項: 남바위와 같은
  방한모(防寒帽)를 가져오라."
하시더라. 내가 그 휘항은 작으니 당신 휘항을 쓰시라고 하여 나인더
러 가져오라 하였으니, 뜻밖에 썩 하시는 말씀이,

 "자네가 참 무섭고 흉한 사람일세. 자네는 세손 데리고 오래 살려
  하기에 오늘 내가 나가서 죽겠기로 그것을 꺼려서 세손 휘항을
  내게 안 씌우려는 그 심술을 아리라."
하시지 않은가. 내 마음은 당신이 그날 그 지경에 이르실 줄은 모르고
이 일이 어찌 될까, 사람이 설마 죽일 일이요, 또 우리 모자가 어떠하
랴 하였는데 천만 뜻밖의 말씀을 하시니 내가 더욱 서러워서 세자의
휘항을 갖다 드리더라.

 "그 말씀이 하도 마음에 없는 말이시니 이 휘항을 쓰소서."

 "싫다! 꺼려하는 것을 써 무엇할꼬."
하시니, 이런 말씀이 어찌 병 드신 이 같으시며, 어이 공손히 나가려
하시던가. 모두 하늘이 시키는 일이니 원통하고 원통하다. 그러할
제 날이 늦고 재촉이 심하여 나가시니, 대조께서 휘녕전에 앉으시고
칼을 안으시고 두드리시며, 그 처분을 하시게 되니, 차마 망극하여

122

이 경상을 내가 어찌 기록하리요. 섧고 섧다.

동궁이 나가시며 대조께서 엄노하시는 음성이 들려왔다. 휘녕전과 덕성합이 멀지 않아서 담 밑으로 사람을 보내서 보니, 벌써 용포를 덮고 엎드려 계시더라 하니 대처분이신 줄 알고 천지가 망극하여 창자가 끊어지는 듯하더라. 거기 있는 것이 부끄러워서 세손 계신 데로 와서 서로 붙잡고 어찌할 줄 몰랐더니, 신시(申時:네시 전후) 전후쯤 내관이 들어와서 밖 소주방(燒廚房)에 있는 쌀 담는 궤를 내라 한다. 이것이 어찌된 말인지 황황하여 내지 못하고 세손궁이 망극한 일이 있는 줄 알고 문정(門庭) 안에 들어 와서.

"아비를 살려주옵소서."

하니, 대조께서

"나가라!"

하고 엄하게 호령하시더라. 세손을 할 수 없이 나와서 왕자 재실(齋室)에 앉아 있었는데, 그 때 정경이야 고금 천지간에 없으니 세손을 내어보내고 천지가 개벽하고 일월이 어두웠으니 내 어찌 일시나 세상에 머무를 마음이 있으리요. 칼을 들어 목숨을 끊으려 하였으나, 옆의 사람이 빼앗아서 뜻을 이루지 못하고 다시 죽고자 하되 촌철(寸鐵)이 없어서 못하더라. 숭문당(崇文堂)에서 휘녕전 나가는 건복문(建福門) 문밑으로 가니 아무것도 보이지 않고, 다만 대조께서 칼휘두르시는 소리와 동궁께서,

"아버님 아버님, 잘못하였으니, 이제는 하라시는 대로 하고, 글도 읽고 말씀도 다 들을 것이니 이리 마옵소서."

하시는 소리가 들리더라. 이런 소리를 들으니 내 간장이 마디마디 끊어지고 앞이 막히니 가슴을 아무리 두드린들 어찌하리요. 당신의

용력과 장기(壯氣)로 궤에 들어가라 하신들, 아무쪼록 들어가지 마실 것이지 왜 필경 들어가셨는가. 처음엔 뛰어나오려 하시다가 이기지 못하여 그 지경에 이르시니 하늘이 어찌 이토록 하였었는가. 만고에 없는 설움뿐이며, 내 문밑에서 통곡하여도 응하심이 없더라.

동궁이 이미 폐위되어 계시니 그 처자 그냥 대궐에 있지 못할 것이요, 세손을 밖에 그저 두어서는 어떠할까 차마 두렵고 조심스러워서, 그 문에 앉아서 대조께 상서(上書)하여,

〈처분이 이러하오니 처자가 그대로 대궐에 있기 황송하옵고 세손을 오래 밖에 두옵기 죄가 더한 몸이 되어 두렵사오니, 이제 친정으로 나가겠나이다. 천으로 세손을 보전하여 주옵소서.〉

상서를 써서 가까스로 내관을 찾아 들이라 하더라. 머지 않아 오라버님(洪樂仁)이 들어오셔서,

"이제 서인이 되어 대궐에 있지 못할 것이니 본집으로 돌아가라 할 것이시니, 가마를 들여올 것이니 나가시고, 세손은 남여(藍輿 : 뚜껑이 없고 의자같이 된 의자)를 들여오라 하였으니 나가시오리다."

하고, 남매가 붙들고 망극 통곡하고, 업혀서 청휘문(淸輝門)에서 저승전(儲承殿) 차비문에 가마를 놓고 윤상궁이란 나인과 함께 타고, 별감이 가마를 메고 허다한 상하 나인과 모두 뒤를 따라 쫓으며 통곡하니, 천지간에 이런 정경이 어디 있으리요. 나는 가마에 들어갈 제 기절하여 사인을 모르니 윤상궁이 주물러서 겨우 명이 붙었으니 오죽하리요.

집으로 나와서 나는 건넌방에 눕고, 세손은 내 중부(仲父)와 오라버님이 모셔 나오고, 세손 빈궁은 그 집에서 가마를 가져다가 청연

(淸衍)과 함께 들려나오니 그 정상이 어떠하리요. 나는 자결 하려다가 못하고 돌이켜 생각하니, 십일 세 세손에게 첩첩한 고통을 남긴 채 내가 없으면 세손이 어찌 성취하시리요. 참고 참아서 모진 목숨을 보전하고 하늘만 부르짖으니 만고에 나 같은 모진 목숨이 어디 있으리요. 세손을 집에 와서 만나니 어린 나이로 놀랍고 망극한 경상을 보시고 그 서러운 마음이 어떠하리요. 놀라서 병 날까, 내가 망극함을 이기지 못하고,

"망극 망극하나 다 하늘이 하시는 노릇이니, 네가 몸을 편안히 하고 착하여야 나라가 태평하고 성은을 갚사올 것이니 설움 중이나 네 마음을 상하오지 마라."

하고 위로하였더라. 부친께서는 궐내를 떠나지 못하시고, 오라버니도 벼슬에 매어 왕래하시니, 세손 모시고 있을 이가 중부와 두 외삼촌이니, 주야로 모셔 보호하고 내 아우는 아이 때부터 들어와서 세손을 모시고 놀던지라 그 아이가 작은 사랑에 모시고 자고 있어 팔구 일을 지내니, 김판서 시묵과 그 자제 김기대(金基大)도 와서 뵈옵는다 하며, 내 집이 좁은데 세손궁 상하 나인이 전부 나와 있기 때문에 남쪽 담 밖의 교리(校理) 이경옥(李敬玉)의 집을 빌려서 김판서 댁이 그 며느리를 데리고 와서 빈궁을 모시고 있게 하니 담을 트고 왕래하더라.

그 때 부친이 파직되어서 동교(東郊)에 계시다가 대조께서 대처분하셔서 아주 할 수 없게 된 후, 대조께서 다시 부친을 등용하셔서 영의정이 되시매, 부친이 천만 뜻밖에 그 처분 소식을 들으시고 망극 경통증(驚痛中) 달려 들어가서 궐하에 이르러 기절하시매, 그 때 세손이 왕자재실(王子齋室)에 계시다가 들으시고 당신 자시던 청심

원을 내보내어 주시니, 당신이 또한 어찌 세상에 살 뜻이 계시리요마는, 내 뜻 같아서 망극중 극진히 세손을 보호하려 하시는 정성이 있어서 죽지 못하시니, 세손을 보호하여 종사를 보전하실 혈심단충(血心丹忠)은 천지신명이 잘 아실 것이매, 모질고 흉악하여 붙었으나 당하신 일을 생각하니 어찌 견디오시는고, 마음이 타는 듯하니 차마 어찌 견딜 정경이리요. 오유선 박성원(朴性源)이 집 대문 밖에 와서 세손이 근신하라 하니, 근신함이 당연하나 차마 어린아이를 어찌하리요. 낮에는 집에 계셔 지내더라.

나온 후 부친께도 못 뵈옵고 망극하더니, 그 이튿날 선친이 상교를 받자와 나오셨고, 모자가 부친을 붙잡고 일장 통곡하였고, 성교를 전하시기를 내가 보전하여 세손을 구호하라 하시더라. 이 때 성교 망극중이나 세손을 위하여 감읍함이 측량 없더라. 세손을 어루만져 성은을 축수하고,

 "나는 네 아버님 아내로 이 지경이 되고, 너는 아들로 이 지경을 만났으니 다만 명을 서러워할 뿐이지 누구를 원망하며 탓하리요. 우리 모자가 이 때에 보전함도 성은이요. 우러러 의지하여 명을 삼음도 또한 성상이시니, 너에게 바라는 것은 성의를 받자와 힘쓰고 가다듬어 착한 사람이 되면, 그것으로 성은을 갚고 네 아버님께 효자가 되노니, 이 밖에 더 큰 일이 없도다."

하고 타일렀더라. 그리고 부친께 천은을 감축하여,

 "남은 날은 주시는 날이니, 하교대로 받자오러 하는 사연을 위에 아뢰소서."

하고 통읍(痛泣)하였는데, 내 이 말에 일호도 틀림이 없더라. 처음부터 그리 되신 것이 서러웠지, 점점 그 지경에 이르신 바를 어찌하리

요. 내 조금도 마음에 먹은 사온 배 없어 감히 이렇다 원하옵지 못하더라. 부친이 나와서 세손을 붙잡고 통곡하고 위로하시되,

　"이 뜻이 옳으시니 세손이 현(賢)하게 되시고, 성(聖)하게 되시면, 성은을 갚으시고 낳으신 아버님께 효자 되신 것이나이다."
하고 돌아가시더라.

　날이 갈수록 차마 망극한 경지를 생각하되 어찌할 바를 몰라서 마음이 혼동하여 누웠더니, 십오일은 굳게굳게 하고 깊이깊이 하여 놓으시고, 윗대궐 오르신다 하니 알 수 없더라. 대궐 안의 비단필도 내어올 길이 없으니 염습제구를 다 부친이 차비하여 유감이 없이 하여 주시매, 그전 여러 해 동안 큰 병환에 의복을 무수히 대어주시고 이 수의를 다 차비하여 동궁 위한 마지막 정성으로 힘을 다하시더라.

　이십일 신시(申時)쯤 폭우가 내리고 뇌성도 하니, 뇌성을 두려워하시던 일이 생각나 어찌되신고 하는 생각 차마 형용할 수 없더라. 내 마음이 음식을 끊고 굶어 죽고 싶고, 깊은 물에도 빠지고 싶고, 수건을 어루만지며 칼도 자주 들었으나, 마음이 약하여 강한 결단을 못하더라. 그러나 먹을 수가 없어서 냉수도 미음도 먹은 일이 없으나 내 목숨 지탱한 것이 괴이하더라. 그 이십일 밤에 비 오던 때가 동궁께서 숨지신 때던가 싶으니 차마 어찌 견디어 이 지경이 되셨던가. 그저 온몸이 원통하니 내 몸 살아난 것이 모질고 흉하도다.

　선희궁이 마지 못하여 그렇게 아뢰어서 대처분은 하시려니와, 병환 때문에 마지 못해서 하신 일이라 애통하여 은혜를 더하시고 복제(服制)나 행하실까 바라왔더니 성심(聖心)이 그 처분이오시되 성노(聖怒)는 내리지 아니 하시고 인하여 동궁께서 가깝게 하시던 기생과

내관 박필수(朴必壽) 등과 별감이며 장인이며 무녀들까지 모두 사형에 처하시니 이는 당연한 일이오시니 감히 무슨 말을 하리요. 다만 지극히 원통한 바는 의대병환(衣帶病患)으로 무수히 여러 가지를 입으시다가, 어찌하여 생무명 한 벌이나 입으셨는데, 그날도 생무명 옷을 입고 계시더라. 대조께서 항상 뵈와도 도포나 용포를 입고 계시다가 그날 처음으로 무명 옷 입은 것을 보시고, 그 병환은 모르시고,
  "네가 나를 업시이하고자 한들, 어찌 생무명 거상옷을 입었느냐."
하시고, 남은 것이 전부 없어진 것으로 아시고,
  "지금까지 쓰던 세간을 모두 가져오라."
하고 명하셨다. 그중에는 군기(軍旗)인들, 무엇인들 없으리요. 아무리 국장(國葬)인들 상장(喪杖)이 하나밖에 없으리요마는, 이상한 병환으로 상장을 여러 번 만드시되, 일생 사랑하여 좌우에서 떠나지 않은 것이 환도(環刀)와 보검들인데, 생각밖에 그것을 상장같이 만들고 그 속에 칼을 넣어서, 뚜껑을 맞추어 상장같이 하여 가지고 다니셨고, 나에게도 뵈시기에 끔찍해서 놀랐었는데, 그것을 없애지 않았다가, 노하신 상감 앞에 그것이 있으므로 더욱 놀라고 분하셔서 복제(服制)를 어찌 거론하시리요. 동궁의 병환은 모르시고 모두 불효한 대로만 돌아가시니, 지원(至冤)할 뿐이로다.

  처음에는 조신의 복제는 규칙대로 할 양으로 하더니 그것을 다 못하니, 이 지경을 당하여 세손이나 건지는 것이 천은이려니와 병환으로 처분하신 이상, 십사년 대리저군(代理儲君 : 攝政의 王世子)이오시니, 복제나 상하에서 행하였다면 상덕(上德)이오신데, 그것을 못 차렸으니 그전 서러우며 이십일은 할 수 없는 지경이신, 복위하셔야 초종제구(初終諸具)를 장막하리오되, 성의가 아니하여 하신 것이

아니로되 복위를 아끼시고, 범절을 예(例)대로 하시기를 주저하시다가, 부득이 이십일 밤에 복위하시고 대신들이 입시하여 초종절차를 정하고 처음은 빈소를 용동궁(龍洞宮)에 하자 하더라.

부친이 이 지경을 당하여 조금 잘못하여 일호라도 성심에 어기면 그 때 성노(聖怒)가 불 같으실테니 내 집의 멸망은 둘째로, 세손이 보존 못하실 것이며, 아무쪼록 성심을 잃지 않으려 하시던 중, 돌아가신 이를 저버리지 않으시고, 세손에게 유한을 끼치지 않으시려고 갈충진성(竭忠盡誠)하시더라. 좌우로 주선하여 복위 후 시호(諡號)를 내리시고, 빈궁(殯宮)은 시강원(侍講院)으로 하고, 삼도감(三都監:殯殿都監 國葬都監 山陵都監)은 법대로 하시게 정하고, 부친 스스로 도제조(都提調:相都)가 되어 몸소 보살펴서 묘소 범절까지 조금도 결절함이 없게 하더라. 이처럼 부친이 돕지 않으면 어느 신하가 감히 말을 하며 성심이 어찌 돌아서리요. 그날 서강원으로 모시게 하고 새벽에 집으로 나오셔서 우리 모자를 들여보내실 제, 부친이 내 손을 잡으시고, 뜰에서 실성통곡하시며,

"세손 모셔 만년을 누려 노경에 복록을 크게 누리소서."
하고 우시더라. 그 때 나의 슬픔이야 만고천하에 또 어디 있으리요.

궁중에 들어와서 시민당(時敏堂)에서 발상하고, 세손은 건복합에서 발상하고, 빈궁은 옆에서 청연과 함께 하니, 천지간에 이런 정경이 어디 있으리요. 초종의대(初終衣帶)를 차려서 즉 습(襲)을 하니, 그 극열(極熱)이로되 조금도 어떻지 아니하시더라 하니, 그 설움은 차마 생각치 못할 일이며, 습한 후에 염하옵기 전에 나가기 내 정경이 천고에 드물고 남에 없는 일이더라. 슬픔 가운데 하시던 말씀을 생각하니 호천극지(呼天極地)하여 목숨 산 것이 부끄럽고, 유명을 달리하

니 그 충천하신 장기(壯氣)를 뵈올 길이 없으니, 산 사람이 죽지 못한 유한이 어떠하리요.

초종 범사에 슬프기 이를 데 없고, 신하가 복제를 못하니 대전관(大殿官)과 내관류(內官類)가 모두 천담복(淺淡服 : 엷은 靑色의 六字服)이요, 밖에는 재궁(梓宮) 제전이 있고, 안에서 조비(造備)함이 두려워서 기회를 보다가 다시 제를 감(鑑)하라 하시는 엄교(嚴教)는 안 계시므로 조석상식(朝夕上食)과 삭망전(朔望傳)을 두루 예사로 지내더라. 세손 양궁과 군주를 입재실(入梓室) 전에는 차마 뵈지 못하여 성복(成服)날 나와서 곡하게 하더라. 세손 애통하시는 곡성은 차마 듣지 못하니 뉘 아니 감동하리요. 칠월이 인산(因山)이니 그 전에 선희궁이 나를 보시고, 재실을 대하여 머리를 두드리시고 가슴을 치며 통곡하시니, 그 정의에 다름 없음이 또 어떠하리요.

인산에 대조께서 묘소에 친림하셔서 제자(題字)까지 친히 써 주시니, 부자분이 유명지간 사이에 서로 어떠하실지 차마 생각할 수 없더라. 칠월에 춘방(春坊 : 世子侍講院)을 부설하시고 세손에 완전히 국본이 되시매, 이는 비록 성은이시나 부친의 갈충(竭忠) 보호하신 공이 어찌 더욱 나타나지 않으리요.

팔월(英祖三十八年)에 대조께서 선원전다례(璿源殿茶禮)가 되매, 황송하나 가 뵙지 않을 수가 없어서, 진전(眞殿) 가까운 습취헌(拾翠軒)이라는 집으로 가 뵈오니, 나의 천만 슬픈 회포가 어떠하리요마는 만분지 일도 감히 베풀지 못하고,

"모자 보전하옴이 다 성은이로다."

하고 아뢰더라. 영조께서 내 손을 잡으시고,

"네가 이럴 줄을 생각치 못하고, 내가 너 보기가 어렵더니, 내 마음

을 펴게 하니 아름답다.”

하시니, 이 말씀을 듣고 내 심정이 더욱 막히더라.

“세손을 경희궁으로 데려가셔서 가르치면 하고 바라옵나이다.”

“네가 떠나서 견딜까 싶으냐?”

하시기로, 내가 눈물을 드리워 아뢰되,

“떠나서 섭섭하기는 작은 일이요, 위로 모셔서 배웁기는 큰 일
이라고 생각되옵니다.”

하고, 세손을 올려보내려고 청하니, 모자의 정리상 서로 떠나는 정상
이 어찌 견딜 바리오. 세손이 나를 차마 떠나지 못하고 울고 가리니,
내 마음이 베는 듯하나 참고 지내더라. 성은이 지중하셔서 세손 사랑
하심이 지극하시고, 선희궁께서 아드님 짐을 옮기셔서 좌와기거(坐臥
起居)와 음식 범백에 마음을 다하여 지성으로 보호하시니, 선희궁
심정으로서 어찌 그리 않으시리요.

세손이 사오 세부터 글을 좋아하시니, 각각 다른 대궐에 떠나서
지내나, 학문에 전심하지 않으실까 하는 염려는 안하였으나, 못잊어
하기는 날로 심하고, 세손이 자모(慈母) 그리시는 정이 간절하여
새벽에 깨어 나에게 편지하고 공부하기 전에 회답을 보고야 놓으셨는
데, 삼 년을 떠나서 지내는 동안 한결 같이 그러시던 것이 이상하게
숙성하시매, 내가 경력한 병이 나서 삼 년 동안 병이 떠나지 않으니
멀리서 의관(醫官)과 상의하여 약을 지어 보내시기를 어른같이 하시
니, 이것이 모두 천성 지효(至孝)이시겠지마는, 십여 세 어린 나이에
어찌 그리하시는가 싶더라.

그 해(英祖三十八年) 천추절(千秋節:世子의 生日)을 맞으매, 내
자취 움직임직하지 않으나 분부로 말미암아 부득이 올라가니 나를

보시고 가엾게 여기심이 전보다 더하셔서, 내가 있던 집이 경춘전(景春殿) 남쪽의 낮은 집이었는데, 그 집 이름을 가효당(嘉孝堂)이라 하시고, 친히 쓰신 현판을 달게 하시더라.

"네 효심을 오늘 갚아서 이것을 써 주노라."

내가 눈물 드리워 받잡고 감당치 못하여 불안해 하였으매, 부친이 들으시고, 감축하여 하시는 말씀이,

"오늘날 이 가효(嘉孝) 두 자를 현판으로 달게 하시니 자손의 보배가 될 것이매 효성을 흠탄(欽嘆)한다."

하시고, 성은을 받잡는 도리로 집안 편지에 그 당호(堂號)를 써달게 하시니 감격이 뼈에 사무치더라. 선왕(先王)이 자경전(慈慶殿)을 지어서 나를 있게 하시니, 그 때 처지가 높고 빛나는 집에 있을 모양이 아니었으나, 성교(聖敎)에 감동하여 그 집에 여년을 마치려고, 가효당 현판을 자경전 상방(上房) 남편 문 위에 걸어서 영조의 자은(慈恩)을 잊삽지 말고자 뜻하더라.

그해 섣달에 소칙(詔勅)이 나오니, 자상(自上)께서 세손을 데리고 혼궁(魂宮)에 오셔서 칙소(勅詔)를 받자오시고, 환궁할 때 세손을 도로 데리고 가시려다가 세손이 어미 떠나기가 슬퍼서 우는 양을 보시고,

"세손이 너를 차마 떠나지 못하여 저러하니 두고 가자."

하고, 말씀하시매, 혹 당신은 사랑하시는데, 세손이 그 사랑은 생각하지 않고 어미만 못 잊어하는가 서운히 여기실 듯하여,

"내려오면 위가 그립삽고, 올라가면 어미가 그립다 하오니, 환궁후에는 위가 그리워서 이러하올 것이니 데려가옵소서."

하고 아뢰었더니, 즉 화안색(和顔色)하시매,

132

"그리하랴."

하고, 데리고 환궁하시더라. 세손이 모시고 가면서 어미가 인정 없이 떼어 보내는 것을 섭섭히 여기고 무수히 울고 가시니, 내 마음이 어떠하리요마는, 내리는 것은 사정(私情)이요, 모시고 가서 시봉(侍奉)하여, 그 아버님이 못다 하신 자도(子道)를 잇는 것이 옳고, 정사(政事)며 나라 일을 배워 하는 것이 옳기에, 떠날 제 못 잊는 정을 베어 보냈더라. 이것이 모두 이전 일을 경계하고 세손으로 하여금 일심으로 위에 효성을 다하여 자애하시는 성의를 조금도 어김이 없을까 하고 염려함이니, 이 어찌 세손을 위한 사정 뿐이리요.

종국(宗國) 안위가 세손 한 몸에 있으니 나의 안타까운 마음은 하늘이 알 것이요. 이것은 홀로 내 마음뿐 아니라, 모두 부친이 나를 인도하여 부녀의 사소한 사정을 돌아보지 않고 대의로 훈계하신 힘이더라. 우리 부친의 고심혈충(苦心血忠)이 모두 세손을 위하고 종국을 위하시던 일을 누가 다 자세히 알리요.

세손이 혼궁(魂宮 : 喪後 三年間神位를 모신 官殿)을 떠났다가 내려오시면, 애통하던 울음소리야 누가 감동하지 않으리요. 혼궁의 목주(木主 : 位牌) 의지 없으신 듯이 계시다가, 그 아들이 와서 슬프게 울면 신위가 반기시는 듯, 외로운 혼궁에 빛이 있는 듯 애통 중 도리어 위로하니, 내가 세손을 낳지 않았더면 이 종국(宗國)을 어찌할 뻔하였던고. 엎드러진 나라가 보전하려고 경오생(庚午生) 산후에 임신(英祖二十八年) 경사가 있었던가 싶더라.

임오화변(壬午禍變)이 만고에 없는 일이니 당신께서는 천만 불행하여 그 지경이 되셨으나, 아들을 두셔서 당신 뒤를 잇고, 상하 자효(慈孝)가 무간(無間)하니, 다시야 무슨 일이 있으랴만, 꿈에나 생각하고 있으리요. 갑신(英祖四十年)년 이월 처분은 하도 천만 꿈밖이니 위에서 하신 일을 아랫사람이 감히 이렇다 하리요마는, 내 그때 정사(情事)의 망극하기는 견주어 비한 곳이 없으매, 내가 화변 때 모진 목숨을 끊지 못하고 살았다가 이 일을 당할 줄은 천만 죄한(罪恨)이로다. 곧 죽고 싶되 목숨을 뜻대로 못하고 그 처분을 원하는 듯하여 스스로 굳이 참으나, 그 망극비원(罔極悲寃)하기 모년(英祖三十八年)에 내리지 않고, 선희궁께서 음식을 끊고 경통(驚痛)하시던 일이야 어이 다 기록하리요.

세손이 어린 나이에 고금에 없는 지통을 품고 또 제왕가(帝王家)의 당치 못한 변례(變例)를 당하셔서 과하게 애통하시고 상복을 벗을 제 우는 소리가 철천극지(徹天極地)하여 초상이 천지 어둡게 막히던 때 설움에서 더하시니, 연세도 두 해가 더하시고(열세 살로), 당신 만나신 배 갈수록 지원(至寃)하니, 이를 대하여 내 간장 쇠가 녹는 듯이 터질 듯, 곧 목숨을 끊고자 하되, 세손의 서러워하심은 차마 못 견딜 것이더라. 내가 없으면 세손의 몸이 더욱 외롭고 위태로우니 이 지경에 이르러서는 갈수록 세손을 보호하는 것이 으뜸이더라.

마음을 굳이 잡아서 세손을 위로하되, 서러울수록 천금의 몸을 보호하여 유한이 많으나, 스스로 착하여 아버님께 보답하라고 여러가지로 타일러서 진정하시게 하더라. 세손이 종일 음식을 끊고 울면서 과상(過傷)하시는지라, 차마 위로하며 옆에 품고 누워 달래서 잠을 들게 하나, 늦게 잠을 이루지 못하니 그 정경이 고금에 어찌 있으리요. 그날인즉 이월 십일이니 어찌하여 그 처분이 되신지 이상하며, 불의에 거동오셔서 선원전(璿源殿)에 오래 머무르시고 나를 와 보시니, 내 어이 감히 아뢰리요.

“모자의 지금 살아 있는 것이 성은이오니 처분이 이러하온들 무슨
말씀 아뢰리오.”

“네 그리 하는 것이 옳다.”

하시니, 가뜩한 정리에 이 서러운 말이나 없다면 아니하랴. 갈수록
내 명도(命途)에 기막히게 죄스러운 일이니 스스로 몸을 치고 싶은들
어이하랴. 만고에 없는 일이더라.

칠월(英祖四十年) 담사(潭祀：大喪지나 다음의 제사)에 선희궁께
서 내려오셔서 지내시고 가을 후는 모이어 고식(姑媳)이 상의 하시고
정념히 약속하시더니, 홀연히 등장이 나서 칠월 이십 육일 하세하시
니, 망극하기가 어찌 예사 시어머니와 며느리의 정으로 이르리요.
당신이 나라를 위하여 자모로서 하지 못한 일을 하시고, 비록 선군
(先君：英祖大王)을 위하신 일이나, 그 진통이야 오죽 하시리요. 상시
의 말씀이,

“내가 못할 일을 차마 하였으니, 내 자취에는 풀도 나지 않으리
라. 내 본심인즉 나라를 위하고 임금의 몸을 위한 일이나, 생각하면
모질고 흉하니 빈궁(嬪宮)은 내 마음을 알 것이어니와 세손 남매
는 나를 알 것이니라.”

하시고, 밤에는 늘 잠을 못 이루시고 동편 뒷마루에 나와 앉으셔서
동녘을 바라보며, 상심하시고, 혹 그런 처분을 하지 안했어도 나라가
보전하는가, 내가 잘못하였는가 하시다가, 또 그렇지 않더라. 여편네
의 약한 소견이지 내 어찌 잘못하였으리요, 생각하시곤 하더라. 혼궁
(魂宮)에 오신 때면 부르짖어 울고 서러워하셔서 심중에 병이 되어
몸을 망치시니 더욱 슬프도다.

대저 모년(某年)일을 지금 사람이 누가 나같이 알며, 설움이 나와

부왕 같은 이 있으며 경모궁(思悼世子)께 사이 없는 정성이 나 같으리요. 그러기에 내가 매양 부왕께 아뢰더라.

"동궁이 비록 아드님이시나, 그 때 오히려 젊은 나이시니 나 만큼 자세히 모르실 것이니, 모년에 속한 일은 무슨 일이든지 저에게 물으시지 외인의 시끄러운 말은 곧이듣지 마십시오. 그것들이 일시 총애를 얻으려고 상감께 별 소문을 들어다가 드려도 모두 괴이한 말이옵니다."

"누가 모르겠느냐, 그놈들이 부모 위한 정성이 없다고, 무한히 욕을 하니, 욕도 피하고, 경모궁을 위하였다면, 인자도리(人子道理)에 그렇지 않다. 말을 차마 못하여 추증(追贈)하며 누구 시호(諡號)하면 저희 하자는 대로 하여가니, 그런 일에는 분명히 알며 끌리어 흐린 사람이 되기를 면치 못하리라."

하시니, 내 부왕의 지통을 차마 생각치 못할 지경이더라.

대저 그 대처분으로 세상에 두 가지 의논이 있어서, 옳고 그른 것을 알 수 있고, 한 의논은 대처분이 광명정대하여 천지간에 떳떳하니 영묘(英廟)의 성덕대공(盛德大功)을 칭송하여 조금도 애통망극해하는 의사가 없으매, 이것은 경모궁을 불효한 죄로 돌리고 영묘의 처분이 무슨 적국을 소탕하거나 역변(逆變)을 평정한 모양이 되니, 이렇게 말하면 경모궁께서도 또 어떠한 처지가 되시리요. 이는 경모궁과 부왕께 망극한 일이로다.

또 한 가지 의논은 경모궁께서 본디 병환이 아니신데 영묘께서 참언을 들으시고 그런 지나친 처분을 하시니 복수 설치(雪恥)를 하자는 것이매, 경모궁을 위하여 원통한 치욕을 씻자는 말인 듯하나, 그것은 영모께서 무죄한 동궁을 누구의 감언을 듣고 처분하신 허물로 돌리게 함이니, 이렇다면 영묘께서 또 어떠한 실덕(失德)이 되시리요. 두 가지 말이 모두 삼조(三朝:英祖, 思悼世子, 正祖)에 망극하고 실상에 어긋나는 소론이라.

그리하여 우리 부친은 수차 말씀하시듯이 병환이 망극하여 옥체가 위태하심과 종사가 매우 위태로왔으므로, 상감(英祖)께서 애통망극하시나, 만만 부득이하여 그 처분을 하시고, 경모궁께서도 본심이 도실 때는 짐짓 누덕(累德)이 되실까 근심 걱정하셨으나 병환으로 천성을 잃어서 당신도 하시는 일을 모두 모르더라.

병환이 드신 것도 망극한데, 병환은 성인도 면치 못한다 하니, 경모궁의 일호의 누덕이 어찌되리요. 실상 이러하고 그 때 사정이 이러하니, 바른대로 말하여서 영묘의 처분도 만부득이 하신 일이요, 경모궁께서도 불행히 망극한 병환으로 만만 부득이한 터를 당하셨던 것이매, 부왕도 또한 애통하여야 실상도 어기지 않고, 의리에도 합당하거늘, 위의 두 가지 논의 같으면 하나는 영묘께 실덕이 되고, 하나는 경모궁께 누덕이 되매, 부왕께는 망극하니, 이 두 의논이 모두 삼조에 대한 죄된 말이더라. 한 번 그 처분이 거룩하시다 하여 우리 부친만 죄를 삼으려하여 뒤주를 들였다 하니 뒤주 아니인들 곡절은 다른 기록에 올렸으니 여기는 또 쓰지 않겠노라. 이런 말하는 놈이 영묘께 충성인가 경모궁께 충절인가 부왕이 대처분을 위하노라 하면 물론 동서남북지언(東西南北之言)하고 용서하시고, 모년 모일에 시비 있다 하면 유죄 무죄가, 부왕 입으로 그렇지 않다 못하실 줄 알고 그 일을 가지고 그 화를 삼아 저희 뜻대로 농간질을 하여 사람을 해하고, 저리하여 충신이라 자처하니 만고에 이런 일이 어디 있으리오.

사십년 이래 그 일로 충역(忠逆)이 혼잡되고 시비가 뒤바뀌어 지금까지 정치 못하였으매, 경모궁 병환이 만부득이하셨고, 영묘 처분이 또한 부득이하셨던 것이고, 뒤주는 영묘께서 스스로 생각하신 것이다. 내든지 부왕이든지 지통은 스스로 지통이요, 의리는 스스로 알고, 망극중에 보전하여 종사를 길게 지탱한 성은을 감축하고, 그 때 여러 신하들이 할 수 없어서 말한 것을 후인이 상상할 때만 남을 불행히 여길 뿐이지 그 처분에야 군신 상하에 이렇다 말을 어찌 용납할 수 있으리요. 그 당시에 되어 가던 일을 내 차마 기록할 마음이 없으나, 다시 생각하니 주상(主上:純祖)이 자손으로 그 때 일을 망연히 모르는 것이 망극하고, 또한 시비를 분별치 못하실까 민망하여 마지 못해서 이렇게 기록하노라. 그러나 그 중 차마 일컫지 못할 일은 빠진 조건이 많으며 내 머리가 다 흰 말 년에 이것을 능히 써 내니, 사람의 모질고 독함이 어찌 이에 이르는고. 하늘을 부르고 통곡하매 나의 팔자를 한탄할 뿐이더라.

4

갑신(英祖四十年) 이월 처분은 나라 지중한 처분이시니, 감히 이렇다 저렇다 어찌하며, 처분 후야 더욱 감히 무슨 말을 하리요마는 내 그 때 사정은 이를 것이 없어 부득이 약간 쓰기로 하노라.

내 그 당시에 모진 목숨을 끊지 못하고 살아 있다가 당한 한이 천만이며, 선희궁께서 너무 슬퍼하시오매, 내가 도리어 위로하고 세손이 어린 나이에 지통을 품고 또 당치 못할 일을 당하여 지나치게 애통하시니, 상하실 일이 근심되어서, 내가 또 도리어 위로 하였으매, 슬프도다. 누군들 모자가 없으리요마는 주상(正祖)과 나와 같은 모자의 슬픔이 어디 있으리요.

그 해(英祖四十年) 칠월에 선희궁께서 내려오셔서 입묘(入廟:大喪을 치른 뒤에 신사를 사당에 모시는 것)하시는 양을 보시고 오래지 않아 승하하시니, 당시의 슬픔이 병이 되어서 몸을 마치신 것에 내 지통이 또 어떠하리요. 선희궁 안 계신 후로 궁중 모양과 인심이 점점 달라지고 정처(鄭妻)가 편애함을 믿어서 여자의 천성으로 하성이 측량 없고 시기함이 심하여, 내외의 권세가 모두 그 몸에 돌아가서, 나에게 더욱 그 학대가 많으매, 내 스스로 소조(小朝)의 당하지 않을 수 없는 것을 탄식하나, 그 때 사정과 사기(辭氣)가 탈날 배 아니요, 다른 시동생이 없고 두 그림자 뿐이니, 옥체를 받들고 세손을 보호하는 것이 큰일이며, 나는 조금도 화기를 변하지 않았다.

부친께서 또 내 마음 같으셔서 매양 세손께도 그 고모(和緩翁主:鄭妻)를 잘 대접하라 말씀하시고 나에게도 우애있게 하라고 권하더라. 근본은 이러하나 저러하나 우국(憂國)하신 간절한 고심이더라.

부친은 또 정처의 양자 후겸(厚謙)이를 또한 대접하고, 그 시삼촌 정휘량(鄭翬良)을 당파가 다르나 좋게 친교하시니, 그 사람도 우리를 감격히 여기더니, 돌아간 후에 후겸이 혼자 있어 등과 후로 사람의 꾀임에 빠져서 마음이 변하더라. 이 대목이 우리 집의 제일 큰 화근이 되더라. 무자년에 수원 부사를 하고자 신영상(新領相) 김치인(金致仁)에게 청탁하여 달라하매, 부친께서 하신 말씀이,

"내가 말 한마디를 어찌 아끼리요마는 스물된 아이에게 오천 병마를 맡길 벼슬을 시키는 것은 실로 나라를 저버리는 일이요, 저

자신을 사랑하는 도리가 아니로다."

하고, 시종 추천하지 않으시더라,

"어찌 집을 돌아보지 않으리오?"

나와 자제들이 여러 번 말씀드렸으매, 부친은 종지 권세에 아부하여 대의를 굽히지 않으시더라. 대저 그와 틀리게 된 곡절은 이 때문이다. 또는 오흥(鰲興:鰲興府院君 金漢耉)이 국구(國舅:임금의 장인)가 되매, 선비가 갑자기 존대(尊大)하여 범백이 생소하더라. 그래서 부친이 휴척(休戚)을 함께 하실 마음으로 지도하여 가르치심이 극진하여 범사에 탈이 나지 않도록 하여 주었으므로 처음은 그도 감격히 여기더라. 나도 대비전 우러름이 감히 먼저 들어왔고, 내 나이 많은 것을 생각함이 없이 일심으로 공경하고 대비전께서는 나를 극진히 대접하시므로 일호의 사이가 없어 백 년을 양가(兩家:金漢耉 집과 作者의 본집 洪鳳漢의 집)가 서로 사랑할까 하더라. 그러나 형세가 커지고 알음이 익은 후는 먼저 된 사람을 꺼리고 지도하는 뜻을 저버리더라.

성심(聖心)이 기묘(英祖三十五年) 이전은 부친을 척리(戚里) 폐부지친(肺府之親) 밖에 합리(闔理:一家門里)로 총애하셔서 장상(將相)을 맡겨 의정(議政)하시며 예대하시기가 천고에 드무시고 부친이 병술년에 대고(大故)를 만나 들어앉으시니, 그 사이에 귀주(龜柱)와 후겸(厚謙)이 서로 부합하여, 후겸은 전의 혐의를 끼고 귀주는 제 집이 우리 집만 못하다 시기하고, 당치 않은 일에 노하여 형상 못할 지경으로 묘해하더라. 이것은 이(利)를 즐기고 세(勢)를 따르는 무리들이 스스로 겉으로는 사류(士類)인 체하면서, 좌로 꾀이며 우로 해케는 중에 기회를 보아가며, 지극한 벗과 가까운 친척이 모두 함께 기울어지니 내 집의 위태함이 급박하게 되더라. 그러나 영조대왕의 은혜가 갈수록 두터우셔서 부친이 모친상을 벗은 후에 영상을 거듭 받잡고 총애가 여전하더라. 이럴수록 반세(反勢)의 꼬임이 무궁하여 내외로 도와줌은 없고 해하려는 이는 벌떼같이 일어나매 속담에 〈열번 찍어 안 넘어지는 나무 없다〉는 말 같아서, 오늘 해하며, 내일 해하여 불언중 은총이 저절로 감하셨던지, 김귀주와 김관주(金觀株)가 괴수가 되어 경인(英祖四十六年) 삼월에 한유(韓鍮)의 흉무(兇誣)를 지어 내더라.

부친 몸 위에 무욕(誣辱)이 극하였으므로 그 통분하고 억울함을 어디 비하리요. 영조께서 특명으로 휴치(休致)하라 하시니, 그 때의 황황히 놀라움이 측량 없더라. 그러나 부친은 태연한 태도로 선마(宣麻:王이 老功臣에게 几杖을 내릴 때 붙이는 글) 후에 영미정(永美亭:東大門 밖의 地名)으로 나가더라. 내가 잊을 수 없는 성음으로 임금을 우러르옵고 부친을 의지하와 군신제우(君臣際遇)가 시종여일 하시금을 바라다가, 소인(小人) 무리의 미움으로 흉무를 만나서 일조에 물러나시니, 내가 벼슬 버림을 아까와 서가 아니라 부친의 단호한 충성의 혈심(血心)을 오히려 미치지 못하신가 막연히 놀랐고, 원통한 심사 또한 붓으로 어찌 다 쓰리요. 부친이 과거하시기 전부터 대우가 자별하시고, 갑자가례(甲子嘉禮) 후 등과까지 하시니, 조정에 폐부의 신하가 없어서 벼슬이 높지 못한 때로부터 나라의 대소사(大小事)를 의장(依杖)하심이 특별하시더라. 입조 삼십 년에 외임(外任:外職) 초려(草廬) 이외에는 인견 않으신 날이 없으시고, 오영장임(五營將任)과 탁지(度支:財務部), 혜당(惠堂:宣惠廳)을 떠나지 않으시고, 십년장상(十年將相)에 백성의 이해와 팔로(八路

:八道) 고락을 당신 몸의 일과 같이 알고, 군신간의 사이는 옛 역사에는 거의 드물게 볼만 하더라.

또 그 당시 과거가 잦고 문운이 형통하여 문내(門內)의 자제 연하여 등제(登第)하니 지처(地處)가 남 다르고, 정치가 밝은 시기를 영결치 못하여 운수인지 요행인지 집만이 매우 번창하여 지극히 과분(過分)하니, 지금 와서 생각하면 영도(榮途)의 자취를 거두지 못하고 과환(科宦)이 몸을 적시니 사람의 시기함과 귀신의 꺼림이야 어찌 면하리요. 부친이 물러나고 싶은 마음은 밤낮으로 간절하시니 주은(主恩)이 정중하시고 처지가 자별하여 임의로 못 물러나시고 때 만나심이 어렵고 험하셔서 옛사람의 직절(直節)을 다 못하시니 이것이 모두 임금님 몸을 위해서 정성껏 받드신 일이더라. 만일 조야에 강직한 사람이 봉승(奉承) 잘못한다 시비하면 당신도 웃고 마땅히 받으실 것이요, 낸들 어찌 마음에 두리요마는, 내 집을 치는 이는 귀주(龜柱)의 당(黨)이며, 곧 후겸(厚謙)의 당이니, 겉으로는 두 당이나 실인즉 속으로 상통하여 넘나드는 도당으로 흉한 말과 고약한 계교로 내 집을 멸망시키고자 하니, 하늘이 굽어보시사 응당 살피심을 바라나 일문이 놀랍고 쓰라림은 던져 두고라도 내 지극한 슬픔을 어찌 참으리요.

그 때 화색(禍色)이 점점 심하여 가매, 내 생각에 귀주는 풀릴 길이 없고 정처에게나 내 집의 화를 면하도록 양해를 구하였더라. 그저 그 사람이 아들의 말을 듣고 전일의 은근하던 정이 달라진지 오래였기 때문에 내 한 말로 움직이기 어렵더라. 그리고 사실인즉 그 아들을 사귀어야 좋을 도리가 되지만, 오라버님(洪樂信)은 무슨 일로 미운 배 되고 중제(仲弟:洪樂仁) 또한 그러하더라. 숙제(叔弟

:洪樂任)가 옥 있었으나 성품이 어려서부터 의지와 기개가 고상하고 빙청옥결(氷淸玉潔) 같으니 구차 비루한 일을 할 사람이 아닌 줄 알되, 형제 중 나이가 적고 사람이 담략이 많았다. 내가 저에게 편지하여,

〈옛 사람은 부모를 위하여 죽는 효자도 있으니, 지금 형편이 부친을 위하여 후겸이와 사귀어 집안을 구함이 옳다.〉

하고 권하였더라. 숙제가 내 말대로 힘써서 몸을 돌보지 않고 옛 사람의 권모술책으로 후겸과 친하였으니, 숙제가 세상의 미움 자못 받고 몸을 더럽힘은 이 누이 탓이었으리라.

숙제는 오라버님께 글을 배워서 문재(文才)가 숙성하여 당장 소과하고 전시(殿試)에 장원을 하여 조부의 업적을 이어서 앞길이 만리 같다가 가진 것을 펴지 못하고 가문의 화를 염려하여 천생의 본심을 지키지 못하고 후겸과 사귄 것을 스스로 부끄러운 마음으로 맹세하고, 집이 평안하면 세상에 나가지 않으려고 하더라. 그래서 번리(幡里) 집을 동서(東西)로 옮겨서 장만하고, 나에게 그 뜻을 편지로 알리더라. 멀리 못갈 몸이니 장래 근교에 배회하며 경궐(京闕)을 의지하고 벼슬을 떠나서 자연과 더불어 종신하겠다던 사연이 눈시울이 뜨겁게 생각되더라.

신묘(英祖四十八年) 이월에 부친이 당하신 환난은 또한 천만 뜻밖의 일이다. 귀주의 숙질이 비밀리에 도모하여 우리 집안을 멸망시키려고 하였는데, 영조대왕께서 지극히 영명하시나 춘추가 높으시니 어찌 미처 살피시리요. 화기(禍機)가 박두하여 청주에 귀양을 당하여 어느 지경에 이를지 모르게 되더라. 이 때 세손이 외가(外家)를 보호하려고 중궁전(中宮殿)에 말씀을 많이 하시더라.그날 한기(漢耆)가

후겸과 함께 우리 집을 멸망시키려고 정하고 아뢰자 하였는데, 후겸
의 생각이 전일 같았으면 어찌되었을는지 몰랐는데, 숙제와 사귐으로
인하여 그랬던지, 즉석에서 함께 해할 의논을 그치고 그의 어미(鄭
妻)도 들어와서 풀어 아뢰었든지 화색(禍色)이 좀 잠잠해지매, 눈앞
의 고마움을 은인으로 생각하였으나 당초에 그런 일 없었던 것만
하리요.

이 때 귀주 숙질이 무함(誣陷)한 것이 다름아니라, 인(裀)의 형제
가 이어서 생기매 영조대왕께서 화근이 될까 근심하시게 되더라.
이에 대하여 부친의 마음이 어찌 우려되지 않으시리요마는 드러난
죄가 없으면 은원(恩怨)을 먼저 말할 것이 아니기로,

　"신의 처지에 세손께 지극한 몸이오니 신이 좋은 빛으로 저희를
　대접하여 원(怨)을 사지 않게 하는 것이 좋사오이다."

하고 상께 아뢰었다. 부친은 저희들을 잡것에 반하는 일이나 없게
하신 뜻이나, 그것이 위인이 잘못 나서 가르침도 받지 않고 좋지 못한
일이 많더라. 부친이 불행히 여기시고 염려함이 측량 없으시나, 그
후에 가르쳐서 감동할 인물이 아니기 때문에 신(信)을 둔일이 없더
라. 당신 고심으로 나라에 무사코자 하시던 일이 뜻같지 못함을 한탄
하시더니, 경인(英祖四十七年)년 후 귀주네가 이 일로 모함하다가
뜻대로 안 되매, 또 저 일로나 모함할까 하여 이 때에 화기(禍機)가
급하더라. 다행히 세손의 덕으로 매우 진정되었으나, 인정 천리가
당신의 외손 세손께 위한 정성이 어떠하실 것이 아닌데, 도리 밖의
일로 해치려하니, 인정의 흉험함이 무겁고 무섭도다.

청주에 귀양가 계시다가 즉시 귀양이 풀렸으나, 논란의 상조가
그치지 않으므로 과천(果川) 촌집에서 죄를 기다리고 계시더라. 그러

나 사월에 서용(敍用 : 다시 등용)하시고 부친이 유월에 입시하시니, 부녀가 서로 만나서 반기고 원한을 풀었더라. 그러나 팔월에 한유(韓鍮)의 흉악한 상소가 다시 났는데 이것은 또 귀주의 흉한 음모더라. 부운(浮雲)이 백 일을 가려서 엄한 분부가 내려서 죄명이 중하시매, 문봉 묘하(廟下)로 칩거하시고 오라버님 내외를 데려다 지내셨으매, 그 때의 정이 어떠하리요. 경인년 영미정(永美亭)에 계실 때 큰집은 서울에서 사당을 모시고 있고 숙제(叔弟)의 내외가 모시고 지냈고, 숙제의 부인이 집에 돌아온 지 오래지 못하여 모친이 별세하시니 매양 추모하고 시아버지(洪鳳漢)를 지극히 공경하고 백사를 우러름이나 시누 사랑함이 지성스럽더라. 영미정에 모시고 있을 때 지자부(맏며느리 아닌 며느리)로 못할 일을 지성을 다하여 받들더라. 신묘 이월에 화색(禍色)이 급하니 그때 임신한 지 수삭이었으매, 찬물에 목욕하고 동망봉(東望峰 : 崇仁洞 뒷산)에 올라가서 시아버지를 위하여 하늘에 자주 빌더니 그해 구월에 아이 밴 몸으로 세상을 떠났으니 임신중 몸을 돌보지 않고 찬물에 목욕한 탓 같아서 내가 각별히 참석(參惜)하더라.

임진(英祖四十八年)년 정월에 부친이 은사(恩赦)를 입어 임금께서 부르시는 조서가 간곡하시매, 마지 못하여 삼호로 다시 와서 머루르시고 입시하시니, 천안(天顔)이 기뻐하시고 이전과 다르심이 없더라. 그러나 칠월 이십 이일에 관주와 귀주가 또다시 흉소(兇疏)를 올렸는데 어느 일이 무함(誣陷) 아니며 어느 말이 흉모가 아니리요. 세변(世變)의 측량키 어려움과 인심의 흉악함이 제 처지 남과 다른데 무슨 원한으로 이 지경까지 이르렀는지 이상하지 않을 수 없더라. 영묘(英廟)께서 현명하심이 해와 달 같으시며 부친 무함을 벗겨주시

고 두 척리(戚里 : 作者의 친정 洪氏 집과 英祖繼妃 貞純王后의 친정
金氏집안) 집이 이러한 줄 진노하셔서 귀주를 육단부형(肉袒負刑
: 옷을 벗기고 매질하는 형벌)하여 사죄케 하시고 귀주에게 처분
내리시더라.

내가 그때 작은 집에 내려가서 대죄(待罪)하였는데 부르셔서 위로
하시고,

“내 내전에게도 너 보기를 이전과 달리 마라 하였으니 네 조금도
내전을 의심하지 마라.”

하시매 천은이 망극하더라. 누가 나라 은혜를 안 입으리요마는 나
같은 이 다시 어디 있으리요. 이날을 내가 만난 일이 절절이 괴이하여
처변(處變)한 도리가 망극하나 고상의 간측(懇惻)하심을 감동하고
귀주의 불공대천지수(不共戴天之讐)는 잊지 못하려니와 자전(慈殿)
섬기옴에 이르러는 일호도 감히 마음에 지체함을 품지 못하와 지성으
로 섬김을 궁중이 다 보는 바요, 자전께서 또한 나를 대접하심이 항상
같으시니 내가 자덕(慈德)을 우러러 잘 통함이야 이를 것이 없더라.
자전께서는 자연 염려도 하시니 귀주가 나라에 모욕일 뿐 아니라,
내 마음에도 자전께 죄인인 줄 알더라.

계사(英祖四十九年)년에 부친이 회갑이 되시니 할머니께서 갑
(甲年)년에 미처 생신을 지내지 못하고 별세하신 일이 지한(至恨)
이 되시고 추모가 새로와서 잔을 드시지 않을 뿐 아니라, 조반도 안
잡숫고 상심하여 울음으로 지내시니, 내 감히 음식을 하여 드리지
못하고, 진지를 차려 권하니 수저는 드시되 잡숫지 아니하더라. 모친
이 또 그날이 회갑 달인데 일찍이 별세하셔서서 두 분 함께 이해 이달
을 즐기시는 것을 뵈옵지 못하니, 우리 남매의 악연한 정성과 추모지

통(追慕之痛)이 비할 데 있으리요. 그해 시월 영조께서 갑일(甲日)을 무미하게 지냈다 하셔서 경저(京邸 : 서울 집 즉 홍봉한 家)에 사연사악(賜宴賜樂)하시니, 풍류 한 마디를 들어 은영(恩榮)을 표하고 온 집안이 감축함은 더욱 깊더라. 숙제(洪樂任)의 집이 그릇된 가운데 좋은 아내를 잃고, 어린 아이들의 형용과 신세 쓸쓸함이 이를 데 없으므로 너무 슬퍼하고 두 아들을 두었기 때문에 재취코자 않더니, 두 며느리를 해를 연하여 맞아 가계(家計) 모양이 됐으니, 그 어머니의 숙덕에 보답할까 하더라. 그러나 갑오(英祖五十年)년 겨울에 둘째 아들 잃으니 이런 변상(變喪)이 우리 집에 처음이었고, 집안이 쇠하려는 징조를 비롯함인가 싶고, 숙제가 한 아들을 두고 재추하지 않음은 도리어 그른지라 부친이 권하시고, 여러 번 편지로 그 고집을 돌리게 하여 을미(英祖五十一年)년 가을에 재취했더니 삼자(三子)와 일녀(一女)를 얻어 백수모경(白首暮境)에 자녀가 많으니 내 모양이 자식을 내준 배라고 말할 수 있더라.

이해 십이월에 중부(仲父 : 洪麟漢)가 영상 벼슬을 받았으니 부친께서 미처 물러나오지 못하여 흉당(兇黨)의 참무(讒誣)를 만나신 일이 한이 되니 우리집 사람이 벼슬을 버리고 국은을 축소하고 한가로이 있음이 당연한 일이요, 국사의 위태로움이 백척간두(百尺竿頭)에 오름 같은 때에 이 대배(大拜)를 하시니 놀랍고 근심과 두려움이 스스로 몸을 동인 듯이 움직이지 못하고 어려워 하더라. 집안이 최성(最盛)하니 하늘이 가득함을 슬퍼하시고, 관위(官位)가 극진하니, 재앙이 저절로 생겨서 그런지, 을미(英祖五十一年)년 겨울에 큰 죄를 지으시니 겁낸 탓이시나 망발은 극진하니, 본심을 헤아리지 못하고 죄명이 지중하여 집안이 망할 기틀이니, 가슴이 막혀서 긴 말은 못

쓰고 통곡할 뿐이로다.

병신(英祖五十二年)년 삼월 초닷세 날에 천붕지통(天崩之痛)을 당하여 망극함을 어찌 다 형언하리요. 내가 열 살에 선왕을 모셔 삼십여 년을 지극하신 자애를 입사와 갖은 어려운 때라도 나를 사랑하심은 일호도 변치 않으시고, 심지어 지기구식(知己舊識)이라 하시는 은교(恩教)까지 얻잡고, 만난 바와 세도(世道)의 어려움을 생각하면 내 한몸 보전함이 어느 일이 선왕의 하늘 같은 성은(聖恩)이 아니시며, 내 집을 구제하심이 종시(終始)로 무휼(撫恤)하신 은택이시니 자식이 되어 이 은혜를 또 어찌 잊으리요. 주상(主上：正祖)을 간신히 길러서 구오(九五：王位)에 오르시는 양을 보니, 어미의 지정으로 어찌 귀하고 기쁘지 않으리요마는, 지통의 마음 속에 있고 집안 재앙이 천만 가지로 박두하여 중부의 죄만이 망극할 뿐 아니라, 흉악한 상소가 이어 일어나서 부친의 처지가 더욱 망극하시니, 내 어리석으나 주상 어미로 앉았는데, 부친을 꼭 해하려 하니 이것은 나를 업신여긴 뜻이매, 내 몸이 없어서 이런 꼴을 보지 않고자 하였으매, 주상을 버리지 못함이 인정의 당연함이 아니랴. 슬픔을 품고 하늘만 바라보더니 칠월에 중부(仲父)의 당하심을 보니 집안이 망하더라. 내 처지에 이것이 어인 일이랴. 통곡하며 통곡하나 또한 사정(私情)에 지나지 못하더라. 나라 위한 지성은 갈수록 더욱 힘을 써서 임금의 명찰만 바랐는데 부친이 삼호에서 근신하며 처분을 기다리시다가 무욕(誣辱)이 더욱 심하매 창황히 문봉묘하러 가시고, 집안이 다 따라가니 나의 하늘에 사무친 슬픔이야 또 어디에 비하리요. 내 몸으로 부친의 지원(至寃)을 깨끗이 씻어드리고 죽음직 하건마는, 주상의 일을 생각하여 모친 목숨을 구구히 끌고 있으니, 하나도 인액(人厄)이요, 둘도

무지(無智)이나, 지심(至心)을 깊이 알아 보면 바이 헤아림이 없다 하랴.

선왕의 은혜를 지극히 입었으니 어찌 제전에 참여치 않으며 곡읍(哭泣)을 폐하리요. 집안 당한 처지가 말할 수 없으나 감히 아니치 못하더니 중부 일 나시고, 부친의 처지가 더욱 망극하시게 되더라. 나는 자식이 예사로이 몸을 가짐이 염치와 인사 다망함이라고 생각하였으니, 문을 닫고 침복(蟄伏)하여 사생화복(死生禍福)을 같이하려고 문밖을 나간 일이 없고 다만 대전이 오신 때면 머리를 들었으니 주상이 어찌나 슬퍼하는 것을 보고자 하시리요. 매양 나를 대하시면 불안하고 슬퍼해 하셔서, 도리어 내 근심을 위로하여 화기를 보이시매, 부친의 처지가 망극할 뿐 아니라 숙제의 죄명이 대안(大案)에 올라서 도리어 어이없더니 집안 운수가 첩첩에 궁험(窮險)하여 정유(正祖元年)년에 오라버님이 별세하시니 원통하기 이를 데 없더라.

오라버님은 집안의 큰 몸으로서 여러 아우와 사촌까지도 배우고 들어서 집안이 번영한 중이라도 글을 좋아할 줄 알고 비루한 일들을 아니하여 남들이 괴이한 국척(國戚)으로 알지 아니하게 하였고, 오라버님이 비록 몸이 경렬(卿列:二品以上의 벼슬)에 오르시나 문을 닫고 글을 잃어서 위로 나이 어린 삼촌이 있으나 아이로 수하 사람들이 보고 감화하여 일어남은 모두 오라버님의 힘이며 공이더라. 내 비록 깊이 앉아서 집안 일을 자세히 모르나 깊은 골에 난초가 피면 바람으로 인하여 행내가 멀리 풍김과 같아서 내가 자연 들은 바라 매양 흠탄하기 때문에 집이 비록 그릇되었으나, 오라버님 믿기를 태산교악(泰山喬岳)같이 바라다가, 연세 오십이 못되어 집안 처지를 주야로 염려하시고 당신이 불행히 과거하여 아들까지 이어 조정에

오른 일을 뉘우치고 뉘우쳐서 하늘을 깨치실 웅장하신 지기(志氣)
를 일조에 품고 조석으로 정성(定省)하신 외에는 한 방 안에 들어서
문을 닫고 글만 읽으시고 조그만 언덕과 시원한 숲 사이도 일찍이
올라서 소요하지 않으시고, 당신 형제가 입조하여 영화를 도와서부친
께 걱정시켜 드린것만 슬퍼하시다가 일찍 돌아가시니 이 어찌 천리
(天理)리요.

　하물며 선친이 병으로 위독하신 중에 역리지척(逆理之慽)을 만나
서 애통하시고 집이 그릇된 중 또 그릇되어 진실로 눈 위에 서리니,
창천을 우러러 눈물만 흐를 뿐이며 당신이 근심하심이 이상하고 주밀
이 극진하여 나를 매양 보시면 검박함을 훈계하시고, 가끔 제왕의
사적과 착한 후비(后妃)의 말씀을 간곡히 하셨으니, 어느 말씀을
탄복하지 않으리요. 집안이 번영함을 우려하셔서,
　"국척의 집 보전하는 것이 관음(官蔭)이나 주부(主簿) 봉사 같은
　말단 벼슬은 길이 누리는 법이니, 누님께서 본집 잘되는 것을 기뻐
　하지 마소서."
하시기에, 내 집이 국척되기 전에도 대대로 그런 말들은 듣지 못하였
다가, 그 말씀이 옳은 줄 알되 웃었더니, 지금 생각하니 밝은 말씀이
런가 싶더라. 풍의(風儀)가 엄정하시고 얼굴이 수려하여 모친을 많이
닮으셨으매, 내가 뵈오면 매양 반갑기 측량 없고 선왕께서 매양,
　"아무개도 크게 쓸만 하도다."
하시더라. 또 주상께서 큰 외삼촌 대접이 스승 같으셔서 특별하신
은혜가 당신 지체뿐 아니시니, 집이 무사하더면 당신 공명일 뿐더러
일신의 빛남이 어떨 것이 아니로되 집안의 액운으로 중년에 홀연히
별세하시매 내 슬픔이 한갓 집안을 위한 마음뿐 아니라 통석함이

골수에 박혀 있어서 수십 년이 되었으니 가슴이 막히고 눈물이 흐르도다.

상사 때 주상이 친히 채문을 지으셔서 덕행과 문장을 칭찬하여 치제(致祭)하시니, 그 때 집안 모양으로 이 특별한 은혜가 계시니 감축하고, 그 후에 친히 서문(序文)을 지으시어 문집을 내어주셔서 애영(哀榮)이 극진하시니, 구원(九原:地下)의 알음이 계시면 함루결초(含淚結草)하심이 어떠하시리요.

정유(正祖元年)년 팔월에 숙제의 화색(禍色)이 더욱 망극하니 하늘을 우러러 처분을 기다리더라. 성명(聖明)이 살피셔서 생명을 살려주시고, 무술(正祖二年)년 이월에 일월이 비치셔서 지원(至冤)을 깨끗이 씻으매, 숙제에 대하신 성은은 천지에 하해 같으셔서 만고에 드무시고, 내 동기를 살려내니, 그 때 감격함을 어찌 형용하리요.

선친이 그 때 올라오셔서 궐 밖에 대죄하시고 무사한 후에 입시하시고 안에 들어오셔서 나를 보시니, 삼년 동안 망극한 상면과 무궁한 경력을 지내시고 노쇠하심이 극도에 이르셨고, 내가 놀라운 기쁨으로 가슴이 막혀서 오래 떨었고, 선친이 숙제가 살아남을 감읍하시며 생전에 만남을 반가와하고 곧 나가시더라. 내가 손을 잡아 무궁히 수하셔서 집안이 나아져서 다시 뵈옵기를 앞축하고 눈물로 하직하였으매, 내 죄역이 갈수록 중하고 깊어서 하늘이 앙화를 내려서 그해 섣달 초 사일에 대고(大故)를 만나서 천고 영결이 길이 되니, 궁천지통(窮天之痛)과 철지지원(徹地之冤)이 망극하고 망극하도다.

누가 부모를 잃지 않으리요마는, 나 같은 슬픔이야 고금에 다시 있으리요. 기품을 헤아리면 칠순을 이어 못 누리시오마는 나라를 위하여 수십 년 초심하시고, 흉당(兇黨)의 무욕(誣辱)을 수없이 보시고, 마침내 집이 전복되어 몸이 오혁하셨으매, 간절한 혈심(血心)을 씻지 못하시고 지극한 원한을 품고 촉수(促壽)하기에 이르셨으니 이 일이 누구의 탓이리요. 그것은 모두 불초불효(不肖不孝)한 나를 두신 때문이매, 나는 뼈를 갈아도 이 불효는 속죄하지 못할 것이다. 모진 목숨을 또 건지어서 땅 위에 보존함은 주상의 성효(聖孝)에 이끌림을 면치 못하여 선친과, 화복을 함께 못하니 부끄럽고 슬픔이 천지에 사무치더라.

어느 누가 부모의 자애를 안 입으리요마는 나 같은 이 없으니, 일찍이 부모를 떠나 있다가 모친을 중도에 여의고 자모의 정을 겸한 때도 나를 잊지 못하셔서 추호만한 일이라도, 내 뜻을 어그러칠가 염려하더라. 명도를 슬퍼하는 것이 심중의 고통이 되어서 힘에 미치는 것은 내 뜻을 받기로 힘쓰시니, 궐내가 작정한 진상물 외에 동궁처소는 용도가 넓지 못한데, 기간 불언중 요구에 응하는 재물은 허다하여, 이루 형용할 수 없으매, 당장 급한 일이 무수한데 내 마음을 쓰이지 않기 위하여 재물의 얼마인지 모르고 삼십 년 장상(將相)의 내외 요임(要任)을 일시도 떠나지 않았으나, 곳곳의 부고(府庫)가 충만하여 나라에 전심하여 재물을 보용(保用)하게 하여 일호도 낭비하신 일이 없었다. 그러나 재주와 국량이 비상하여 만부득이 쓰고자, 하는 것은 미치지 못할 듯이 거행하시며, 이것이 작은 일이나 지극한 정리를 믿어서 급한 때를 무사히 지내고 나면 내가 다행할 뿐 아니라, 일에 임하는 궁중 사람들이 손을 모아 감축하더라.

임오년 가례 때에 모든 일을 준비하여 나를 도우시고 망극지변(之變)의 초종의대(初終衣帶)를 모두 애써 감당하시고, 삼 년 제향을 돕는 물종(物種)과 대소상 때의 제물로 용동궁(龍洞宮) 이궁 해포로

밀린 부채에 쓰지 마라 하시고, 모두 도우셨으니 메시지에 정성 안 미치신 것이 있으리요.

청연형제(淸衍兄弟)의 길례 때도 부친이 도와 주시더라. 이렇게 전후에 나에게 들이신 재물이 몇 만큼인지 이것이 모두 나라 일을 위하신 일이나, 나의 불안은 자연 심하여 매양 조용히 말씀할 때,

"내게만 이렇게 애쓰시고 동생들을 어이 돌아보지 않으시느니?" 하면 부친은 웃으시며 말씀하되,

"나라가 태평하면 저희들이 살 것이니, 집안이며 논떼기 장만하여 준 것도 옛 사람에 비하면 매우 부끄럽도다."
하시니, 당신 처지에 이 말씀이 어찌 감복치 않으리요.

당신이 임금 섬기매 충성을 다하심과 집에 있어서의 효우(孝友)하심과 직무에 청렴 결백하고, 사무 처리에 있어서 모든 관리와 전국의 백성의 은혜와 덕을 입지 않은 이가 별로 없으니, 이것은 사언(私言)이 아니라, 온 세상의 공언(公言)이매 내가 길게 말할 필요가 없더라. 어머님(任氏)을 일찍이 여의심으로 외가에 정성이 극진하시고, 외조부모의 제사에 반드시 세수를 당하시고, 종질들 무휼(撫恤)하심도 각별하시고, 빈궁한 친구와 일가를 두렵게 구제하여 끼니를 잇는 집이 얼마인지 모르더라. 천성이 소박하셔서 당신 처지 어떠하시며 관위가 어떠하리요마는, 계시는 방에 좋은 종이로 벽을 바르시지 않고, 그림 한 장 붙이는 일이 없고, 고운 등배(보료 또는 화문석)를 깔지 않고, 고운 병풍을 치지 않고 즙기 한 가지 놓으신 일이 없이, 일생을 무명 바지와 무명 창의(氅依)를 입으셨더라. 그리고 반찬은 잘해 잡수신 일이 없고, 말년에 몸을 죄인으로 자처하고 수만 초가집에 거처하시고 두 가지 반찬을 못내게 하시더라니, 천성이

착하지 않으면 어찌 이렇게 하시리요.

　일찍이 두 군주(郡主)의 족두리에 구슬 얽은 것을 보시고,

　"몸이 가벼워서 차마 못 보겠노라."

하고 나를 경계하시매, 이 한 가지 일로 미루어 백 가지 알을 알 수 있으니 슬프다. 당신의 덕행이 이러하시고 사업이 이러하시고 몸을 닦으며 일에 처하심이 이러하시나 나중의 운수가 기험(奇險)하셔서 주은을 종시 보전치 못하고 지하에 원한을 품으시니, 이일을 생각하면 종천지통(終天之通)이 가슴에 박혀서 일시도 살고 싶은 마음이 없더라. 그러던 중에 수영(守榮)이가 오라버님 삼 년 상중에 또 화변을 만나 승중(承重 : 長孫으로 조상의 제사를 모시게 됨)하니, 내몸의 상복(喪服)이 겹겹이더니, 내가 너를 생후로 부터 중질을 각별히 생각하다가 양대(兩代) 안 계신 뒤로 집안의 중대한 책임이 나이 적은 너에게 지워졌더라.

　중제(仲弟 : 洪樂信)의 성품이 효우(孝友)하고 자상하더라.

　세리(勢利)에 담담하여 경인(英祖四十六年)년 후에 서울집을 떠나서 삼호에 살면서 세상에 나오고자 하지 않고, 모든 일을 공평히 처리하였으므로 선친이 매우 기대하시더라. 삼호에 계실 때는 중제가 선친을 모셨고, 신묘(英祖四十七年) 귀양 때도 따라가서 모셨고, 병신(英祖五十二年) 구월에는 고양(高陽)으로 따라 옮겨 갔더라. 그리고 화고(禍故) 만난 후 형제가 서로 의지하여 울음으로 지내는 중에도, 아우를 거느리는 조카를 가르치심이 한몸같이 극진하더라.

　선친이 안 계신 후로는, 중제에게 모든 집안 일을 맡기니 중제는 선친 계실 때 같이 내 마음을 알아서 매사를 근심 않게 잘 처리하였으므로, 나의 기대가 화고 후에 백 배나 더하더라. 계매(季妹 : 李復一

의 아내)가 기묘(己卯)년에 출가하여 매우 간곡하였으나, 자녀를 계속 낳고 남편이 입과하여 급제까지 하여, 나라의 은혜를 입고 안락하기를 바랐으니, 천만 뜻밖에 우리집이 그릇되고, 제 시집의 화고는 망측하여 옥같은 자질이 진흙 속에서 떨어지매, 제 집안을 위한 망연한 근심 가운데, 이 아무 못 잊은 마음을 어디에 비하리요.

제가 하향하여 상거가 멀지 않으나, 선친이 국법을 무섭게 여기셔서 불러 보시지 않고, 내가 또한 한 자의 편지를 통하지 못하니 제 설움이야 더할 것이 없다가, 선친의 화변을 만나니, 의지하여 바랄 바가 끊어져서 슬퍼하고 생애가 더욱 망연하더라.

중제는 선친 하시던 바와 조금도 변함이 없이, 한 푼의 돈과 한 되의 쌀과 심지어 간장까지 모두 염려하여 의논하여 궁도(窮途)에 의지하니, 동생이 상정이나 이것이 말세에 잊지 못할 우애요, 그 부인(洪樂信의 妻 李氏)이 또한 우애가 극진하여 남편의 뜻을 받아서 환란 중에 주선함이 친동생보다 더하더라. 이 내외가 아니더면 제가 어이 지탱하였으리요.

계제(季弟 : 洪樂倫) 다섯 살때에, 선친께서 김공 성응(金公聖應)의 차자 지묵(持黙)의 맏딸에게 정혼하였는데, 그후 그 처녀가 담종(痰腫)으로 성인할 가망이 없게 되더라. 김공 성응이 선친께 그로 인하여 퇴혼(退婚)하자 하더라. 선친께서는,

"우리 두 집이 이미 약혼하였는데, 지금 와서 처녀가 병 들었다고 언약을 저버리면 사부의 도리가 아니요, 병 때문에 비록 부부의 도를 못 이루어도, 이것이 모두 저희들 팔자니 하늘에 맡길 뿐이오."

하고, 퇴혼을 안하시고 혼인을 이루었으매, 본디 인륜의 도(道)는

못 되더라. 그러다가 병술(英祖四十二年)년에 그 댁이 갑자기 아우가 무슨 정이 있었으리요마는, 지나치게 슬퍼하고 오래 재취하지 않더라. 선친께서 신의를 중히 여겨서 퇴혼하지 않으신 것은 예에 드문 일이요, 아우가 오래도록 불쌍히 여기고 재취하지 않은 일도 또한 쉽지 않은 착한 마음이더라.

그 해에 할머니를 잃으매, 제 정리가 두번 어머니를 잃은 것 같이 슬퍼하더니라.

내가 모든 일에 못 잊어함이, 이름이 동기지만 자식과 어찌 다르리요. 제 기상과 박식으로 집안의 번영함을 보나 제 몸에 좋음이 없고 이십이 갓 넘으며 집안이 그릇되니 동서로 표박하고, 집안 걱정 외에도 숨은 근심이 있어서 반생을 즐거움을 모르고, 내심중에 불쌍함이 동기 중에서 각별하다가, 마침내 아버님 잃은, 고통을 또 만나니 가없은 생각이 백 배나 더하여 잊지 못하더라. 삼년상을 마치자 매삼형제가 별같이 흩어지니 서로 돌아보며 동으로 돌아보아 각각 그리워하는 마음이 한량없더니라.

선친께오서 나를 낳으신 하늘같은 큰 은혜와 천륜 밖에 뛰어나신 자애며, 나로 말미암아 마침내 집안이 이러하니 내 생각할 수록 이 몸이 없어져서 불효를 사죄코자 하나, 모년(英祖三十八年)부터 결단치 못함이 주상을 위하여 못함이요, 무술(正祖二年 作者 父親喪時)년에 따르지 못한 것도 주상의 고위(孤危)하심을 잊지 못한 까닭이더라. 동궁 모신 정렬(貞烈)에도 득죄(得罪)하고 선친 섬기는 효성에도 저버린 사람이 되니, 스스로 내 그림자를 보아 낯이 덥고 등이 뜨거워서 밤이면 벽을 두드려 잠을 이루지 못하기를 몇 해였던고.

국운이 불행하여 흉변이 자주 생기매, 나라를 위하여 근심하고 두려워하심이 간절하더라. 기해(正祖三年)년에 국영(國英)이가 수원관(水原官)에 추천해 주지 않아 선친에 대한 역심이 더욱 흉악 망측하더라. 어느 때인들 난신적자(亂臣賊子)가 없으리요마는 이런 역적이 또 어디 있으리요. 사사로운 집안의 지통뿐 아니라 국세가 외롭고 위태로우므로 간장이 마디마디 녹다가 임인 경사(正祖六年에 文孝世子가 出生)를 얻었다. 그 경사롭고 즐거움이 측량 없어서 슬프던 마음에 태평만세를 기약하더라.

갑진(正祖八年)년에 선친에 대한 죄를 풀어 용서하시는 은교(恩教)가 계시고 또 시호(諡號)를 내리시니, 내 생각으로는 선친의 혈충단심(血忠丹心)으로 이 일 받으심이 늦은 것을 슬퍼하니, 당신은 구원(九原)에서 감축하실 것이매, 나는 감격의 눈물을 흘릴 뿐이요, 수영을 종손으로 벼슬을 시키시니 성은이 갈수록 축수하나, 제 자취가 불안스러워서 별로 기쁘지는 않더라.

주상(主上)을 위로할 말이 없어, 황천에 원하여 성자를 주시어 국가 만년의 기초되기를 빌고 빌었더니, 조종의 신령이 도우셔서 경술(正祖十四年)년 유월에 큰 경사를 다시 얻으니, 그 경사로움이 천지에 끝이 없고 상천의 고마우심을 무엇으로 갚으리요. 손을 모아서 사례할 뿐이다. 이 몸이 살았다가 나라의 경사를 다시 볼 줄을 어찌 기약하였으리요. 내가 아이 낳던 날을 당하면 나를 낳아서 기르신 부모님 은혜를 추모할 뿐 아니라, 세상에 나온 것을 슬퍼하여 대전성효(大殿誠孝)로 힘써서 지내라, 이 날이 있을지 모르다가 천만 꿈밖에 내가 살아 있는 세상에서 이런 경사를 보니, 저 하늘이 나를 불쌍히 여기셔서 이 날의 대경을 만나게 하시매, 스스로 몸을 어루만져서 상천의 어여삐 여기심을 축수하여 이 복을 받자와 평생에 돌아가고 싶은 마음을 돌이키니 나라의 경사를 즐겨하는 줄을 알 것이로다.

주상의 효성이 탁월하셔서 자전(慈殿 : 英祖의 繼紀 貞純王后)을 극진히 받으시고, 부모로 인한 숨은 고통이 있어서 유명지간(幽明之間)에 슬퍼하시니, 운수로 참지 못할 일이매, 내 몸에 당한 일은 신명께서 다 아시매 내 어찌 일호라도 어김이 있으리요. 주상의 슬픈 설음을 내 도리어 슬퍼하고 추모하는 일은 일국(一國)이 감동할 것이요, 살아 있는 어미에게 천승지양(天乘之養)으로 하시는 것이 극진하니 내 또한 무슨 여감(餘感)이 있으리요.

곤전(坤殿 : 正祖妃)과 중원하여 양전(兩殿)이 화락하시며, 제빈(諸嬪)을 고루고루 거느리시며, 두 누이를 사랑하심은 더 말할 것이 없으시매, 내 어미의 구구한 정으로도 더 바랄 것이 없더라. 나는 두 딸은 원한 천륜의 정뿐이지 저희들을 못 잊어서 부족함이 없고, 심지어 서제(庶弟 : 恩彦君의 裀과 恩信君이 眞)의 둘에게도 죄악이 부자지간에 용납치 못할 것이로되, 성덕으로 극진하신 은혜가 천고에 드무시니, 누가 감동하지 않으리요마는 내 근심이 밤낮으로 놓이지 못하노라.

내전이 후덕하시고 인후(仁厚)하셔서 중궤(中饋 : 主婦의 責務)가 진선진미하시고, 자전 받드옴과 나를 섬기심이 지성이시고, 가순궁(嘉順宮 : 正祖의 後宮 純祖의 生母)이 성효롭고, 또 공손하고 검소하여 성궁(聖躬) 섬기옴과 원자(元子 : 임금의 長男 純祖大王)를 보호하고 교훈함이 지극하여 아름답고 유공하니 나라의 보배가 아니랴.

종사가 면면하기를 이 한 몸에 빌며 궁중에 화기가 넘침이 근대에 보지 못한 일이매 내 위로 자전(慈殿)을 받드와 궁중의 범절이 있음을 우러러 치하하고 자랑하는 마음이더라.

내가 미망(未亡)한 슬픔을 품고 경력이 많으나, 주상을 성취시켜서 성덕이 저렇게 거룩하시고, 원자는 여섯 살의 어린 나이지만 총명 우효(友孝)하여 주상을 닮았사오니, 우리 나라가 성자신손(聖子神孫)이 대대로 이어 억만년 태평하기를 빌고, 두 군주(郡主)를 길러서 저희들이 각각 귀주(貴主 : 귀한 딸)의 교만이 없어서, 나라 우러러 모시는 정성이 극진하면서 한 마음으로 근심 하더라. 이것은 왕희(王姬)로서 드문 일이니, 저희들 평생 조심하고 부지런함을 힘 입어서 길이 복을 누릴 듯이 기특하게 여겼더라. 또 외손(外孫) 아이들이 잘못 나지 않아서 혹 준수하며 청려(淸麗)하고, 저희들 묘년에 며느리를 보며 사위를 얻으니 그윽히 기뻐하되, 다만 청선(淸璿)이 숙녀의 현덕으로 신세가 그릇되어 어미 운수와 비슷하게 된 것을 슬퍼하노라.

집안이 그릇된 후에 동생들이 규향(窺鄕)에 침거하매, 생전에 보기를 기약치 않았더니, 경술년 대경 후 은사(恩赦)가 정중하셔서 나에게 알아두라 하시니, 세상에 거두지 못할 자취로되 성은이 황감하여 염절(廉節) 없음을 무릅쓰고 황망히 들어오니 성의(聖意)가 나의 이전의 무슨 근심을 씻게 하셔서, 동생을 생전에 다 보게 하시니 갈수록 천은이더라.

화고(禍故) 후에 만나보니 말이 없고 눈물뿐이며, 성은(聖恩)을 노래하듯이 깊이 찬송하여 산속에서 병 없이 오래 살며 여생을 마치시기를 바라며, 지난 해에 내 나이 육십이었다 하고, 세 동생과 두 삼촌에게 모두 가자(加資 : 正三品 以上의 品階을 올리는 것)를 주시니, 폐집(廢蟄)한 몸에 이 얼마나 고마운 천은이랴. 분수에 넘쳐서

감축 황송하기가 측량이 없더라. 유월의 내 생일 때 두 삼촌을 뵈오니
기쁨이 세 동생 보던 때와 일반이라.

　내 숙계부(叔季父：叔父 洪駿漢과 季父 洪龍漢)와 나이가 서로
같아서 한 집에서 자라날제 친애함이 남의 숙질과 달랐고, 숙부는
나를 매양 유희할 것을 하여 주시고, 계부는 나이 일년 적어서 사랑함
이 각별하여 글 읽으시매, 옆에서 서수(書數：書讀回數를 기록하는
종이로 만든 것)를 펴 드리더이라.

　조모께서 덕행이 지극하셔서 아들과 손자 손녀를 가리시는 일이
없으시고, 모친께서 수숙(嫂叔)을 길러내는 정이 자모 같으셨으매,
우리 숙질간의 정이 동기와 다름이 없었더니라.

　숙부는 지취(志趣)가 담백하셔서 일찍이 과거보지 않으시매, 내가
존경하고, 계부는 풍채와 예절 맑고 높고 문학이 겸전(兼全)하셔서,
주상이 입학하실 때 맡아서 보시고 즉시 입조하여 성망이 높아서
조정의 큰 그릇이더라. 나의 기대가 범상치 않더니 무수한 고생을
겪고 의외로 보오니 기쁨이 또한 동생 본 듯하더라.

　숙모(洪駿漢의 妻 徐氏)는 내가 입궐한 후에 들어오셔서 자듯
뵈온 바 없으나 성품과 식견이 보통 여편네와 달라서 우리 모친과
중모(仲母)께 동서됨이 부끄럽지 않으셔서 일가(一家)가 칭찬하더
라. 그러나 중년에 돌아가셔서 집안 부녀의 변상(變喪)이 이어서
나매, 이것이 또한 불행이로다. 계모(季母：洪龍漢의 妻 宋氏)는 내
이종(姨從：姨母夫 宋參判의 딸) 이신데 성질이 온공하고 겸손하여
진실로 부덕이 되어 있으시며, 어려서부터 놀아서 정이 각별하더라.
내 집에 들어오시매 모친이 딸같이 사랑하더라. 나와는 친하기 더욱
간절하여 만나면 옛정과 옛말을 다 펴더니 집이 그르게 된 후 음성과

160

안색이 침울하여 산중에서 세상 소식을 끊고 지내셨고, 계부는 경서 읽기를 일삼고 계모는 길쌈을 힘써서 산중의 낙을 삼더라. 두 아들과 네 손자가 쌍쌍이 별여 있었으며, 집안의 슬픔은 지한(至恨)이었으나 부부가 해로하여 회갑을 지내시니, 임하(林下)의 낙은 실로 산중의 분양왕(汾陽王:唐의 郭子儀)과 같더라. 나는 당신네를 위하여 기뻐하였고, 내 집이 필 때에 형제 숙질이 차례로 종적을 감추어 높은 벼슬을 사양하고 임천(林泉)을 따랐더면 집안의 화기(禍機)가 어찌 생겼으리요. 이 일을 생각하면 부귀가 빈천만 못한 것을 깨달음이라.

이 해를 당하여 내 지통이 무궁하여 정사를 어찌 다 말하리요. 주상이 추모하여 너무 슬퍼하시매, 내 비통은 둘째요, 옥체가 손상하실까 염려하여 슬픔을 마음대로 다 못하고, 정월(親月二十七日은 죽은 思悼世子의 生日)에 즐기지 않은 행동을 민망스럽게 당하고, 경모궁(思悼世子) 회갑되시는 날, 자친(慈親:貞純王后)을 모시고 가서 절하고 뵈오니, 곤전(坤殿:正祖妃)도 나오시고 가순궁(嘉順宮 :正祖嬪 純祖의 生母)도 가고, 두 군주(郡主)도 따른지라.

나의 무궁한 비통이 함께 일어서 신위를 우러러 내 가슴에 가득한 슬픔으로 울 때, 음용(音容)이 아득히 멀어서 한 마디 알음이 없으시니, 유한은 무궁하고, 심장이 막히나, 대전이 너무 상심할까 염려하고 말리시니 설움을 다 펴지 못하고 돌아오매, 만사가 모두 꿈만 같아서 마음을 진정치 못하나, 다만 주상이 착하셔서 추모의 애통도 지극하시고, 궁원제향(宮園祭享) 범절에 일국의 기구로 받드옴이 거룩하시고, 원자(元子:純祖) 또 비상하여 당신 자손이 이 나라를 만만대로 누리실 것이니, 이것이 모두 당신의 본질이 지극히 착하시기 때문에 자손이 대신하여 복을 누리는 줄 알고, 또한 심중에 위로받고 기뻐하노라.

기유(己酉年 : 正祖十二年)년에 원소(園所 : 王世子 王孫의 私親들의 산소)를 수원으로 옮겨 모셨으나, 그 때 재궁(梓宮)도 뵈옵지 못하고 슬픔이 심하더니, 주상이 추모가 심하므로 어미의 뜻을 받아서 원행(園行)을 함께 하자 하시고 데리고 가더라. 나는 여편네 행색이 예문(禮文)에 어길까 염려하였으나 주상의 효성을 막지 못할 뿐 아니라 이해에 원소를 뵈오면 길고 세월에 한 번 기회요, 만년 유택(幽宅 : 墓所)에 지극한 원통을 조금이라도 풀고자 좇아서 원상(園上)에 올라갔다. 모자가 서로 손을 잡고 분상(墳上)을 찾아서 천만 지통을 울음으로 고하니 천지가 망망하고 유명이 막막하여 새로운 슬픔을 측량치 못하더라. 작년에 거동하여 애통을 너무 하셨으므로 그때 제신(諸臣)이 창황망조(愴惶罔措)하게 지냈다 하므로 놀랐더니 이번에도 하도 슬퍼서 용루(龍淚)로 풀이 다 젖었으매, 내가 놀라서 스스로 억제하고 주상을 붙잡고 모자가 위로하며 복받치는 슬픔을 서로 억제하였으니, 이 때의 심정은 무심한 석인(石人)도 반드시 감동하였을 것이로다. 두 군주가 따라 올라 울었으니 그 슬픔을 더욱 어찌 형용하리요.

주상이 원소 이봉(移奉)하시기를 수십년 경영하여 큰 일을 이루시니, 그 때의 애쓰신 효성으로 아드님 잘 두신 것을 내가 감동하였더니, 이번에 가서 뵈오니 내 무슨 지식이 있어서 원소의 좋음을 알까마는 산세가 기이숙명(奇異淑明)하여 봉우리마다 정신을 맺었으니 잘 옮기신 것을 마음으로 다행하다고 기뻐하였고, 석물(石物) 배치하신 것이 모두 기이하여 마음 쓰시지 않은 것이 없으니 감탄하였더

라. 내 모진 목숨은 갈수록 염치 없이 살은 것이 부끄럽고, 슬픈 가운데 그것을 생각하니 돌아가실 때 주상이 열살 갓 넘으신 어린 나이시더니 천근만난(天艱萬難)중에 무사히 성장 하셔서 보위(寶位 : 王位)에 오르시고 청연 형제가 열 살 안의 유아였더니 끼치신 골육을 간신히 보전하여 거느리고 와서, 내가 당신 자녀의 성취를 마음 속으로 간절히 고하니, 이 한 마디만은 내가 살았음이 보람 있었다고도 하리로다.

내려갈 제, 주상이 내 가마 뒤에 바싹 서시고, 나라 거동의 위엄을 모두 내 앞에 내세우셔서 찬란한 정기(旌旗)는 풍운을 희롱하고, 진열한 풍악은 산악을 움직이고 노량진의 배다리는 평지를 밟음 같고, 망해(望海)의 높은 산은 반공에 솟은 듯, 태평연월(太平烟月)을 강호에 유람하니 마음이 편해지고, 안계(眼界)는 멀고 높아서 심궁(深宮)에 있던 몸이 일시에 장관하니 실로 쉽게 얻을 일이 아니더라. 주상이 나의 안부를 행차중 자주 물으시니 행로에 빛이 나며 이 몸이 영화로와서 효성에 감탄하였으매, 도리어 불안하더라.

원소 다녀온 이튿날에 화성행궁(華城行宮)에 큰 잔치를 배설하여 관현(管絃)을 잡히고 가무가 흥겨운 가운데 내외 귀인을 모두 부르시고, 환갑 잔치에 쓰는 기구의 채화(彩花) 금수가 영롱하고 궁중진미는 수륙이 겸비한데, 우리 주상이 옥수에 금배를 친히 잡아서 이 노모에 헌수(獻壽)하더라. 전에 드물고 이제 없는 일을 내 몸에 친히 당하니 귀하고 외람됨이 측량없고, 옛날을 추모하는 뜻과 달라서 진실로 즐길 수는 없으나, 주상이 지효(至孝)로 하시는 뜻을 어기지 못하여 받으니 나의 마음은 측량없이 불안하더라.

미망인이 세상의 갖은 풍상은 겪고 비환애락(悲歡哀樂)의 신세의 이상함이 역사에 나타난 후비(后妃) 중에서 나 같은 팔자가 없으니, 주상이 나를 위하여 이번 일을 하도 굉장히 하시니, 그 성심을 생각하면 내 마음이 백 배나 슬프더라. 이 잔치 베푸신데 보는 곳마다 화려하며 풍성하여 지성이 안 미치시는데 없으매, 재물을 허비함이 무수하여 보였다.

그리하여 내 마음이 더욱 불안하나 일호도 국재(國財)의 경비를 소모함이 없이 전부를 내수사(內需司)로 손수 마련하신 것이매, 효성도 지극하시고 재략(才略)도 비상 하심을 만만 흠모하더라. 또 물문 위의(威儀)의 숙련함과 모든 일 집행하는 질서가 주상의 교화로 되지 않은 것이 없으매, 걱정 불안과 추모의 비통가운데서도 믿음직한 회포를 잊지 못하노라.

원소를 뵈옴과 내외빈을 모으심은 한명제(漢明帝)가 음황후(陰皇后)를 모시고 광릉(光陵)에 전배(展拜)하고 모후 본가에서 일가를 모아서 즐기던 사적을 보았는데, 이번 일이 명제의 일 같아서 마담으로 후세에 전할까 하도다.

외빈은 팔촌친(八寸親)까지 청하니, 육촌 대부(大父) 감보(鑑輔)씨 아들 선호(善浩)씨가 여러 아들을 데리고, 들어오고, 외가는 오촌(五寸)을 넘기셔서 외사촌 산중(山重)씨가 아들 감사 태영(泰永)의 사촌아우 도영(道永)과 그 아들 셋이 참례하였으매, 옛일이 생각나더라. 내빈은 조판서댁 고모와 계모(季母) 송씨와, 선형(先兄) 부인 민씨, 종제(從弟) 심능필(沈能弼)의 처와, 오빠의 딸 사복첨정(司僕僉正) 조진규(趙鎭奎)의 처, 중제(仲弟) 부인 이씨, 숙제(叔弟) 부인 정씨, 숙제의 딸 유기주의 처 중제의 딸 이종익의 처, 대동(大洞) 재종질 참판 의영(義榮)의 처, 심씨, 의영의 종제 세영(世

榮)의 처 김씨가 모이고, 선친 측실(側室 : 첩)은 선친 시중을 들었더라도 천한 사람으로서 대궐 출입은 못하였지만 행궁(行宮)은 좀 다르기 때문에 나를 보도록 불러들이시니, 그의 몸에는 이런 은영(恩榮)이 없으며, 그 아들 낙파(樂波 : 作者의 庶弟)가 감관(監官)으로 위인이 영리한고로 비록 서족이나 주상께서 가까이 불러서 어여삐 여기시고, 그 밑의 세 아들이 또 성장하여 다 똑똑한 인물이니, 그 어미의 팔자가 천인으로 이러하기 가히 드문다 하리로다.

불쌍하다 나의 계매(季妹)여, 제 남편을 십 년 동안 떨여졌다가 대사(大赦)를 얻어 특별히 석방하시니, 그 처지에 이런 은혜가 또 어디 있으리요. 그 부부가 다시 만나서 친지 같은 은덕을 축수하고 지내더니, 작년 명릉(明陵) 거동에 제 집이 가까왔는지라, 여자의 마음도 임금을 그리워하는 마음이 간절하여 시골집(作者의 書齋)에서 구경하고 있으매, 주상께서 어떻게 알으셨는지 사람을 보내어 존문(存問)하시고 낙파로 돈과 필목을 많이 주시니, 하사물(下賜物)은 전부터도 계시거니와 이번엔 가난한 집에 빛이 나고 동리 사람들이 놀라서, 향민(鄕民)들이 역적 집으로 업신여기다가 이번 은수(恩數) 후 편하게 살게 되니, 이번 은혜가 또 어디 있으리요. 내가 저를 수십년 이별하고 매양 불쌍하여 하루 밤도 마음이 놓이지 않으므로 주상께서 자세히 살피시고 특별히 국법을 굽히셔서 나를 만나게 하오시니 제 황공함은 말할 것도 없거니와, 내 사심에 매우 불안하되, 내가 다시 생전에 저를 보시게 하시는 성은에 감격하여 형제가 부득이 상교(上敎)를 받들어서 서로 만나보니 꿈결 같아서 심신이 놀랍더라. 제 젖었던 얼굴과 아름다운 자질이 칠팔 분 변형하였으매, 반갑고 아까와서 손을 만져도 눈물이요, 뺨을 대도 눈물이매 슬픈 말 기쁜 말이 엉킨 실 풀 듯 다소 경력을 이루 다 못 펴고 오륙 일이 얼른 지나서 또 손을 나누더라. 생전에 못 보리라고 생각하였을 적도 있건마는 새로 놀라서 다시 보기 어려우니, 이후 생사 화복은 상천에 밀어 두니, 내 마음에 제 축원을 길게 말하여 무엇하랴. 제 어진 심덕으로 사남 오녀에 또 손자가 셋이니 제 시집이 그렇지 아니하면 유복을 칭찬할 때가 있을까 바라노라.

계고모(季姑母 : 趙巖에게 出嫁한 이)께오서 두 살에 어머니를 여의시니, 선친이 각별히 우애하시고, 매서(妹婿 : 季姑母의 남편)도 어려운 사람으로 중망이 있어서 대접하심이 한갓 남매의 정뿐 아니요, 입조 후에 서로 사랑함이 범연하지 않았더니, 세고(世故)가 속출하고 인사 끝이 많았던 중간 말이야 다 하여 무엇하리요. 필경은 두 집이 다 그릇되매 고모의 슬픔이 첩첩이 쌓여서 불행함이 그지 없더라. 작년의 조공(趙公 : 巖姑母의 남편 趙巖)의 일이 해명되어서 완전한 사람이 되고, 고모께 성은이 두터워서 입궐하시고, 또 내빈으로 으뜸이 되어 오더라. 비록 팔십의 노령이시나 건강함이 소년과 같으시고 청명한 미목과 자상하신 마음씨와 민첩하고 슬기로운 재기(才氣)가 조금도 감치 않으시니, 실로 봉래(蓬萊) 바다의 액운을 여러 번 겪은 마고(麻故) 같으시매 돌이켜 선친이 칠순도 못하신 일을 생각하여 눈물을 금치 못하더라. 그 계고모를 뜻밖에 만나뵈오니 군곤하고 액운이 심한 가운 데서도 모든 범절이 쇠하지 않으시고, 주상께서 양반 다운 분이시라 칭찬하시니 당신께 얼마나 영광스러우리오.

우리 형님 민부인(閔夫人 : 洪樂仁의 妻)께서 대갓집 큰며느리로서 옛날 우리 집이 대궐과 수응하여 봉친(奉親)하는 범절이 날로 변화하여 예사 부녀는 하루도 받들기 어려웠으나, 그 다병(多病)하신 중에도, 좌우를 잘 다르려서 의식 절차에 하나도 궁색함이 없고, 사람과 집 다스림에 법이 있더라. 규문(閨門)의 엄숙함과 조종 같아서 부귀에 처하시기를 삼십 년을 하시매, 예사 부녀로서는 할 수 없는 일이더라. 집안의 공론으로도 장부로 났으면 정승할 그릇이라고 칭송하더라.

오남매를 성인시켜서 제각기 뛰어나 부력이 비할 데 없더니, 중년에 미망(未亡)이 되고, 수영의 전처가 충헌김공(忠獻金公)의 현손녀(玄孫女)로 들어왔는데, 여편네로되 큰 집 규범이 있어서 형님의 뒤를 이을 듯하더니 불행히 잃으시고, 박·송양녀(朴·宋兩女:朴氏와 宋氏에게 출가한 洪樂仁의 두 딸)을 잃으셨고 또 취영(洪就榮)의 변상(變喪:變死)이 나매, 당신을 뵈올 적마다 노경에 그러하심을 슬퍼하여 눈물이 나서 큰 집이 고위(孤危)함을 민망히 여겼다. 그러다가 수영이가 신해(辛亥:正祖十五年)에 아들을 낳아 이름이 세상에 나타나서, 그놈이 슬기롭고 깨끗하여 큰 그릇답게 생기고, 궁중에 들어와서 어린 것이 원자를 잘 모시고 놀 줄 알아서 매우 기특하더라. 주상이 원자를 데리고 앉으시고, 수영이는 제 아들을 데리고 모시면, 주상이 기뻐 환하게 웃으시매, 내가 매양 국가를 위하여 염려가 많다가, 군신 상하가 다르나 이 경사를 보고, 국가를 위하여 기쁘고 다행함이 이를 데 없어서 민부인을 이번에 만나서 서로 치하하고 위로하더라.

또 조태인댁(趙泰仁宅:作者의 조카딸)이 어려서부터 제고모(作者의 季妹 李復一의 妻)를 데리고 궁중출입(宮中出入)을 지금까지 계속하고 있으며, 제가 왕래할 적마다 나는 아우 생각이 심하게 나더라.

제 얼굴 모양이 온화하고 덕 있어 보이기가 돌아가신 모친을 많이 닮았고, 위의가 수려하기는 모부인(母夫人 : 洪樂仁의 妻 閔氏)을 닮았고, 또한 척리(戚里)의 여러 부녀 중에서 뛰어났으매, 궁중이 칭찬하여 외간 부녀로 보지 않고, 주상에게도 각별하신 은권(恩眷)을 받으셨고, 내가 저를 위하여 기쁠 뿐 아니라 선형(先兄 : 洪樂仁)의 자녀가 각각 하나씩 있는데 주상께서 자애하셔서서 이렇듯 극진히 하시니, 내가 선형을 생각하여 더욱 기뻐하더라.

이번 잔치에 두 삼촌과 세 동생이 다 특별 대접을 입어서 달려와서 참례하였으매, 선형의 그림자 없어서 감회가 더욱 심하더라. 내 지친(至親)의 부녀들을 보니 위로되는 회포가 적지 않으나 옛 일을 생각하니 마음이 슬펐도다. 우리 집이 경신(庚申 : 英祖十五年 作者의 祖父 領議正 貞獻公이 죽은 해)년 후에 지냄이 어려 웠는데, 중고모(仲姑母 : 李彦衡의 妻 李平南宅)께서 효우(孝友)가 지극하셔서서 계모 부인께 지성하고 모친의 사랑이 친동기 같으셔서, 매양 빈궁하신 때 도우심이 많더라. 내가 어려서 본 일을 생각하니 임술계해(壬戌祭 亥 : 英祖十八年 十九年)년 간에 전헌공(貞獻公) 삼 년상을 마치고 용도가 절핍한 때, 여러 차례 고모가 보내시는 것을 기다려서 향화를 올릴 적이 많았고, 동생님들 사랑하심과 여러 조카를 사랑하심이 자기 아들과 같으셨고, 성질이 너그러워서 마음에 두는 일이 없으시매, 복록이 세상에 비할 데 없고, 주상이 동궁시절에 예우(禮遇 : 禮로써 대우함)도 많이 받자와 게시더니 일조에 하늘의 재앙이 내려 흉화가 비할 데 없어서, 그 장하던 복록이 연기같이 사라졌으매, 매양 생각하면 가슴이 막히더라. 그러던 중에 계고모를 뵈오니 중고모(仲姑母)의 생각이 간절하여 슬픔을 금치 못하고, 여러 사촌들을 작금년(昨今年)에 보니 모두 아름답고 글을 잘하여 사자(士子)의 풍도가 있어서 집에 가는데 들으매, 내가 기특히 여기고 숙계부(叔季父)를 위하여 기뻐하더라. 그러나 귀양간 두 사촌을 생각하매, 남만 못한 인물도 아니련마는 어찌 운명이 그리 기구하여 집안 골육이 모두 성연에 참례하되, 저희들만 그러하니, 저희들 슬픔은 말할 것도 없고 내 마음이 아픔을 또한 어찌 참으리요.

시방 생각하니 이 사촌의 형이 그 장한 포부와 깨끗한 인물로 일찍 돌아갔으매, 그 때의 불쌍하고 참혹하기 비할 데 없더니, 도리어 팔자가 좋아서 화고(禍故)를 보지 않고 돌아간 듯 싶더라.

숙제(叔弟 : 洪樂任)는 번리(番里)집을 일찍 유의(有意)하였기 때문에 화란유리(禍亂流離)할 때, 몸 담을 곳이 있으나, 중제(仲弟 : 洪樂信)는 남의 집을 빌려 있는 고로 항상 민망하더니, 번리로 옮겨서 형제가 함께 지내니 궁도(窮途) 중에 다행하더라. 계제는 회계 정사(静舍)에 들어가서 슬픈 현처와 수석(水石)을 즐기며 한가로운 심정을 나누며 사자 삼녀를 두고 손자까지 얻으니 비록 궁한 몸이나 눈앞의 유복은 남부럽지 않더라. 그러나 형제 각각 떠나 있어서 내가 항상 민망히 여겼더니, 우연한 변고로 두루 집을 옮겨 살았는데, 문안에 집을 하여 삼형제 집이 한 언덕을 격하여 솔밭같이 있어서 지팡이 짚고 소요하며 형제가 우애롭게 지내니, 집도 비록 각각이나 뜻은 옛날 장공예(張公藝 : 唐代에 九世 同居하였다는 友愛의 人物) 같아서, 내 동생의 소식은 함께 들어서 떠난 정회를 위로하매, 남들은 심상히 여기나 내 마음은 매우 기뻐하노라.

수영(守榮), 취영(就榮), 후영(厚靈)의 삼질 밖에, 중제(仲第)의 차자 철영(徹榮)과 계제(季弟)의 삼자 서영(緖榮), 위영(緯榮), 귀영

(貴榮)이는 작금년에 연하여 보니, 모두 아름다와서 여러 종형제와 다름이 없고, 어린 아이들까지 못난 인물이 없으매, 이것이 모두 선친의 적덕여음(積德餘蔭)이시니 하늘의 보호 하심이 어찌 우연하리요.

수영이 처음으로 벼슬 자리를 받을 때에, 내 진심으로 벼슬 두 자가 놀랍더니, 병오(正祖十年)년에 나라 일로 수영 밖에 취영, 회영, 후영이 사종형제를 부르셔서, 그후 음관(蔭官)을 이어 다하여, 사종형제가 미말서관(微末庶官)이라도 모두 한 것이 과분하다고 생각하던 중, 취영이를 홀연히 잃으매, 제 준매한 자질로 묘년(妙年)에 저리함은 가문의 여앙(餘殃)이 아직도 그치지 않은 모양이더라.

수영은 대갓집 여풍(餘風)으로 근신하고 매사에 주밀하여 종자(宗子)로서의 중한 책임을 잘 감당함을 기뻐하고, 취영은 재학(才學)과 위인이 일문의 중한 보배더라. 그리하여 수영과 취영에 대한 추앙이 거의 같았고, 추영은 유아(柔雅) 담소(淡素)하여 짐짓 선비였으므로 내가 또한 어여삐 여기던 바라 비록 음관이라도 몸들을 결코 무례히 갖지 않고, 혹 외임(外任)을 하거나 말직에 처하여도 내 마음이 놓이지 않더라.

혹 맡은 일에 소홀함이 있어서 나라에 허물을 뵈올까, 남의 나무람이 있을가 근심이 끊임없으매, 이것 또한 나라와 집을 위한 고심이라.

너히들 각각 소과(小科)도 못하고 거적 사모(紗帽) 아래의 몸이 되니, 인정상 아낌이 없으랴마는, 내 집이 이제는 조금도 벼슬하기를 바라지 않더라. 수영이 너부터 앞서서 임금 섬기기에 정성을 다하고 벼슬 살이에 있어서 청렴 결백하고 처사를 삼가는 가운데 충후(忠厚)히 하고, 집을 다스려서 화목한 가운데 강직 명철히 하고, 홀로된

어버이를 극진히 효양하고, 만누이(趙鎭奎의 妻)를 형같이 알고, 익주(翊周 : 洪最榮의 아들)를 불쌍히 여기고, 숙계조(叔季祖 : 洪駿漢과 洪龍漢)를 할아버지(洪鳳漢) 우러러 받들 듯하고, 제부(諸父 : 아버지의 여러 兄弟)를 선형(先兄 : 洪樂仁 洪守榮의 아버지)같이 섬기고, 나 어린 고모를 누이 보듯 하고, 여러 종제(從弟)들을 가르치며 사랑하여 동기같이 하고 먼 일가에 이르러도 환대하며, 문하의 궁한 사람을 버리지 말며, 비복에까지도 믿음을 받아서 선인과 선형(先兄)하시던 덕행을 이어서 집안 명성을 떨어뜨리지 마라. 그리하여 나라에 착한 척리가 되고, 집에 착한 자손이 되어서 전복된 집안을 다시 일으킴이 네 한 몸이 있으니 믿고 믿는다. 우리 주상이 성수무강하시고 성자신손이 계계승승하여 종국(宗國)이 억만년을 반석같고, 우리 모자손(母子孫)이 대대로 번성하여 나라와 함께 태평하기를 길이 축수하노라.

내가 겪은 일과 축원하는 말을 동생에게 써 줄 것이로되, 네 청하는 바를 따라 너에게 써 주니, 제부께 뵈고 간직해 두어, 내 수적을 네 자손에게 멀리 전하기를 바라노라.

〈신축년 신춘 십삼일 호동대방(壺洞大方)필서〉

5

화평옹주(和平翁主)는 선희궁의 처음 따님으로 영묘(英廟)께오서 자애 자별하오시고, 그 옹주의 성행(性行)이 온화 유순하여 조금도 오만한 습관이 없더라. 당신만 자애를 받고 동궁(東宮 : 思悼世子)

께서는 그렇지 못한 것을 스스로 불안히 여기매, 민망히 여겨서 항상 부왕께,

"그리 마오소서."

하고 간하더라. 동궁이 당하신 일은 곧 도와드리고, 부왕께서 대로하실 때는 이 옹주의 힘으로 진정하여 풀린 때가 많더라.

동궁께서는 고마와하시고 매사를 믿고 지내셨다. 무진(戊辰:英祖二十四年 이 해에 和順翁主가 죽었음)전에 동궁을 보호함이 온전히 이 옹주의 공이더라. 이 옹주가 장수하여 부자분 사이에 조화를 주선하였더라면, 유익한 일이 많았을 때에 일찍 세상을 떠나매 부왕께서 슬픔이 지나치신 중, 본디 정처(鄭妻:和緩翁主)를 화평옹주 다음으로 사랑하시더니, 화평옹주 없는 후로는 성체를 두실 데 없으시고, 성회(聖懷)를 붙이실 데 없으시매, 자연 정처에게 정이 옮겨져서 각별한 총애를 하셨으니 이를 어찌 다 기록하리요. 그 때 정처의 나이 겨우 십일 세니, 궁중의 아이로 어린 유희나 알 뿐이지 무엇을 알리요마는, 위로 선희궁이 계시고 그 부마(駙馬) 정치달(鄭致達)이 집의 부숙(父叔)도 인사 아는 재상들이요, 부마도 상스럽지 않아서 동궁께 대한 정성도 나타내고자 하여, 자기의 아내만 사랑하시고 동궁께 자애가 덜하신 것을 불안 송구하여 아내를 가르치는 듯하더라. 그리하여 정처가 나중에 기괴했고, 그 전에도, 경모궁께서는 유익하고 해로움이 없더라. 동궁께서 능행 수행을 하시게 하고, 온양거동도 힘껏 주선하더라. 그밖에 위급한 때를 구해 준 일이 한두 가지가 아니더라. 처가 밉고 저러하되 바른 말이야 아니하리요.

만일 일성위(日城尉:鄭致達)가 일찍 죽지 않고 유자 생녀하여 가정에 재미를 붙였더라면, 정처가 궐내에 있어서 그 무궁한 작변

(作變)을 안했을 뻔도 하더라. 정처가 과부가 된 후로 부왕께서 내어
보내지 않으시고, 만사가 모두 그 사람의 권세인 듯하던 차에, 임오화
변(壬午禍變) 후는 궐내에 일이 없고, 선희궁이 또 생사나셔서 엄한
훈계를 받지 못하고, 시집에 아무도 없고 오직 어린 양자(養子：鄭厚
謙) 뿐이라, 꺼릴 것과 조심할 것은 없고, 부왕의 총애는 날로 두터우
시니, 마음이 자라고 뜻이 방자하게 되더라.

대저 그 사람의 성품이 여편네 중 남을 꺾으려는 마음과 시기와
질투의 권세를 좋아함이 유별해서 온갖 일이 일어나매, 대강 이르며
부왕께 나밖에 또 누가 총애를 받으랴 하여 나인이라도 신임하시면
싫어하고, 세손을 장중(掌中)에 넣고 일시도 욕등을 못하게 하고,
내가 세손의 어미인 것을 미워하고 제가 마치 어미 노릇을 하려고
하더라. 내가 장차 대비가 되고 제가 못 되는 것을 미리 시기하여
갑신처분(甲申處分：英祖四十一年 思悼世子의 三年喪이 지내자 世孫
을 思悼世子의 兄 孝章世子의 養子로 삼는 일)도 그가 지어낸 일이
고, 또 세손의 내외 사이가 좋을까 시기하여 백 가지 인간, 천 가지
인간과 험담으로 양궁 사이를 빙탄같이 만들더라. 세손이 혹 궁녀를
가까이하실까 질색하여, 눈을 떠보지 못하시게 하여 사속(嗣續)이
나지 못하도로 하고, 세손의 외가를 꺼려서 흉한 계교로 이간을 붙여
서 세손이 외가에 정이 떨어지도록 하였으매, 이것이 곧 기축년(英祖
四十五年에 世孫이 외입한다는 鄭妻의 奸計로 洪鳳漢이 훈계하다가
世孫의 怨恨을 사게 한 事件)의 별감사건이더라.

세손이 장인을 좋아하시며 청원(淸原：王祖의 장인 淸原府院君
金時默)을 질투하더라. 심지어 세손이 송사(宋史)를 찬삭(刪削)하려
고 밖에 나가시며 그 책까지 세웠을 정도로 모든 일에 저만 권세를

쓰고, 제게만 따르게 하고 다른 이는 세상에 없다는 투니 이 어찌된 사람이뇨. 이것이 모두 국운이매, 하늘이 무슨 뜻으로 모년(英祖三十八年 思悼世子의 大處分事件)이 있게 하셔서 종국(宗國)이 거의 전복할 뻔하게 하시고, 또 이런 괴이한 여편네를 내어 세도(世道)를 괴란하고, 조선(朝鮮)이 어육(魚肉)이 되게 하니 알 수가 없을 뿐이로다.

모년화변(某年禍變)의 기틀인즉, 전혀 부자분 사이가 예사롭지 않으시기로 전전하여 그리된 일이매, 나의 평생의 뼈가 사긴 지한지원(至恨至冤)이요, 부왕께서 아드님께도 그리히시니, 한 마디 먼 자손에게 또 이러하실지 알리요. 김귀주(金龜柱)가 내 곁을 해코자 하는 기미가 있으매, 만일 세손이 또 성심에 못 드시며 저것을 어찌하잔 말인고. 세손의 안위와 성심을 돌려 놓기는 전혀 정처에게 있으므로 내가 다른 대궐에 있으매, 매사에 그 사람에게 부탁하여 아무렇든지 성의에 어기지만 말게 하여 달라 하고, 세손께도 경계하여,

"그 고모를 후대하여 나같이 여겨라."

하고 일렀으매. 내 마음이 아프고 그 정이 척연(慽然)하매, 그 때는 나를 다 옳다 하여 과연 얼마나 돕고 말씀도 극진하니, 영묘께서는 그 사람의 말대로 만사를 좇으셔서 흉이 있어도 옳다 하며 그리 들으시고, 착하여도 그 사람이 나무라면 할 수 없게 되더라. 세손을 본디 사랑하시나 모년 후(某年後)에 이어 변하지 않으신 것은 정처의 힘이어니와, 세손을 맡아서 차지하기로 하여 위의 말씀처럼 천괴백괴(千怪白怪)가 나타났다. 그러나 실인즉 내가 알았으며 손의 안위도 또 어떠하였을지 알았으리오.

정축(英祖三十三年)년 연간에 터무늬없는 소문이 나서, 동궁께서

정가(鄭致達)를 죽인다는 말이 낭자한 일이 있더라. 그 때는 동궁께서 일호도 그런 의사가 없었으매, 나의 부친이 입대하셔서 이 사연을 아뢰고,

"직정하실 도리를 하오소서."

하니, 동궁께서,

"그런 일이 없소."

하시고, 정휘량(鄭輝良 : 鄭致達의 三寸 버슬은 領議政)에게 수서(手書)하셔서 진정하게 하더라. 그러자 정휘량이 감격하고, 신사서행(辛巳西行 : 英祖三十七年 思悼世子의 關西微行)도 잘 주선하여 화해가 되더라. 그 자가 그 질부(鄭妻, 和緩翁主)에게 부친의 고마운 말도 하고, 나를 우애로 받들라고 하더라. 그래서 그 사람이 부친께 정성스럽게 굴고 칭찬도 하더라. 그러다가 정휘량이 죽은 후 그 집에 어른이 없게 되매 그 사람이,

"후겸을 가르쳐 성취하기를 선친께 믿노라."

하고, 나에게도 선친께 여쭈어 달라고 부탁하더라. 선친이 인자하신 마음으로 그 때 그 사람을 좋게 대접하시고, 후겸을 때때로 가르쳐서 괴이한데 들지 않도록 진정으로 교훈하시더라. 그리고 그 사람더러도,

"이러이러하니 그리 말면 좋겠노라."

하고 말씀하시더라, 후겸이 본디 어려서부터 괴망한 독불이라. 제 친부형도 아니요, 제 어미의 세도를 믿고 벌써 오만방종한 마음이 났으니, 어찌 선친의 가르치는 말을 좋아하랴. 또 제 어미에게 저를 흉본다고 원한을 품고 무어라 한듯하더라. 또 그 사람도 극성맞은 마음이라, 아들의 허물을 말하는 것이 듣기 싫어서, 그 후로는 그

사람의 기색이 아주 다르기에, 내 마음에 느낀 바가 있어서 부질 없이 선친에게,

  "많이 가르쳐 달라하되, 내 일이 아니요, 좋은 뜻에 원한을 사기
  쉬우니 이후는 아는 체 마소서."
하고 권하더라. 그리하여 서로 끊고 오래지 않아 해를 이어 대소과(大小科)를 하고 사랑하시는 딸의 아들도 귀엽게 사랑하심이 비할 데 없으니 총애가 날로 더하더라. 그렇게 되매 그에게 아부하는 자도 꾀이는 이도 많아서 귀주가 후겸과 야해서 합에 집내각립(角立)하게 되었더라.

  임오(壬午)년 후 갑신(甲申)전은 선희궁께서 내 마음 같으셔서, 세손이 착하시고 그만하셔서 예법으로 인도하시고 엄중히 훈계하시니, 아기네 마음에 훈계없이 알으시고, 내 또한 자모의 지극한 마음으로 당신 행실이나 살피고 귀에 거슬리는 말이나 하고, 본디 내 성품이 아첨을 못하는데, 하물며 자식에게 무슨 좋은 말을 하여 들리리요.

  이러한 터에 그 고모는 생사 회복이 다 수중에 있어서, 그 입에 따라서 잘 되고 못되기가 경각에 결단나게 되매. 세손이 어찌 무섭지 않으시리요. 그렇듯 하셔 권세에 따르고, 그 무섭기 때문에 정처에게 자연 정이 들게 되매, 정처의 그 정을 잡아서 세손을 저만이 차지하고, 어미 노릇을 하려고, 우리 모자의 정을 빼앗으려고 을유(英祖四十一年)년 연간부터 계교를 꾸몄던 것이매, 갑신년 전은 세손이 할머님께 의지하였으므로 그 고모가 권술(權術) 부릴 길이 없었더니, 선희궁이 안 계신 후는 만사에 꺼릴 것이 없고 모든 것이 마음대로 하게 되자, 그제야 세손을 낚아서, 위에 말씀을 드려서 귀애하시게 하더라. 그리하여 세손이 자기를 고맙게 여겨서 정성이 지극하게 만들어

놓았다. 그리고 궐내에서 안 입는 누비 의복붙이, 고운 운혜(雲鞋 : 구름무늬가 있는 가죽신) 붙이와 칼 같은 것으로 아기네를 기쁘게 하여 드렸고, 음식으로도 궐내의 예사 음식 이외의 별별 음식이 내게야 있을 수 있으랴. 선친은 더욱 그런 것을 모르셔서, 의복, 음식 노리개는 드리시는 일이 없고, 어미는 잘못을 타이르는 바른 말이나 하고 꾸짖기나 하고, 외가에 가서도 각별히 정들게 해 드리는 것이 없으매, 아기네 마음이 점점 어미와 외가를 무미하고, 그 고모는 정들고 귀한 것이 되었다.

그리하여 전에 외가만 아시던 정이 점점 감해 가시더라.

을유(英祖四十一年)년 겨울 즈음부터는 진지드실 때 고모와 겸상하고, 그 반찬 자시다가도 내가 앉으면,

'겸상도 어찌 여길까?'

'음식도 어찌 여길까?'

하고, 꺼리고 숨기고자 한 것이 아니로되, 내가 무어라고 할까 하여 보이려고 하지 않더라. 그런 눈치가 차차 나타나매, 세손은 십삼 세 어린 나이라 책망한 것이 못 되고, 그 사람들이 좀 인심이 있을 양이면, 자기 오라버님 아들이요. 내가 남다른 정리가 그 아들을 의지하고 자기에게 부탁하였으매, 우리 모자의 정리가 가련하고 불쌍하므로 함께 가르치고 도와서 착하게 되기만 바라는 것이 인정과 천지에 당연한 일이 아니겠는가. 그런데도 이 사람의 뜻을 홀연 이리하여 우리 모자의 사이를 이간하려고 계교를 낸 것이 어찌 흉악하지 않으리요. 그러나 나는 모른 척하고 말을 내지 않았더라.

병술(英祖四十二年)년 봄에 영조께서 병환으로 달포나 앓으셔서 중궁전(中宮殿)으로 옮겨오셔서 정처와 세손께서도 주야로 동처하여

계시매, 나는 문안에만 와서 잠깐 다녀갔으니 무엇을 알리요. 그때에 귀주와 후겸이 일심이 되고 중궁전께서도 세손에게 좋도록 말하시고, 정처는 나를 이간하려는 고로 중궁전에 가서 한통이 되었으매, 이것은 귀주가 후겸을 좋아하기 때문이더라.

그러저리하여 불언중에 영조께 선친을 해하려는 참언이 들어 갔으나, 본디 믿으시는 정의가 장하셔서 쉽게 틈이 생기지는 않더라. 그러던 중 선친이 상중으로 삼 년을 집에 들어앉으시니 조정에서 날마다 뵈옵는 것과 다르시고 그 사이에 많은 참소가 있더라. 또 무자(英祖四十四年)년에 후겸이 수원 부사를 하려고 선친께 영상 김치인(領相:金致仁)에게 청하여 달라는 것을 선친이 거절하되,

  "말 한 번 하기를 아끼는 것이 아니라, 스물 겨우 된 아기에게 오천 병마(五千兵馬)를 맡기는 벼슬을 시키자 하기는 실로 나라를 저버리는 일이요, 저를 사랑하는 도리가 아니라."
하고, 종시 말을 해 주지 않으셨다.

후겸이 나이 들어 차차 자라고, 남의 꾀임도 듣고 권세를 쓰게 되자 이전의 혐의와 수원 수사 문제 등 여러 가지로 좋게 여기지 않더라. 정처는 중궁전께 정이 들어서 극진하였고, 귀주 부자며 후겸이가 모두 한 뭉치가 되어서 선친을 해하려고 벼르던 중, 선친이 탈상 후 또 영의정에 임명되어 위에서 총애하심이 여전하시매, 성은은 감축하오나 이럴수록 저희들 꺼림은 더하더라. 정처 그 아들과 귀주의 말을 듣고 선친을 전처럼 칭찬하기는 커녕, 오늘 해하고 내일 해하였으매 속담에, '열 번 찍어 아니 넘어가는 나무 없다'는 말처럼 선친에 대한 총애가 점점 적어지더라.

또 흉악한 일로 세상 인심을 소란케 하고 내 집을 이 지경이 되게

함은 곡절이 있다.

병술(英祖四十二年)년에 홍은부위(興恩副尉：清璿公主의 남편 鄭在和)가 부마가 되니, 용모와 처신이 아름다다왔으므로 세손이 그 매부를 어여삐 여기셨고, 기축(英祖四十五年)년에 그 아이가 반하여 별감을 데리고 외입이 무수하고, 동궁께는 모시고도 체면 없는 일이 많으매, 세손이 소년의 마음이라 좋아하시고 물리치지 않으신 모양이더라.

세손이 홍정당(興政堂)에 계시매, 나는 처소와 멀리 떨어져서 전연 몰랐더니 홍은부위가 총관(摠管)으로 번을 든 때는 들어와 뵈옵고 놀더라. 그 때 정처가 세손을 수중에 끼고 용납치 못하게 하여 한 가지 일도 자유롭지 못하게 하더라, 그리고 양궁 사이에 화락치 못하게 하고, 세손이 처가에 친후(親厚)하신 것을 세워서 이간하고자 하되, 청원(清原府院君 金時黙)의 육촌 김상묵(金尚黙)이 후겸을 사귀어 모주(謀主)가 된 때더라. 상묵의 안면으로 청원의 집은 아직 그냥 두고, 외가를 먼저 이간하려는 뜻이 있는 가운데, 세손이 홍은부위 사랑하시는 것을 새워서 한 살로 둘을 쏘는 계교로 하루는 밤에 나를 와 보고 정담하여 말하되,

"세손이 홍은에게 혹하여 이번 진연(進宴)에 외방 기생의 말도하고, 진연날 저 가까이한 계집도 가르쳐 보시게 하고, 별감들이 사귄 유들을 알으시게 하고, 그밖에 상스러운 일이 많으니 그럴 때가 어디 있으리까. 옛적에 사도세자님을 생각해 보시오. 별감에서 시작하여 차차로 물들어서 그러하셨는가, 세손이 아직 소년이신데 그런 말씀을 하여 들리고, 저 상스러운 홍은을 사랑하셔서 외입을 하시니 그런 일이 어디 있으리이까. 이것을 처지하지 않으면 대조

(大朝:英祖)께서 아시고 모년화변(某年禍變)이 또 나오리다. 소인에게 세손 보도를 부탁하셨는데, 이제 금하지 않을 수는 없으매, 소인이 여쭈었다하면 말이 좋지 않고, 한낱 자식도 고독 일신에 해로우니, 나라를 위하여 마지 못하여 이 말씀을 하오니 스스로 안 양으로 하시고 그 별감들을 귀양이나 보내면 좋겠사오니, 일이 커지기 전에 조처하면 좋게쏘고, 영의정께서는 외조부이시니 간(諫)하려 하여도 할 수 있을 것이요, 별감들을 다스려도 법으로 할 일이오이다."

하고, 나라를 위하고 세손을 걱정하는 모양으로 자세히 말하더라. 내 종신의 지한지통(至恨至痛)이 당초부터 사람을 잘 돕지 못하고, 별감들 잡류(雜類)에게 물들어서 차차 그리되셨는가 하여 세손이 덕스럽고 착하게 되기만을 바라고 바라는데 그 사람의 말이 그러하므로 나는 솔직한 마음으로 믿었다. 그 사람이 세손께 정이 있으므로 세손을 위하여 탄식하는 줄만 알았지, 어찌 이 일로 어미를 이간하고 조부를 푸대접하게 하려는 흉계를 꾸미는 줄 알았으리요.

"모년화변이 또 나겠다."

이 말이 차마 무섭고, 그 사람이 그리하는 것을 내가 만일 금하지 않으면 그 사람이 자기 말을 세우려고 대조(大朝)께 여쭈어서 큰 일을 일으키면 어찌하리오,

나는 그 말에 놀랍고 홍은의 일이 분하여 내가 세손에게 말하여 못하게 하겠다고 말하였더라. 그러자 그 사람이 또,

"일을 어찌 급하게 하시리이까. 차차 하시되 소란치 않도록 하시오. 영상(領相:作者의 父親)께 그 별감을 다스려 달라고 편지를 써 보내되, 자제들도 모르게 봉서를 세손 빈궁을 주어서 김판서

(金時黙)더러 갖다가 영상께 드리고 비밀로 하여 이놈들을 없이 하시오.”

그 사람의 이런 말은 청원까지 걸리게 하려는 계교인가 싶으나 나는 아득히 그 흉악한 마음을 모르고, 세손이 외입하실까 하는 염려가 급하여 김판서 주라는 말을 따르지 않고, 선친께 편지하여 이 사연을 다하고,

“이 별감들을 귀양 보내주소서.”

하고 청하였더라. 그러나 선친은,

“요란스러울 테니 못하겠노라.”

하시고, 자제들도 못하게 하는 것을 내가 놀라 간장이라 역설하였더라.

“모년화변이 또 나겠다!”

하고 두려운 생각과 세손 위한 고심으로 여러 번 기별하였으나, 선친은 종래 듣지 않으셨으매, 정처가 나를 격려하더라.

“영상께서 나라를 위하시면 왜 옳은 일을 안하시는지 모르겠나이다. 영상이 그러하면 설사 세손이 외입을 하신들 누가 막으리오?”

하고, 기가 막힌 듯이 한탄하는 모양으로 재촉하더라. 내가 더욱 갑갑하여 삼사 일 동안 밥을 굶고 선친께 기별하였더라.

“만일 이놈들을 다스려주지 않으시다가 세손이 필경 외입하면, 내가 살아서 무엇하리오. 절식하고 죽으려하오.”

하고 울면서 보채었더라. 선친께서 여러 번 망설이다가 마지 못하여,

“세손 위하는 마음으로 사생 화복을 몸 밖에 두겠노라.”

하고 청원과도 상의하더라. 그 때 형조참판 조영순(趙榮順)이 처음에

는 반대하다가 나중에 선친 말씀을 듣고,

"제왕가는 다르니 장래의 일이 크려니와 대감의 나라 위한 고심혈
  성(苦心血誠)으로 사생 화복을 내어 놓고 하시니 마음이 고맙다."

하고, 별감들을 잡아서 한 말도 묻지 않고 귀양만 보내었더라. 그
뒤에 선친이 세손께 상서하여,

〈홍은 같은 상서러운 아이를 가까이 하십니까. 홍은이 외입하기로
  별감들을 치죄하였나이다.〉

하고 뵈온 때도 많이 간하더라. 세손이 철 없는 마음에 무안하여,
어미와 외조부의 당신 위한 혈성(血誠)은 알지 못하시고 노여워하더
라. 이 때에 정처는 제가 그 말을 처음 꺼냈으므로, 진심으로 세손의
행신을 허물없게 하고자 하였으면 자기도 응당,

"자모의 마음으로 그러하시기에 당연하고 외조부가 나라 위한
  마음으로 세손의 덕망에 흠이 갈까 염려하고 그러신 것이 옳은
  일이매, 조금도 섭섭히 여기지 말고 그 말씀을 들으소서."

하는 것이 아니라, 흉악무쌍하게도 나에게는 그리 하라고 탄식하고,
세손께는 도리어 충동하여,

"그 일을 그렇게끼지 한 것이요, 저렇게 소란케하여 세상에 모를
  이 없게 만들었으니 세손께서 무슨 사람이 되겠소. 외조부라고
  묻어 주진 않고, 허물을 드러내려고 하니 그런 인정이 어디 있으리
  요."

하고, 이간질을 무수히 하더라. 그 때 세손이 정처에게 쥐어서 무슨
말이든지 다 들으시는 터이매, 날마다 그같은 말로 선친의 흉을 보
고, 후겸도 들어와서 세손의 덕을 해로울 대로 하여 안팎으로 돋구더
라. 세손은 소년 마음에 외조부에 대하던 정이 와락 변하더라. 어미에

게야 어려워하실 염이 아니로되, 어찌 전과 같이 무간(無間)하리요. 그 때 세손의 노여움이 측량 없으시매, 내 도리어 기가 막혔고, 나나 선친이 모두 당신의 흥허물이 되실까 하는 간절한 고충이매 후일을 염려하실 여유가 있을 수 없었고 세손께서도 그렇게 노여워하시나, 내게나 외조부에 하시는 일이 여전하였으므로 우리 부녀는 잘한 줄만 알았지 후환은 일호도 근심하였으리요.

그후 을미(英祖五十一年)년 연간(年間)에 홍국영(洪國榮)이가 말하기를,

"기축사(己丑事)로 전혀 미안하게 되시리라."

하기로 비로소 깨닫고, 선왕이 등극하신 후에 그 말씀의 시종 곡절을 다하더라.

"정치의 모년화변이 다시 날 것이란 말도 무섭고, 예사 사람 어미가 아들을 위하여 착하게 되기를 원하는 마음이 다 있는 법이니 생각해 보시오. 내가 모년화변을 내걸고 한 아들을 의지하여, 국가의 중탁(重託) 이외에 어미 사정(私情)을 겸하여 상감이 진선진미하시도록 하는 마음이 어떻하겠나이까? 그 사람의 말을 갑자기 듣고 놀란 가슴에 두렵고 근심되어서, 만일 금치 않으면 대조(大朝)께서 알으시매 또 모년화변이 나리라 하니, 그 사람의 변덕이 무상하니 필경 대조께 여쭈오면 큰 야단이 나서 어느 지경이 되겠나이까. 그것이 더욱 답답하여 선친이나 동생들이 다 그리 못하겠다는 것을 내가 폐식자결(廢食自決)하려고까지 하여 그렇게 처치하시게 하였던 것이나이다. 나야 순진한 어미 마음으로 일을 하지만, 정처의 흉계로 나에게는 다스리라고 권하고 당신께는 흉을 들어낸다고 충동해서 어미와 외가를 이간하려는 것을 어찌 생각하

였나이까, 이로 인하여 귀주와 후겸의 무리가 밖에 소문 퍼뜨리기
를, 홍씨가 세손께 득죄하였으니, 홍씨를 아무리 쳐도 세손께서
외가를 위하여 붙들으실 정은 없으시매, 세손 뵈온 홍가인데 세손
께서 떨어진 후에야 홍가 치기가 아주 쉽다고 하였더이다. 그제서
야 소위 십학사(十學士)인지 무엇 하는 것들이 귀주와 후겸의
새 세력을 따르고, 밖으로 척리 치면 사류(士類)된다 하여 내 집을
치기 시작하여 점점 화가 미쳐서 이 지경이 되었으매, 실은 내
손으로 선친께 화를 끼쳤으니 지금 생각하여도, 내가 선친이나
당신 위한 혈심(血心)이었으매, 부끄럽지를 아니하오마는 일인
즉, 내 탓이니 실로 불효한 죄를 만 번 죽어도 속(贖)하지 못할
것이니이다."
"그 때 일이야 내 소년 적 일이니 지금 말하여 무엇하오리이까.
과연 나도 뉘우치도다."
하고 웃으시더라. 그리고 그 후라도 이 말이 나면 부끄러워하시는
안색으로,
"이미 잊은 지 오래로다"
하고 피해 버리시더라. 그리고 경신(正祖二十四年)년 책봉사(册封
事)에 조영순(趙榮順) 복관작(復官爵)하시고 희색이 만면하여 나에
게 말씀하시길,
"조영순의 일이 매양 목에 가시 걸린 것같이 마음에 안 되었더니,
오늘 풀으니 시원하여이다."
"과연 다행하오. 우리 집에서 시킨 일로 죄명이 지중하기로 그
집에서 나를 오죽 원망하였을까 보오. 항상 마음에 불안하기 측량
없더니 복관작하여 주신다 하니 실로 다행하오."

"조영순은 본디 죄가 없삽니다. 그 때 정처가 모년화변이 다시 날 것이라는 위협의 풍설을 퍼뜨린 말로, 억울하게 조영순의 죄가 되었으매, 실로 지원(至冤)하오이다. 그 때 봉조하(奉朝賀：從二品 以上의 官員이 벼슬을 그만둔 후에 받는 職名 여기서는 正祖의 外祖父 洪鳳漢)께서 사옹원(司饔院)에 있으셔서 여러 대신 듣는 데서, 모년화변이 다시 나겠다 하더라고 누가 나에게 전하기에 듣고 사실인즉, 여러 곳으로 알아본즉, 그 때의 재상은 들었다는 이가 없고 또 말이 변하여 사옹원에서 하신 말씀이 아니라 정광한 (鄭光漢)이 전문으로 듣고 퍼진 말이 여러 곳으로 났으매, 분명히 정처의 그 말로 인하여 중간에 뜬소문이요. 봉조하가 안하신 것을 잘 았았으매, 봉조하도 애매하시거늘 하물며 조영순이가 가당하오니이까. 이제는 그 문제는 결말이 난 것이니 조영순을 위한 것이 아니라, 봉조하를 위하여 변명하여 드리는 일이오니이다."

하시기에, 내 선친을 위한 말을 많이 하더라. 이것으로 보면 기축사(己丑事)를 추회(追悔)하시고 모년부출(某年復出)이란 말을 선친은 애매하신 줄 알으신 것을 알 수 있고, 다만 정처가 당초에 계획하고 모자 사이와 외가의 정을 이간시키려던 일이 어찌 흉악하지 않으리요. 따라서 그 후로 인심과 세도가 변하여 후겸은 안으로 응하고 귀주는 밖으로 모략하여 경인(英祖四十六年)년에 비로소 한유(韓鍮：淸州人 洪鳳漢을 역적이라고 상소한 事件)이 흉소(兇訴)를 내어, 이어서 신묘(英祖四十七年)년 임진사(任辰事：洪鳳漢이 思悼世子 庶子에 問情한 것이 世孫에게 二心 있다는 이유로 削職당한 事件) 같이 내 집이 그릇된 근본은 기축사에 있었던 것이더라.

임진년 칠월에 귀주의 상소가 있은 후, 선왕도 그 때는 혈성(血

誠)으로 외가를 구하려하시고, 정처의 마음과 후겸의 의논도 내집을
죽이진 못하리라 하여 선친을 구하고 귀주에게 엄교(嚴敎)가 여러
번 내리시게 하더라. 병술(英祖四十二年)년 이후는 중궁전과 무관한
사이로 변하고, 후겸이가 귀주와 함께 선친을 해하려던 것이 변하여
내 집을 붙들고 귀주는 치는 셈이 되매, 정처가 전에 있던 처소가
중궁전과 가까움을 혐의하여 떠나려고 영선당(迎善堂)이라는 집으로
옮겼고, 그 때는 세손께서 나이도 점점 많으시고 강학(講學)도 지극
히 부지런하더라. 따라서 정처에게서 잠시도 떠나지 못하시던 것이
조금 덜한 듯하매, 이 일로 보아도 정처가 남편과 자식이 있어서 가정
의 재미를 알았더면 이토록 탁란(濁亂)한 짓을 못하였을 듯하니 애닯
도다.

　후겸이는 글자도 하고 행실이 예중(禮重)하여 기특한 줄로 말하
고, 세손께서는 제 아들만 못한 양으로 말하니 전들 어찌 감히 그리
무엄하리요. 세손이 차차 따로 계신 후, 행여 궁녀들에게 눈독을 들이
실까, 내관(內官：侍宦)이라도 사랑하시고 마땅이 부리실까 하고
살펴보는 정처의 눈이 번개같더라. 세손께서 잠깐 쉬실 때라도 마음
을 놓고 지내시지 못하고 양궁(兩宮) 사이 금하기는 경인(英祖四十
六年)년부터 심하여 털끝만한 대수롭지 않은 일에 들어서 흠을 잡
고, 그 사이에 빈궁(嬪宮) 해하던 일로 협박하던 소행은 천백 가지니
어찌 다 기록하리요. 세손이 본디 성품이 담연(淡然)하여 금실이
친밀치 못하시거니와 그 사람이 손에 화복을 잡고 앉아서 한사코
내외 사이를 멀리하니 설사 화락하려는 뜻이 계신들 어찌 감히 하실
수 있으리요. 이리하여 아들을 낳을 가망이 없으매, 선친이 양궁의
금실이 화락하여 쉬 생산하시기를 주야로 축천(祝天)하여 입대하신

때면 그리 마시라고 간절히 말씀하시고 자제들도 따라서 근심이 측량 없더라.

그러나 정처는 두 분 사이를 그토록 금하여 행여나 아들을 낳으실까 겁을 내고 귀주네가 외간에 말을 지어서 퍼뜨리기를,

"세손께서 아들 못 낳으시는 병환이 계시더라."

하여, 더욱 민심을 소동시켰던 것이매, 그 심술은 지금 생각하여도 흉악하매, 그 사람의 버릇이 무슨 일이 없고는 못 견디기 때문에, 내 집을 저주하기를 싫도록 하고 세손께서 그 장인에게 정들어 귀여워하시고 김기대(金基大：淸源府院君 金時默의 아들)는 글자도 하고 춘방(春坊：東宮) 출입을 하여 사랑하시니, 세손의 처가를 마저 없이 하려고, 그 사이에 참소가 무수하더라. 빈궁도 흥정당(興政堂)에 계시지 못하게 세손을 꾀던 차, 의외에 임진(英祖四十八年)년 칠월에 청원의 상사가 나니, 세손이 주무시다가 부고를 들으시고 인후하신 마음에 깜짝 놀라서 그 사람 있는 곳에 오셨는데, 사색(辭色)이 참연(慘然)하여 거의 눈물이 떨어 질 듯 슬퍼하더라. 내가 보고 위로하여 염려하매, 정처 마음에 죽은 장인을 동정하여 빈궁에게 후하게 구실까 새워서 하는 말이,

"그 일이 그리 대사로워서 저토록 애상(哀傷)하니, 마치 그 사람의 탈을 쓰고 오신 것이 아니오이까?"

하는 말투로 내가 듣고 하도 끔찍해서, 내가 그 때 그 사람을 미워하지 않으려는 마음이로되, 그 말이 흉하고 불길하여 소름이 끼치더라.

"그게 무슨 말이요. 오늘 취하였소? 말을 살펴서 해야지. 지금 죽은 사람을 갖다가 이 귀한 목을 비겨 말을 하시는가."

그러자 자고도 흉한 말을 한 줄 알고 무안해하고, 세손의 안색도 어이없어 하더라. 그러자 금시로 속죄하듯이,

"잘못하였소."

하고 말하고, 그 죄로 그 아들도 자지 못하고, 며느리와 손녀도 모두 종을 삼고, 자기는 절도(絶島)에 귀양보내서 가두어도 이 죄는 속하지 못하겠다고 사죄하더라. 그러나 그런 불공한 말을 하고 아닌 밤중에 앉아서 그 무서운 소리를 하더니, 나중에 그 언참(言讖:豫言)과 같이 되었으매, 실로 귀신이 시킨 듯이 이상스럽더라. 정처가 비록 인물이 괴이하여 천태만상이나 실은 한 여편네라 궁중에서 상스럽지 못한 일이나 하지, 후겸이가 아니면 조종에 간섭하여 권세를 쓸 의사야 어찌 내였으리오.

내가 후겸을 독물인 줄 아는 일이 있으니, 경진(英祖年三十六)년에 경모궁께서,

"온양 온천행을 만일 못 이루어내면 네 아들을 죽이겠다."

하시고, 후겸을 잡아다 가두고 위협하시니, 그 때 후겸의 나이 십이 세더라. 어린 것이 오죽 겁이 있으랴마는 조금도 두려워하는 의사가 없고 당돌하게 굴던 일을 생각하니 유별한 독물이 아니고야 어찌 그러하리요. 요놈이 일 되고(숙성하고) 바보가 아니매, 착한 일을 않고, 교만하고 방자하기만 하여, 일찍 선친을 물리치고 제가 권세를 잡으려고, 제 어미를 이용하여 권세를 좋아하고, 호승(好勝)과 시기가 많고, 사람 해치기를 좋아하더라. 또 어미가 아들의 말이라 하면 모두 그대로 하여 변란이 무수하더라. 그 어미와 그 아들이 때를 얻고 모여서 국가를 그릇 만든 일은 천의를 한탄할 뿐이로다. 후겸이가 밖에서 권세를 쓸제, 조정의 백관을 노예같이 보고, 일세가 그 밑에

풍미하던 일이야 내가 궁중에 깊이 있어서 어찌 다 아리요마는, 드러난 큰 일만 하여도 적지 않더라.

경인 신묘 연간(年間)에 귀주와 부동하여 선친을 해하려 하던 일이 죽일 놈이요. 또 임진(壬辰)년에 통청(通淸 : 詮官에 老論과 小論을 섞어서 一望三通을 꾀한 事件)일로 김치인(金致仁 : 金在魯의 아들 벼슬이 領議政)을 몰던 일이 망측하더라. 영묘탕평(英廟蕩平) 후는 무슨 통청(通淸)하는 벼슬 망(望)이면 노론 소론을 섞어 놓지 순(純)으로는 못하는 규모였더라. 그런데 그 때 어찌하여 정재겸(鄭在謙 : 領議政)이 이조판서로 대사성(大司成)을 청하는데 김종수(金鍾秀)를 수망(首望)으로 넣고, 아래로 두망이 모두 소론(小論)이라. 영모께서 미쳐 살피지 못하셨더니 후겸이 그 때 김치인 김종수가 선친 치는데 동심(同心)하였을지언정 제게 매사를 청령하지 않았든지, 그 통청하던 것을 제가 몰랐든지, 그도 불쾌하고 저도 소론이요, 제 처가도 소론이니, 여러 소론이 후겸을 꾀여서 순색통청(純色通淸)함이 극히 놀랍더라. 그것은 김치인이 권세 쓰는 것이니 이것을 그냥 두지 못하리라고 하였으므로 후겸이가 제모에게 일러서 영묘께 참소하더라. 영묘께서는 편론(偏論)한다면 깜짝 놀라시는 성심(聖心)이신데 김치인이가 탕평(蕩平)하던 김재로(金在魯)의 아들 휴와 조카 종수를 데리고 편론하는 줄 아시고 대로하셔서 김치인과 조카 종수를 모두 절도로 귀양보내셨으매, 그런 일이 어디 있으리요.

종수는 본디 내 집과 좋지 않은 사이니, 내 집을 돌려 놓고 선친이든지 두 삼촌이든지 숙제(叔弟)까지 후겸을 꾀어 해낸 일이라 하고, 숙제는 더욱 의심을 받아서 혈원(血怨)으로 아니, 세상에 이런 맹랑한 일이 어디 있으리요. 내 집 사람이 상스럽지 않으매, 김치인네를

미워하면 다른 일로 죄가 되도록 무함할 법은 하건마는, 내 집도 노론
인데 노론 통청한다고 죄를 잡을 리가 어디 있으리요.

그 때 성교(聖敎)가 청류(淸流) 명류(名流)로 죄를 주시려 하니
성상에 청류 명류도 죄 주는 법이 있으리요. 이 일로 내집에서 후겸을
가르친다는 말이 삼척동자라도 옳게 듣지 않을 것이매 가소롭다.
내 집이 처음은 후겸 때문에 죽을 뻔하였으나, 나중은 또한 후겸의
모자의 힘으로 보전하더라. 영조께서 임금으로 계시는 동안에는 급히
떨어버릴 길이 없었더니, 좌우간 서로 의지하여 가다가 필경은 후겸
과 함께 죄를 입게 되더라. 지금 생각하면 신묘(英祖四十七年)년에
선친이 화를 입으셔도 후겸을 사귀지 말았더면 싶으나 사람의 자제가
되어서 목전의 부모의 참화를 보고 어찌 차마 구하지 않으리요. 그저
정처의 모자가 전생의 원수이니 한탄할 뿐이더라.

내 중부(仲父：洪麟韓)가, 선친의 아우로서 공명을 한것같이 세상
에서 말하되, 실은 그렇지 않더라.

등과초(登科初)에 영조께서,

"크게 쓸 인물이로다. 형보다 낫다."
하시기까지 하였으므로, 나라의 제우(際遇)가 본디, 용중하더라. 경인
년 후에 선친은 소조(所遭)가 망측하시나 중부께서는 성권(聖眷)
이 감하지 않으시고 선왕도 무간(無間)히 좋아하더라.

집안 처지가 망측한 가운데서도 평안감사도 하시고 정승도 다녔
다. 비록 영묘의 성권으로 말미암아 그러하였으나, 벼슬에 인연을
끊지 못하신 것이 과연 잘못이더라. 그래서 세상에서 말하는 사람은
형님 처지는 망측한데 벼슬을 어찌 다니며 후겸이가 권세를 부릴
때에 어찌 부귀를 탐하랴. 죄를 삼으면 당신도 감수할 것이요, 내라도

일생 분개하는 일이지만 심지어 을미(英祖五十一年)닌 대리(代理
: 王世孫의 代理聽政)일로 역적의 이름을 받아서 참화를 입은 것은
지극히 원통하매, 세상에 이런 일이 어디 있으리요.

　을미년에 정승 다니실 제, 영묘께서는 점점 연세 늙으시고 후겸은
그 때 권세도 없는 것이 가로 거쳐서 시끄러운 일이 많고, 또 국영
(國榮)이가 세손께 총우가 장하여 특별한 일이 많으며, 중부가 본디
낙순(樂純 : 洪國榮의 伯父 左相)이와 좋지 않은 사이더라. 또 국영의
모양이 경솔 천박하므로 그 때에는 오히려 동궁께 숨은 총애가 있는
것을 자세히 알지 못하고, 다만 일가 어린 아이로 보고 한번은,

　"영안위(永安尉 : 洪柱元 作者의 五代祖) 자손에 저런 망측한 놈이
　날 줄을 어찌 알았으랴, 저놈이 집을 망칠 것이로다."
하고, 저를 보고 두어 번 꾸짖고 훈계하더라. 국영이는 제 털끝만
건드려도 죽이는 성품이었으므로 선친께 와서,

　"중부께 기별하거나 이조판서에게 통하거나 하여 제 아비 낙춘
　(樂春)이를 벼슬시켜 주십시오."
하고 청운하더라. 선친께서 처음에는 밀어 막아 가시다가 수삼차
와서 보채기 때문에 마지 못하여 편지하시매, 국영이가 앉아서 회답
을 기다리다가 오래 회답이 오지 않으니 후에 다시 오겠다고 나갔다
가 대문에서 회답 편지를 제가 먼저 받아 보았더라. 그 중부의 회답
에,

　〈이 미친 광동(狂童)을 어찌 벼슬시키시라고 기별하오니까? 못하
　겠나이다.〉
하였으매, 국영이 그것을 보고 낙망해서 죽을 듯이 가더라. 그런 원한
의 독을 품고서 필경은 참화를 지어냈던 것이더라. 국영이는 털끝만

건드려도 상대자를 죽이고 마는 성품이니 그가 품은 독기가 어떠하리
요. 죽기로 결심했다가 필경 참화를 지어냈던 것이매, 중부의 죄명이
대리(代理)를 저해한 밖에 국영이 제거 하려는 것을 저군(儲君 :
王世孫)의 우익(羽翼 : 補佐官)을 없애 버린 다는 큰 죄명을 세웠다.
이에 한 가지 명확한 증거가 있으니, 당신이 사로(事路)에 익고 민첩
하였으매, 처음에는 국영의 권세가 그토록 강한 줄 모르고 꾸짖다가
나중에는 차차 알고, 그놈의 독을 만날까 조심하기 시작하더라.

그러던 중 을미(英祖五十一年)년 월시에 영묘께서 국영이를 제주
감진어사(濟州監賑御史)로 보내려 하더라. 이 때 동궁께서 보내지
말아달라고 부탁하셨으매, 중부께서 아뢰더라.

"홍국영은 춘방 구임(春坊久任)이오니, 다른 문관을 보내소서."

그래서 국영이 대신으로 유강(柳綱)이를 보냈더라. 그러나 만일에
벼슬을 깎아 버릴 마음이 있었다면, 그 좋은 기회에, 국영이를 우겨서
라도 제주로 보내지 왜 가지 못하게 하였으리요.

그 때 성수(聖壽) 높으시고 해소가 자주 오르셔서 매사에 분간치
못하는 일이 많으시매, 체국대신(體國大臣 : 國家의 元老)이면 바로
대리를 청하옵는 것이 응당한 일이더라. 그때 사세가 하루가 바쁘기
때문에 모두 그런 마음이 있었더라. 그러나 기사(英祖二十五)년 대리
로 말미암아 만사가 다 탈이 났었으므로, 내 마음은 대리를 원수같이
알아서 '대리' 두 글자를 들으면 심담이 떨렸고, 또 성후(聖候 : 임금
의 병환)는 여지 없으매, 동궁이 어른 저군으로 게시니 국본(國本)
이 튼튼하더라. 그래서 나라의 안위가 대리하고 않기에 갈리지 않을
듯하고, 영묘께서 대리하실 분부를 하신 후, 안으로 정처는 '나라의
큰일이니 나는 모른다.'고 말하더라. 중부는 그때 정처가 영묘께 조용

히 말씀 못한지 오랜 줄 모르시고, 혹 정처가 또 무슨 권변(權變)을 부려서 영묘께 충동하여 대리로 함정을 파놓고, 민일 중부가 갑자기 봉승(奉承)하면 야단을 내려고 벼르는 줄 꼭 알았으매, 영묘께서 대리를 두자 하는 말씀이 모두 시험하는 말씀으로 알고, 의심하고 두려워서 그저 어물어물하고, 인사상 사양하는 말로,

"그런 분부는 어인 일이시옵니까. 신자(臣子)가 되어 어찌 감히 봉승하오리까?"

하고 목전을 겨우 지냈더라. 그러난 영묘께서 정신이 점점 혼돈하여 헛소리를 반넘어 하시게 되매, 그때 정시령(庭試令 : 國慶時에 대궐 안에서 보이는 科學)도 내리시고, 일 없이 진하령(進賀令 : 國慶時에 百官이 朝賀하는 일)도 내리시고 숙묘조(肅廟朝 : 肅宗大王)때 재상 김진귀(金鎭龜)를 약방제조(藥房提調)로 제수하라는 전교(傳敎)까지 하시다가, 정신이 깨치시면 뉘우치고 어찌 그 영을 반포할까 보냐 하시는 적이 많더라.

이 대리를 짐짓 두고자 하시는 줄 알았으면, 중부가 학식은 비록 부족하시나, 그런 일붙이 눈치는 남보다 낫게 아시는 성품이매, 어찌 즉석에 받아서 당신의 공을 삼고자 안하실 리가 있으리요. 일찍 영묘께서 성심이 어지시거나 헛소리 하신 줄로 의혹하고, 그것이 또한 정처가 파놓은 함정으로 두려워서 피하시다가 필경 저희(沮戱)하는 죄가 되더라. 고대신(古大臣)의 풍절(風節)로 책망하여 위에 쓰인 말처럼 병환은 깊이 드시고 국세는 위급한데 대리를 청하지 않는다고 죄를 잡으면 정정당당한 의논이니 당신이 비록 참화까지 만나도 원통하지는 않을 것이더라. 그러나 동궁의 영명하신 것을 꺼려서 권세 쓰려고 대리를 막았다 하여 역적이라 하니 이런 원통한 일이 어디

있으리오.

중부의 망언이 을미년 동짓달 이십일 입시에 영묘께서 아시되,

"세손이 국사를 아옵는가, 이병판(吏兵判)을 아옵는가 노소론
(老少論)을 아옵는가, 아니 민망하온가?"

이 물으심에 대하여 중부가 대답하기를,

"노소론이야 세손이 아시어 무엇하시리까."

하고 아뢰었으매, 이것이 소위 삼불필지(三不必知 : 세 가지 일은
알 필요가 없다)였다. 그때 죄되기는 이병판도 동궁이 불필지요, 노소
론도 동궁이 불필지요, 국사는 더욱 동궁이 불필지라 하여 삼불필지
라 하더라. 그러나 실은 영묘께서 한 가지씩 물으시고 거기에 대한
대답이 끝난 뒤에 또 한 가지 말씀을 하신 것이 아니라, 성심에 세손
은 어린 모양으로 여기시고 '국사든지 이판이든지 노소론인지 아무
것도 모르니 민망하도다.'하신 말씀이더라. 그리고 중부가 아뢴 뜻은
끝의 말씀이 노소론 말이기에 '노소론이야 알아 무엇 하오리까'한
말이더라. 대저영묘께서 세손을 각별히 사랑하시나 제신(諸臣)이
과히 다 일컫는 말씀 들으면 마음에 당신이 노쇠하시니 젊은 동궁에
게 들러 붙으려고 하는가 의심하실까 염려하여, 세손께서 매양,

"대조(大朝)께서 들으시는데 나를 과히 칭찬하지 마라."

하고, 당부하고 약속하신 일이요, 또 영묘께서 편론(偏論)을 질색하
셔서 노소론(老少論) 자(字)를 말씀하신 일이 없더라. 그래서 연석
(筵席)에서 신하들은 아예 노소론 말을 거들지 못하는 법이더라.
그래서 중부 소견에는,

"동궁이 노소론을 어찌 모르시리까?"

하고 아뢰면, 영묘께서 윗말처럼 시험하시다가,

 "내가 그렇게 금하는 편론을 세손이 안다는 말이냐?"
하실까 두려워서 적당히,
 "알아 무엇하오리까."
한, 말씀이더라. 그 사세를 상상컨대 영묘께서 물으시기를 동궁이 이병판을 아옵는가 하시고, 그쳐 계시다가 중부가,
 "동궁이 이병판을 알아 무엇하오리까?"
한 후에 또,
 "노소론을 아옵는가?"
하고 그쳐 계시다가,
 "알아 무엇하오리까"
하는 대답을 기다리시고 또,
 "국사를 아옵는가?"
하시고, 또 대답을 들으시기 전에도 그러할 리가 없고, 어훈(語訓 : 말하는 법)도 그렇게 될 길이 없더라. 그러니 본시 상하의 문답인즉 이 일도 모르고 저 일도 모르니 민망하시다는 한 마디 말씀이시고, 중부의 대답은 끝의 말씀이 노소론 말씀이기에 '알아 무엇하리까' 하였던 것이더라. 즉 중부의 마음은 동궁이 매사에 모르실 것이 없이 다 아신다 하고 아뢰면, 성심에 또 어찌 여기실지 모르고, 전에 너무 칭찬하지 말라신 동궁의 약속도 어기고, 더욱 꺼리시는 노소론 일을 피하려고, 당신으로는 묘리 있게 아뢴 말씀이 애매한 말법으로 물으신 세 마디에 대한 대답이 한 마디로 전부 한 것같이 되었으매, 이것이 망발(妄發)이라면 망발이지만, 그것으로 역적이 된다는 것은 천만 원통한 일이더라. 당신이 비록 화를 입었으나 지하에 계신들 어찌 눈을 감으며 어찌 마음에 항복하리요.

그 때의 궁중의 사세와 세손의 뜻을 기별하여 알아두게 하였으면, 중부가 세손의 뜻이 그러하신 줄 알고, 그런 실언도 아니하였을 것을 내 변통없는 마음은 어찌 이리하랴. 집안에도 기별하기가 겸연쩍은 듯 번거로운 듯하여 미리 기별하지 않고, 또 외가로서 대리를 봉승한다고 무슨 시비가 나거나, 정처의 참소 이간이 들거나, 성심이 격노하시거나 할까 하는 혐의를 피하려고 더욱 주저하고 집안에 의논도 하지 않았던 것이더라. 지금 생각하면 모두 내 탓이요, 내 죄인 듯, 어느 것이 후회되고 한되지 않으리요.

우리집 사람이 벼슬도 많이 하고, 부귀도 장한 것이 전혀 동궁의 외가로 그러하였으므로, 동궁을 믿고 자세하여 조정을 탁란(濁亂)한다 하면 그는 죄가 될지 모르거니와 제 권세를 쓰려고 그 믿는 동궁이 대리하시거나 등극하시거나 하면 무식한 척리의 마음에 더욱 즐겨할 것이매, 동궁을 꺼려서 대리를 못하게 하고, 누구를 의지하여 부귀를 누린다는 말인가. 영묘의 병환은 구십독로(九十篤老) 지경에 조석 모를 때인데, 목전에 불과하는 권세를 쓰려고 길게 바라볼 동궁께 득죄하려는 인정이 어디 있으리요. 동궁이 외가에 미안하게 여기신 안색을 나타낸 일은 없고, 나부터 몰랐으매, 당신이야 분명히 동궁으로 계신 동안에는 척리대신(戚里大臣)으로 대권(大權)을 더 잡을 줄로 바란 것이매, 동궁께 불리하게 한다는 말을 어찌 인정과 천 리의 밖이 아니리요.

그 때 영묘께서 눈이 어두워서 낙점(落點 : 벼슬 候補者들 중에서 점 찍어 결정하는 것)을 손수 못하시고 좌우를 시켜서 표를 하게 하시고 다른 공사는 모두 내관에게 맡기매, 경묘(景廟 : 景宗 英祖의 兄)께서 '세제(世弟) 좋은가? 좌우 좋은가? 하는 말씀 같아서 나는

세손을 맡기고자 하노라'하시매, 그 때의 영상 한익모(韓翼暮)도 황겁하여,

　"좌우를 근심하실 것이 없나이다."
하여, 그때 망발로 여러 상소가 올라왔다.

　한익모도 중대한 일이라 목전에 갑자기 봉승치 못하여 적당히 어물거려서 한 말이지 그 사람인들 타의가 어찌 있으리요마는 망발로 의논한다면 중부와 다를 바가 없더라. 대리봉승(代理奉承)안할 것을 논죄(論罪)한다면 영좌상과 좌상(左相)이 다 같되, 지금 와서 한상(韓相)은 흠 없는 완인(完人)이 되고, 중부는 홀로 극형의 안(案)에 올랐으니, 나라의 형정(刑政)이 어찌 이토록 고르지 못하리요. 이런고로 선왕(王祖)이 미워하시고 벼르셨던 것이다. 여산(礪山)으로 귀양가실 제 전교하여 여러 가지 죄목으로 여지 없이 논란하여 다시는 세상사람 노릇을 못하게 속박하시나 끝에는,

　"역적의 뜻과 다른 뜻이 있다는 말은 만만과(萬萬過)하니 결단코
　정외(情外)의 말이로다."
라고 하시매, 선왕(王祖)의 성심도 본디 외가에 불만이 계셨지마는 노모(老母:作者 自身)를 앉히고 외가를 망하게 하실 뜻이야 어찌 계시리요. 또 국영이는 원수가 아니매, 제 권세나 쓰려고 일세(一世)를 호령하느라고 나라 외가에 붙어서 위엄을 뷜 뿐이지. 저 아들이 죽을 죄가 없으매, 죽일 생각이야 어찌 미처 났으리요. 이 전교에서 처분하신 후는 아주 끝난 줄로 알았더니 병신(英祖五十二年)년 오월에 김종수(金鍾秀)들이 들어온 후에 국영을 꾀어서 홍가를 극역(極逆)을 만들어 놓으려고 청정(淸靖)하여 낸 공과 충성이 더욱 끔찍하리라 하여 중부 귀양간 수삼 삭 안에, 아무 죄도 다시 지은 일이 없

이, 그 죄로 차차 가율(加律)허여 필경은 고화를 받더라. 처음 귀양 보내실 적의 전교와 어찌 어기지 않으며, 임자(正祖十六年)년 오월 연교(筵敎)에,

　'불필지(不必知)란 말은 막수유(莫須有)란 말과 같아서 죄 될 것이 없도다.'

하셨으매, 이것은 정원일기(政院日記)에도 있을 것이오. 반포된 연설(筵說)이라 누가 보지 않았으리요. 막수유란 말은 악비(岳飛 : 宋國의 忠臣)를 죽이던 천고원옥(天古冤獄)으로 언문책까지 있어서, 무지한 여자들이라도 지금도 원통해하는 바이다. 그런데 선왕의 고명하신 성학(聖學)으로 이 문자의 출처를 모르실 것이 아니로되, 이 문자를 비하여 쓰실 적은, 그 일로 그리 되기는 원통하다는 말씀이고, 내 집 사람이 아니라도 연설을 본 사람들이 성의의 소재를 누가 헤아리지 못하리요. 그때 전교에 막수유 말씀을 하시고,

　"병신 삼불필지(三不必知)는 죄될 것이 없고, 실은 모년(某年)일로 이리하더라."

해명까지 하시매, 들어오셔서 나에게 말씀하시더라.

　"삼불필지를 벗길 길이 없어서 민망하매, 이제는 모년 일로 돌려보냈으니, 벗기 쉽게 해서 다행하오."

내가 놀라서,

　"병신년 일도 천만 원통한데, 모년일(思悼世子의 禍變)은 아예 당치도 않은데, 그런 말이 웬일이옵나이까?"

　"모년 일의 죄를 일컬어서 이러이러하다 하였으면 어렵거니와 모년 죄라 하고 죄명이 이러이러하다고 거들지 않았으매, 후에 가면 무슨 죄인 줄 알며, 모년 죄가 갑자(純祖四年)년에 다 풀려

하니, 이번에 병신 일은 풀린 셈이니 모년으로 옮겨 보냈다가 갑자
  년을 기다려서 다 풀어 버릴 것이오."
하고 나에게 말씀하시더라.
  근래는 더욱 깨달으셔서 매양 말하시되,
  '화엽은 대신'이라 하시고,
  "무고하대면 척리로 주석원로대신(柱石元老大臣)이 될 뻔하였더
  라."
하시고, 당신께 정방 있던 말씀과 당신이 좋아하여 매사를 논의 하던
말씀도 하시더라.
  "아무리 하여도 후는 있으리라. 세도(世道)와 조국(朝國)의 주인
  될 사람이요, 영웅이니 지금 대신이야 뉘 당하리오."
하시고, 당신이 대인접물(對人接物)의 법과 온갖 규모와, 심지어
옷입으시는 일까지라도 다 배웠다고 하시더라.
  성심(聖心)은 만일 진정 역적으로 알으시면 어찌 귀하신 성체
(聖體)에 비겨서 그런 말씀을 하시리요. 병진 연초에 삼촌이 화를
만나서 나의 비통이 비할 데 없어서 그때 자결할 것이다. 별다른 처지
를 못 취함을 구구한 자모의 마음에 만고에 없는 정지로 당신을 길러
서 임금이 되시는 것을 보려면 몸을 보전하여야 성효(聖孝)에 해로움
과 성덕에 누를 면할 것이라고 생각하였기 때문이더라.
  "지금은 즉위(即位)한 지 초년(初年)이시고 국영에의 총명을 가짐
  으로서 지나친 거동을 하시매, 필경은 깨달으시기 머지 않으리라."
하고, 참고 참아서 목숨을 버리지 못하고 예사로운 듯이 지냈더라.
그러니 중외(中外)의 사람들이 나를 어리석고 나약하다고 꾸짖는
것을 어찌 달게 받지 않으리요. 그러나 과연 선왕(王祖)이 깨달으심

이 위의 말씀과 같더라. 또 갑자(正祖가 甲子年에 世子 純祖가 十五歲이니 洪氏門中의 誣罰을 다 풀어 주겠다고 말한것)년에 내 집의 원한을 다 풀으실 제,

"중부(仲父)일도 같이 풀어주려고 하노라."

하고, 여러 번 간절한 말씀을 하셨으므로 나는 금석같이 믿고 갑자년 오기가 더딘 것만 민망히 여기고 기다렸더라. 그런데 하늘이 미워하시고 가운이 갈수록 막혀서 선왕이 중도에 돌아가시고, 만사가 모두 흩어졌으매, 이런 원혹(寃酷)이 어디 있으리요. 내 비록 여편네나 국조야사(國朝野史) 번역한 것을 많이 보았도다. 우리 나라에 원통한 옥사가 필경은 억울한 누명을 씻지 못한 적이 없더라. 그런데 내 삼촌의 일은 만면 원통하니 주상(純祖)이 장성하셔서 시비를 분간하실 때면 응당 이 늙은 할미의 지한(至恨)을 풀어주실 때가 있을까 기다렸으매, 내가 살아서 미처 보지 못할 것 같으니 이 글을 내가 없는 후에라도 주상이 보시면 필연 감동하여 삼촌의 삼십 년 쌓인 원한을 풀어주실까 하늘에 빌고 빌도다.

명종조(明宗朝)에 윤임(尹任 : 仁宗의 內舅)이가 위 봉성군(鳳城君)을 추대하려 한다고 죄의 증거가 되는 것과 심문할 죄명을 명백히 만들어서 부정보감(副定寶鑑 : 逆賊을 다스리는 和擇記鑑)에 올리매, 이 책에 죄명을 보면 만고에 없는 극악한 역적인 듯 싶으나 누가 감히 말하리요. 그러나 본디 옥사가 전혀 무옥이니 공의(公議)가 일제히 일어나서 누구의 말도 지극히 억울하다고 하여도 선묘(宣廟 : 宣祖)께서는 오히려 무섭게 추궁하더라. 그러다가 공의대비(恭懿大妃)가 지원(至寃)하여 하시는 뜻을 받자오셔서 윤임 복관작(復官爵)하여 주더라. 윤임이 공의 대비께서 시외삼촌이요, 선묘께서는

공의 대비가 백모시니, 공의 대비께서 백모의 마음을 받으시매, 이 일을 하셨으니, 지금까지 공의 대비의 정사(情事)를 위하여 슬퍼하더라. 선묘의 처분이 효성스러운 생각에서 나오신 것으로 흠앙치 않을 리 없는데, 하물며 내 중부의 경우는 윤임의 죄명과 경중이 판이하고, 나도 주상의 조모이다. 백모로서 시외삼촌 원통함을 호소하는 것도 좋으셨거늘 이제 조모가 그 중부의 누명을 씻은고로 호소하는 것이, 내 정리로나 나라 체면으로나 아무도 탓하지 못할 것이라.

또 이 일을 선왕(先王:正祖)이 크게 깨닫고 갑자에 누명을 씻겠노라 하신 말씀이 여러 번이시고, 병신년 임자년 두 번 분부가 더욱 분명한 증거가 되매 이 일을 신설(伸雪)하는 것이 선왕의 유의(遺意)이다. 금상(今上:純祖)께서 불안해 하시거나 주저하실 일이 아니다. 공의 대비가 윤임의 일에 간섭하시다가 무망(誣罔)을 받아서 더욱 윤임을 신설하려한다 하더니, 나는 병신년(洪麟漢, 鄭厚謙에 賜死) 칠월에 내 중부 처분때 전교가 내가 그리하라 했다 하니 그렇다면 이는 내가 죽인 셈이 되지 않는가. 세상은 진정을 모르고 내가 삼촌이 화 입는데 구하기는 커녕 그런 양으로 알고, 나를 절륜(絶倫)의 죄인이라 하여도 사양치 못할 것이매, 만고에 제 삼촌이 화 입는데 그리하라고 할 사람이 있으리요.

내 이제 오래지 않아 수명이 다할 것이매, 만일 중부의 누명을 씻지 못하고 돌아가면 만고에 삼촌 죽인 사람이 되어서 귀신도 용납할 곳이 없을 것이니, 공의대비의 한때 무언(誣言) 들으신 일이 어떠하리요. 공의대비는 조카님을 감화하셨는데, 내 비록 정성이 천박하나 설마 주상을 감동시키지 못하랴. 매양 마음이 있으나 아직은 주상이 임외로 못할실 때요, 나는 점점 노쇠하여 가니 그저 아득할 뿐이다. 국영이가 임진(英祖四十八年)년에 등과하니, 본디 아이적부터 그리 될 것이 분명한 자질이더라. 제 아비 낙춘(樂春)이 광병이 있어서 가르칠 것도 없으매, 제 스스로 광망(狂妄) 허랑(虛郎)하여 주색에 빠져서 행실이 말이 아니어서 제집에 용납치 못하고 세상에 버린 바가 되더라. 그러나 약간의 재주가 있어서 못하는 글도 억지로 하노라하고 예민도 하고 민첩 대담하고 호기도 있어서 하늘도 무서워하지 않더라. 이 때 미친 것이 항상 천하만사를 모두 제가 하겠노라고 날뛰어서 제 동료들이 놀라서 웃지 않는 자가 없더라. 그러나 수년 후에 과거에 급제하여 한림(翰林)을 수년 다니며 오래 궁중에 있게 되매, 영묘께서 사랑하시고 매양,

"내 손자로다."

하고 칭찬하더라. 또 동궁께서는 나이도 비슷하고 얼굴도 어여쁘고 슬기롭고, 민첩하니, 벌써 세상에 난리가 난 때더라. 동궁이 한 번 보시고 두 번 보시는 동안에 대접이 두터워서 지극히 무간한 사람이 되었고, 처음에는 요놈이 간계를 내어, 동궁께 직간(直諫)하는 체하나 실은 간하는 말이 모두 듣기가 좋은 말이더라. 그리하여 동궁께서 강직한 사람인 줄 알게 된 후는 못하는 바가 없더라. 세손이 동궁으로 계실 때 하인 밖에 사부(師傅)를 대접하시는 것이 빈객과 궁관(宮官)뿐이매, 그 자들이 강학(講學)이나 의논이나 하지 무슨 말을 하며, 하물며 외간설화야 어찌 감히 한 마디라도 수작하리요. 그래서 동궁이 안타깝고 답답하여 하시다가 국영을 만나서, 아니 여쭙는 말이 없고, 아니 아뢰는 말이 없으매, 신통하고 귀히 여기셔서 이전에 사랑하시던 궁관은 점점 멀어지고 국영만 제일로 알게 되셔서 비유하면 사나이가 첩에 혹한 모양이더라. 국영이는 제게 밉거나 원한이

있거나, 저를 혹, 나무라는 일이 있으면 백지(白地)에 참조하여,

  "동궁을 비방하더라."

하고 아뢰더라. 그리고 저를 과하게 사랑하시니, 제 인물이 의젓하여
도 꺼림을 받을 터인데, 세상에 유명한 무뢰 경박자를 너무 사랑하시
매, 어찌 말이 없으리오. 혹,

  "동궁이 이 괴이한 것을 가까이 하시더라."

하고 근심하며 탄식하는 이도 있고, 혹은,

  "동궁이 한때 저를 사랑하시더라도 제가 어찌 감히 상스럽게 굴
  랴."

하매, 갑오(英祖五十年), 을미(英祖五十一年)년 연간에 집집이 국영
의 말이요, 사람마다 국영의 근심을 하게 되니 사람인들 어찌 듣지
못하리요. 이런 말을 들으면 곧 동궁을 비방한다고 아뢰니 소위 부언
(浮言)이란 것이 이런 일이라 세손께서 깊이 궁중에 계셔서 다른
사람을 보지 못하시고 국영 말만 들으시니, 사랑하시는 터에 그놈의
간사스러운 심정을 살피지 못하시고 곧이 들으시니 세손이야 어찌
놈의 간계를 알았으리요.

  이럭저럭 천고에 없는 총애를 받다가 대리 일로 큰 공을 세우고
등극 후 칠팔 삭 안에 특별히 발탁 승진하여 도승지와 수어사(守御
使)를 하고, 숙위대장으로 대궐에 있게 되자, 저 있는 곳을 숙위소
(宿衛所)라 하고, 오군문(五軍門) 대장을 다하고 벼슬 이름이 오영도
총숙위(五營都總宿衛) 겸 훈련대장이란 것이매, 고금에 그런 은총과
그런 공명이 또 어디 있으리요.

  제 마음대로 사람을 무수히 죽이는 듯, 내 집이 특별히 화를 입더
라. 그 이유는 내 삼촌이 저를 꾸짖은 원한뿐 아니라, 국영의 백부

낙순(樂純)이가 내 삼촌과 원수같아서 항상 죽일 마음이 있다 하더니, 국영의 초년정사(初年政史)는 제 백부의 말을 들었기 때문에 내 삼촌의 화가 더욱 심한 것 같더라. 사년 동안에 신절(信節)없는 일과 발호(跋扈)가 일이 수백 가지더라. 내가 궁중에 있어서 어찌 자세히 알리요마는 낭자하게 전하는 소문을 들어도 궁중에서 내의녀(內醫女)를 데리고 제집 사람같이 지내고 약방제조(藥房提調)하여 외수라(外水剌)를 차리는데, 제 밥을 수라상과 똑같이 차려먹었다. 그리고 상전(上前)에서 버릇 없이 구는 버릇과 대신 이하를 능욕하기가 측량 없으매, 우리 선조의 전덕 밑에서 어찌 이런 요망스러운 역적이 나리라고 생각하였으리오.

국영이 처음은 오히려 작은 그릇이라 대수롭게 여기지 않았고 그런 큰 일을 저지르리라고는 미처 뜻이 가지 못하더라. 김종수(金鍾秀)란 것이 병신(英祖五十二年)년 오월에 비로소 들어와서 국영의 아들이 되어서 천만 가지 흉악한 괴변을 다 꾸며 매었으매, 국영의 죄만도 아니었다.

종수는 다른 사람이 아니라 내 오촌고모의 아들이매, 그 고모가 어렸을 적에 조부께서 사랑하여 그 질녀를 매양 칭찬하였더니, 그 고모의 아들이 나매 맏은 종후(鍾厚)요, 둘째가 종수였더라. 집도 같은 동네에 있고 정의가 각별하여 친소생과 다름이 없을 듯 하더라. 그러다가 국혼(國婚) 후에 내 집은 위세가 번창하여지고 저희는 비록 재상집이지만 명론(名論)하노라 자처하고, 전일에 친후(親厚)하던 정이 변하더라. 선친은 그 형제를 집안 아이로서 꾸짖기도 하시고 그 형제가 점점 틀어져서 꺼리는 빛이 현저하더라. 선친이 또한 그 형제의 명을 구하고 인정 없는 일이 많은것을 근심하여 원한을 품은 듯 싶더라. 그러나 선친으로서는 자질(子姪) 가르치는 일로 하신 것이지, 말씀하신 후에야 마음에 두기나 하셨으리요.

그 고모가 선친과 종형제 항렬에 나이가 남매간에 으뜸이라. 선친께서 조부하시던 일도 생각하시고 동기 누님같이 보셔서, 장임(將任) 적이나, 외방(外方) 적이나 때에 물품을 계속해 보내시고, 정의가 각별하였으매, 저희들이 어미의 사촌을 죽이려고 간계 꾸미는 것을 어찌 알았으리요. 정해(英祖四十三年)년에 종후(鍾厚) 가자(加資:正三品 以上의 벼슬) 추천을 하는데, 대신께 의논도 않고 산림 공론(山林公論:儒林社會의 公論)도 없이 이판(吏曹判書)이 혼자 하였더라. 이 때 선친께서 비록 근심 중이나 공론으로 말씀하셔서,

"정격(政格:登用法則)이 아니로다."

하고 반대하시매, 그 일로 원한이 뼈에 사무쳐서 보복하려고 임진(英祖四十八年)년에 종수가 귀양갔던 일을 억지로 숙제(叔弟:洪樂任)의 탓을 삼아서 항상 하는 말이,

"저놈들 망하는 것을 보고야 말겠더라."

하고 벼르매, 천만 뜻밖에 지친간(至親間)에 의심받는 일을 불행히 여겼더니, 이 때를 얻어서 국영이와 한마음이 되어서, 국영에게 충동하니 제 본디 세상을 속이고 허명을 도적하였던 것이매, 국영의 마음에 종수가 제게 와서 자제처럼 친근히 하고 노예처럼 복종하고 비첩(婢妾)처럼 아첨하는 것을 기뻐하매, 그가 하자는 대로 해주니, 내 집의 화변이 종수가 아니더면 국영이만으로는 이토록 하지 않았을 것 같더라. 그 망측한 국영이가 아무런 상식도 없고 아무런 이유도 없이 하찮은 원한으로 사람을 무수히 죽일 제 종수가 또한 함부로 제 원수를 갚아서, 두 놈의 원수 갚기로 유죄 무죄를 막론하고 무수한

사람이 죽었더라. 후생들은 국영이는 패한고로 그 죄악을 더러 알거
니와 종수는 태도를 천변만화하여 제 몸은 관계하지 않는고로 그의
죄만은 자세히 모르게 되더라. 그러나 실은 십분(十分)으로 의논하면
국영의 죄악은 삼사 분이요, 종수의 죄악은 육칠 분이더라. 내가 매양
선왕(正祖)께,

　"국영의 일이 제 죄뿐 아니라, 실은 종수의 죄더라."
고 말씀 드리면, 선왕도 그렇다고 하셨던 것이더라.

　국영이 그 은총을 가지고 제 마음대로 못한 것이 없으나, 그래도
오히려 부족하여 제 누이(洪國榮이가 제 누이를 正祖의 後宮으로
바쳐서 삼은 元嬪)를 드리고, 제가 척리가 되어 내외로 무한히 즐기
려 하더라. 제가 소위 충신이라면 그 때 중전(中殿：正祖妃 孝王王
后)께서 정처의 인간으로 금실이 화합치 못하시매, 저를 골육지친같
이 아시는 신하로서는 마땅히 곤전(坤殿)께 화합하시기를 권하는
것이 어찌 그런 일을 하였으랴. 중전이 그 때 이십육세시고 본디 복통
이 없으셨으매, 병환이 계시다는 자교(慈教)를 내시게 하여 양전
(兩殿) 사이는 화합치 못하시게 하더라. 만일 제 힘이 미칠 양이면
성왕(正祖)이 춘추 근 삼십에 사속(嗣續)이 없으매 공평히 장성
(壯盛)한 처자를 가려들여서 생남의 경사를 보시도록 축원하여야
옳을 것이더라. 그런데 홀연히 요약한 간교를 내어서, 겨우 십삼 세
된 어린 제 누이를 드리니 그것을 언제 길러서 사속을 보리요.

　호왈(號曰), 원빈(元嬪)이라 하고 궁호 숙창(淑昌)이라 하니, 원
(元)자 뜻부터 흉하더라. 곤전이 계신 데 어디서 비빈(妃嬪)을 원자
로 일컬을 도리가 있으랴. 천도가 신명하고 제 죄악이 찰대로 차서
기해(正祖三年)년에 제 누이 홀연히 죽으매, 이 때 국영의 독살스러

운 분을 이기지 못하여 제 누이가 죽은 것을 감히 곤전께 의심하여, 선왕을 충동하고 내전나인(內殿內人) 여럿을 잡아다가 칼을 빼 놓고 무수히 치며 혹독한 고문을 하더라. 그리하여 억지로 곤전께 허물을 씌우려고 참소가 미칠 뻔하였으매, 외간에 소란한 풍설이 이르지 않은 곳이 없어서, 포목전 갖전 등 시정의 상정에 상인이 문을 닫고 도망치기까지 하였으니 이런 만고의 극악한 역적이 어디 있으리요. 제가 부귀를 길이 누리려던 계교를 이루지 못하였으면 천심이 두려워서 조금 위세를 거두고, 명문에 간선하기를 권하여 일 반분(半分)의 속죄를 하여야 할 터이매, 국영의 사음에는 다른 비빈을 고르시면 그 집 사람에게 정이 옮기실까 염려하여 다시 간선을 못하게 하려는 야심으로 덕상(德相:吏曹判書 宋德相)을 시켜서 흉악한 상소를 올렸더라. 인(裀:正祖의 庶弟 恩彦君)의 아들 담(湛)이를 수원관(守園官)을 시켜서 군호(君號)를 완풍(完豊)이라 하여 제 누이의 양자를 만들어서 담으로 선왕의 아들같이 되게 하더라. 이리함으로써 외가가 되어서 길이 영화를 누리려하매, 선왕이 춘추 삼십이 못 되시고 병환이 안 계신데 사속 보실 길을 아주 막아버렸더라.

　선왕이 비록 일시 총명을 가로 막혀서 제 하자는 대로 매사를 따라 하셨으나, 실은 당신을 위한다는 국영의 농간에 속으셨던 것이매, 일이 이렇게 되었으니 성왕의 지혜로 어찌 그 요약한 속심을 깨닫지 못하시리요. 담이 아직 어린 것을 갑자기 데려다가 임금 아들같이 삼고, 제 생질로 하여서 친신(親信)히 부리시는 내관이 붙들고 출입하여 거의 동궁과 같이 대우하더라. 제 아비 인(裀)이는 허황광패(虛荒狂悖)한 인물이라, 제 아들이 그렇게 된 것이, 제몸의 큰 화근인 줄을 모르고 그로 인한 세도를 부리고 소위 궁묘충의(宮墓忠義) 수위관(守衛官)을 줄제 인연한 것을 시키니 그런 무지한 것이 어디 있으리요. 그 때 내 집의 동생들이 나에게 편지로,

〈이런 국사와 이런 거조(擧措)가 어찌 있겠나이까.〉

하고, 분게 한탄함을 이기지 못하더라. 내 이 모양에 대하여 절통한 분개가 철천극지(徹天極地)하여 선왕께 아뢰기를,

"이 무슨 일이며, 이 어찌된 뜻이오니까 생각을 하시오. 당신이 아주 늙으셨나이까. 병환이 계십니까. 아들 얻고 싶으신 마음은 노소와 귀천이 없으매, 당신께서 종사의 부탁이 어떠하건대, 삼십이 되도록 아들 없는 것도 초조 민망한데, 지금은 남의 손에 휘이어 스스로 아들 못 낳기로 자판(自判)하시매, 이 무슨 일이오."

하고 슬퍼하였더라.

그 때 국영의 세도가 태산 같아서 아무도 말할 이가 없더라. 빈소는 정성왕후(貞聖王后) 빈전(殯殿)하였던데 하고, 무덤은 인명원(仁明園)이라 하고, 혼궁(魂宮)은 효휘궁(孝徽宮)이라 하고, 의정부 이하 진향하고 복제(服制)를 행하였으매, 그때 제신이 어찌 꾸지람을 면하리오. 내 분통하고 철천하여 이를 갈아 차마 보지 못하여, 만나면 울고, 보면 어루만져서 서럽고 슬퍼하였다. 선왕이 차차 그 놈에게 모든 일을 속으신 줄 깨달은 듯 하시고, 국영이가 담이를 조카라 하고, 궁중에서 동궁처럼 추켜들며, 침식을 함께 하여 정상은 날로 흉교(兇敎)하고, 행동은 날로 위험하니 선왕이 어찌 뉘우치지 않으시며 분하게 여기지 않으리요. 국사가 망연하여 어찌 할 바를 모르시는데 나의 지성으로 분하고 서러워서,

"사속(嗣續) 넓힐 일을 헤아리오."

하고 뵈올 적마다 권하였고, 본디 인효(仁孝)하신지라. 내 정성과

당신 신세를 돌아보아서, 감동하고 옳게 여기셨으매, 내게 대하시는 기색은 점점 더 지극하시고 국영의 죄악은 더욱 쾌히 깨달으셨다. 기해(正祖三年)년 구월에 국영이를 치사(致仕 : 벼슬을 그만둠)시키셨으매, 전에 사랑하시던 일로 시종 보전케 해 주려고 하더라. 그러나 제가 치사한 후에 하는 행동이 더욱 해괴망측하므로 강릉으로 쫓아보내셔서 거기서 제 스스로 죽으매, 자고로 흉역과 권간(權奸)이 많았지마는 국영이 같은 것은 다시 없더라. 제가 처음에 사원(私怨)으로 사람을 함정에 빠뜨려서 걸핏하면 역적으로 몰아서 죽였더라.

그리하여 선왕의 성덕에 누를 끼쳤으니, 그 죄가 하나요, 양전(兩殿)이 화합치 못하시게 하고 제 어린 누이를 들여서 부귀를 마음대로 하고자 하매, 그 죄 둘이요, 제 누이가 죽은 후에 사속 보실 길을 막고 담을 제 죽은 누이의 양자로 하여 동궁을 만들고, 제 나라의 외가 노릇을 하여 다시 길게 음모를 꾸몄으매, 그 죄 셋이요. 곤전의 나인을 혹형하여 곤전에 범하도록 무복(誣服)을 받고 곤전께 흉악한 계교를 행하려 하였으매, 그 죄 넷이로다. 더구나 밖에서 위에 향하여 임금을 업신 여기어 무례 불충의 말을 무수히 하였으매, 내가 직접 보지 못한 일이니, 어찌 다 기록하리오. 인신(人臣)으로서 이 죄 중의 한 가지만 있어도 극형을 면하지 못한 것인데, 국영의 몸에는 전후 고금에 듣지 못하던 천죄(千罪) 만악(萬惡)이 실려 있으되 종시 와석종신(臥席終身)을 하였으니 천도의 무심함을 어찌 한탄치 않으리오.

종수(鍾秀)가 제 스스로 명론(名論)하노라 하지만, 처음에 후겸에게 붙어서 벼슬을 도모한 것이, 제가 태천현감(泰川縣監)을 하직하던 날 영묘께서 초록명주 한 필을 친히 내려주시며,

  "관대(冠帶)하여 입으라."
하고 주시매, 저를 편론한다고 괘씸히 여기다가 홀연히 은권(恩卷)
이 있으매, 후겸에게 성의가 없으시면, 어찌 이런 일이 있으리요.
제 본디 이(利)를 보면 달려드는 버릇이라, 후겸에게 붙으려 하다가
후겸이가 받아 주지 않으매, 이를 갈더라. 그러다가 국영에게 붙어서
국영의 천교만악(千教萬惡)을 안 도와 준 것이 없더라. 국영이가
치사할 때에 종수는 후겸을 시켜서 만류하시라는 상소를 내어서,
  "나라의 충신이요, 범이 산중에 있는 형세이니, 이 사람이 하루도
  조정에 없지 못할 것이옵니다."
하고 안청하더라. 저희들 형제가 처음에는 국영에게 속았다 하고,
국영이가 담을 들이고, 덕상(德相)이 상소를 내고 다시 간택 못하게
하는 행동이 있은 후로, 온 나라 사람이 역적이라고 규탄하더라. 이 때
덕상이 후겸으로서 부득이한 일도 아닌데 평안도에서 급급히 상소하
여 행여 남에게 뒤질까 초조히 굴었으매, 세상에 당역(黨逆)하는
명론이 어디 있으리요. 그 후에 종수가 차자(箚子 : 간단한 上疏文)
를 올려서 국영을 쳤더라. 이것은 선왕이 친히 시키신 일이매, 내
매양 선왕께,
  "종수가 국영의 아들인데 제 아비를 논박하니 저럴 데가 어디
  있겠나이까."
하며, 선왕이 나에게,
  "제 마음이 아니요, 저도 살아나려고 하니 그럴 수 밖에 없겠지
요."
하셨던 것이매,
  "천변 만화하는 구미호(九尾狐)같도다."

하고 내가 또 말하니 웃으시면서,

　"좋은 형용이오."

하셨던 것이매, 선왕이 어찌 제 정태(情態)를 모르셨으리요. 국영이 없어진 후는 국영이 전의 일을 모두 바로 잡아서, 내 삼촌같이 원탁한 사람은 진실로 누명을 씻어주어야 천리에 합당하고 인심을 위로할 때였더라. 그러나 국영의 죄악도 분명히 드러나지 못하고 원통한 사람은 지금 아직 누명을 씻지 못하매, 이것은 국영이가 없으나 종수가 국영의 심법(心法)을 전하기 때문이더라. 종수가 국영을 데리고 병신 초부터 일을 같이 하여왔고, 이 일이 무죄한 사람을 제 사험으로 국영을 꾀어서 죽였으매, 죄가 국영이보다 더 하더라. 내전께 없는 병을 있다고 모함하고, 국영의 어린 누이를 들이고 원빈(元嬪)이라 이름하여 곤전을 앗으려 하고 담을 양자하여 선왕의 아들 보실 길을 막아서 종국을 옮기려던 계교가, 비록 국영의 흉심이나, 그 계교는 종수가 가르친 것이 분명하더라. 만일 그렇지가 않으면 제가 등한한 조신(朝臣)과 달러서 천고에 없는 총애로 못 올린 말이 없고 안 따르신 일이 없으매, 국영의 전후 일을 한 번도 말한 적이 없고, 심지어 제 형을 권하여 원류소(願留疏)까지 올렸으매, 국영과 동심한 것이 어찌 분명치 않으리요.

　제 일생에 한 것이 나라에 직언 한 번 한 일이 없고, 그른 일 바르게 한 일이 없고 한다 하는 것이 '홍가(洪家)치기'와 옥사 내는 데만 기를 쓰고 달려들었으매, 만고에 이런 배암같은 독물이 다시 있으리요. 선왕이 그놈의 정상을 다 아시되, 특히 살림이 검박하고, 벼슬에 탐탁(貪濁)치 않아서 인심을 덜 잃었기 때문에 덮어 두고 이전의 정을 보전하시려고 시종 여일하더라. 제 소위 검박 청렴도 겉치레요. 세상에서 모두 저를 어미에게 효도한다고 일컬었으매, 어미 마음을 따를 양이면 어미 사촌이 종수의 지친(至親)이니, 비록 죄가 있더라도 저만이 사람이 아니거든, 어미를 앉히고 제필로 나서서 어미의 종제를 죽였으매, 어찌 진정한 효성이리요. 세상이 국영의 일을 다 알되 종수의 일은 오히려 모르더라. 국영이 겉껍질이요, 종수는 실로 골자이기 때문에 이렇게 써서 자세히 알게 하노라.

내 나이 칠세 때 신유(英祖十七年)년에 숙제(叔弟 : 洪樂任)가 나매, 자질이 얼음같이 맑고 옥같이 깨끗하여 범류(凡類)에 뛰어나매, 부모가 기애(奇愛)하심과 나의 편애함은 말할 것 없고, 영묘께서 숙제가 궁중에 들어온 때면 어여삐 여기셔서 내 중제(仲弟 : 洪樂信)와 형제를 앞에 세우고 다니셨다. 경모궁(景慕宮 : 思悼世子 作者의 남편)께서는 더욱 사랑하시매, 문장이 숙성하여 대소과 삼장장원(三場壯元 : 初試 覆試 殿試에 모두 壯元)하고, 문장재망(文章才望)으로 명성이 굉장하더라. 내 동기 간의 지기(知己)로 처하여 집안의 기대가 깊었으매, 입신한 지 얼마되지 않아서 처지가 망극하여 처참하게 한탄하였더라.

경인 신묘간에 선친 몸에 화색(禍色)이 날로 급하여 가매, 내 생각에는 귀주(龜柱)는 풀 길이 없고 정처에게 화기(禍機)를 완협(緩頰) 코자 하나, 그 사람이 아들의 말을 듣고 전일과 달라진지 오래라 서먹서먹한 말로 움직이기 어렵더라. 사제가 그 아들을 사귀어야 혹 풀 도리가되나 선형(先兄 : 洪樂榮)과 중제(仲弟 : 洪樂信)는 무슨 일로 후겸에게 미운 바 되고, 숙제가 있으되 지조가 고상하고 규모가 조촐하여 부귀에 물들지 않고 세로(世路)에 추종하기를 싫어하더라. 그래서 심상히 친구가 없고 집의 문객도 얼굴 아는 이가 적더라.

그런 위인으로 구차하고 비루한 일을 하고자 할 리가 있으랴. 그러나 형제 중에서 나이가 적고 후겸에게 미움을 받고 있지 않더라. 그래서 내가 숙제에게 친히 편지로 권하기를,

〈옛 사람은 어버이를 위하여 죽는 효자도 있었으매, 지금 형편이 어버이를 위하여 후겸을 사귀어 집안의 화를 구하는 것이 옳다. 옹주(翁主)의 아들로 상총을 믿고 권세를 좋아할 뿐이지 환시(宦侍)아니요. 흉역(兇逆)이 아니니, 일시 후겸에게 가까이 하기를 꺼려서, 아비의 위태함을 구하지 않으면 어찌 인자의 도리이리오.〉

하고 간절히 권하였으매, 숙제가 처음에는 죽어도 싫다 하다가 화기(禍機)가 점점 박두하여 집안 멸망이 조석 지간에 있고 나의 권함이 긴급하자, 숙제가 마침내 제 몸을 돌아보지 않고 후겸과 친하여 선친의 참화를 면하더라. 그러므로 숙제가 자못 미움 받음은 오직 이 누이 탓이다. 숙제가 그 문장 재식(才識)으로 부형을 이어서 입조(入朝)하여 전정이 만 리 같다가 포부를 펴지 못하고 어렵고 험한 때를 만나서 노친의 화를 염려하여 평생의 본심을 지키지 못하고, 후겸과 사귄 것을 부끄러워하여 마음에 맹세하였더라.

'집이 평안하면 내 몸이 세상에 나가지 않으리라.'

하고, 동교에 집을 장만하고 나에게 편지를 보내서 심정을 알렸더라.

〈멀리 가지 못할 몸이니, 장래 근교에 머물러서 경궐(京闕)을 의지하고 자연 속에 몸을 마칠까 하나이다.〉

그 때의 편지 사연이 내 눈에 선하매, 숙제의 마음이 이러하게 된 것은 후겸을 사귄 것이 부형을 구하기 위한 것이더라. 그리하여 부형의 화는 구하였지마는 후겸으로 인연하여 벼슬 한 가지라도 하면

본심을 저버리고 진실로 탐비탁란(貪鄙濁亂)하는 무리와 한패가
되고 만다고 생각하였으매, 기축년의 장원급제로 을미년까지 칠 년
내내, 본디 지낸 옥당(玉堂) 춘방(春坊)을 수삼차 지낸 밖에는, 응교
(應敎 :弘文舘의 正四品 職位를 말하는 것) 통정(通政)도 한 일이
없더라. 그리고 크고 작은 고을의 원한 자리 한 일도 없고, 호당(湖
堂)을 시키려하는 것을 마다 하더라. 경인년 이전에 몸으로 쭉 있었
지 일자반급(一資半級 :대수롭지 않은 벼슬자리)을 더한 일이 없더
라. 그러므로 후겸이와 사귄 것이 이(利)를 탐하지 않음이 분명하였
던 것이더라.

  정처의 변화와 후겸의 간교로 집안의 변화가 다시 날까 조심조심
다녔을 뿐이매, 그밖의 누구를 쓰며 누구를 막으며, 누구를 죽이며,
누구를 살리려는 것을 일체 알려고 한 일이 없더라. 후겸이도 또한
그런 일을 의논한 일이 없으매, 이것은 세상이 다 아는 바로다. 사람
이 권문과 체결하여 세상을 탁란하는 것이 제 몸에 이가 있어야 할
것이거늘 부귀 공명밖에 있는 숙제는 그 처지와 문학으로 장원급제한
칠 년만에 가만히 있어도 오는 벼슬을 하였을 터에 하물며 후겸을
사귀어서 제 몸에 이롭게 하고자 하였으면 어찌 한 가지 요직과 한
품(品)의 가자(加資)를 못하였으리요. 이 한 가지로 숙제가 부형을
위하여 부득이 후겸과 친하였던 것이더라. 그러나 제 몸은 벼슬을
하지 않음으로서 본심을 증명하려던 뜻을 알 수 있을 것이더라.

  상운(翔雲 :副司直 沈翔雲)이 본디 간사한 놈으로써 제 폐족(廢
族)으로 기회를 노려서 후겸이와 친밀히 지냈더라. 때마침 숙제가
후겸의 좌중에서 그를 알게 되어서 왕래하게 되매, 숙제의 마음이
괴로왔으매, 후겸을 두려워하여 상운도 잘 대접하더라. 그러다가

214

을미대리(乙未代理) 후에 경과방(慶科榜)이 있었으매, 신임제적(辛任諸賊) 최석항(催錫恒) 조태억(趙泰億)의 자손은 셋이 급제하여 공의(公議)가 모두 분개하더라. 하루는 상운이 와서 숙제에게,

　"내가 상소하여 최와 조의 삭과(削科)를 청하고자 하니 어떻소?"
하고 물으매, 숙제가,

　"자네 처지로 마지 못해서 벼슬을 다니지만, 어찌 상소하여 조정의
　일을 간섭하리요. 최와 조의 과거 일이 과연 해괴하매, 세상에 자연
　공의가 있어서 의논할 사람이 있을 것이매 자네가 아는 척 할 바가
　아닐세."
하고 충고하더라. 그러자 상운이 노한 안색으로 불쾌하게 돌아가더니, 그날로 곧 서유녕(徐有寧:벼슬은 副司直)에게 상의 하나 서상운은 그 상소를 못하더라. 그러나 수삼 일 후에 편지로,

　〈내가 오늘 아침에 상소를 하였으매, 소본(疏本)이 많기로 보내지
　못하고 상소한 조건만 대략을 베껴 보내오.〉
하고, 다른 종이에 제가 상소한 조목을 한 자씩만 벌여서 썼는데, 당(黨)자, 관(官)자들 모두 여덟 조목이었고, 끝의 조목은 척(戚)자니 쓰지 말라는 말이더라. 다른 조목은 다 한 자만 썼고 척자 조목에는 그 의논한 글을 베껴 보냈는데, 그것은 우리 집이 척리(戚里)인고로 보라 한 뜻이매, 숙제가 보고 그 상소가 무슨 사연인지는 모르나, 제 폐루(廢累) 종적으로 논사(論事)하는 것에 놀라서 의지 답장에,

　〈자네는 스스로 잘 하였다고 생각하겠으나, 보는 이는 반드시 나무
　랄 것이매, 잘한 상소인지 모르겠네.〉
하고 걱정하여 보냈더라. 그날 저녁에 그 상소 원본을 보고 깜짝 놀라

서 곧 그 때의 대사헌 윤상후(尹象厚)에게 편지하여 상운을 잡아서 엄중한 고문을 청하려하고, 그의 형 윤상후(尹象厚)에게도 편지로 역권(力權)하였다.

양후가 안하였으니, 이 시종은 무술(正祖二年)년 숙제 공초(供草：罪人이 供述한 草記)할 제 다 자세히 아뢰고, 그 때 상운의 편지와 그 상소 조목 글자 열서(列書)한 종이까지 상전(上前)에 바치매, 양후에게 권하여 상운을 고문하라고 한 일은 상후가 알 것이다. 생존한 상후도 참증(參證)을 삼아 상후와 면질(面質)하기까지 청하더라. 상운의 상소를 보고 숙제가 놀라니 상운을 알았던 것이 불행하여 상운의 청토(請討)를 타인의 백 배나 하였던 것이매, 상은의 상소 일에 간섭하였다는 것이 천만 애매한 것은 사리가 매우 명백하더라. 또 정유역변(丁酉逆變：正祖元年 鄭厚謙 등의 治罪事件)이 났는 데, 상길(相佶)의 공술공초에,

"저희가 추대를 도모하는데 의논하되, 홍모(洪某)는 척리니 지금은 쓰지 못하나 오랜 후에는 병권(兵權)을 잡을 것이매, 만일 그러하거든 습진(習陳：兵事訓練)할 때에 거사(擧事)할 수도 있으리라 하더라."

하였으매, 이것이 어찌 사람의 말이랴. 어불성설(語不成說)이다 하여도 곡절이 있지 삼척동자도 누가 곧이 들을 말이냐. 만일 흉계를 무함(誣陷)하여 말하기를,

"홍기가 실지(失志)하고 나라를 원망하여 추대모의(推戴謀議)를 한다 함은 모함이 되거니와, 이 말을 장래 대장이 되어서 병권을 잡을 것이매, 그리하거든 일을 하자 하더라."

하는 말이니, 장래에 대장을 하여 병권을 잡을 때면 임금에게 풀리고

216

총애를 받을 때가 될 것인데, 제집 잘 되고 제몸이 대장까지 이르게 될 양이면, 이미 부귀가 극진하고 세 의망(意望)이 족할 텐데, 또 무슨 의사로 그 임금을 마다하고 다른 임금을 추대하리요.

또 설사 그놈들이 그런 이(理)에 당치 않은 말을 하고 전연 아무것도 모르고 앉아 있는 숙제에게 무슨 죄가 있으리요마는, 숙제는 본디 국영에게 미움을 받고 국영이가 해치려고 화색(禍色)이 급박하였으매, 선왕(正祖)의 성덕(聖德)으로 겨우 일루의 명맥을 붙였다가 무술(正祖二年)년의 두 가지 일을 씻어서 다시 사람이 되더라. 그 때에 전교(傳敎)를 거룩히 하셔서 공초(供招 : 罪人의 招辭)가 절절이 조리 있고 단연코 타의(他意)가 없어서 극진함이 명백하더라.

"천리 인정에 구하여도 실로 이러한 이가 없고, 비록 편심된 자취가 있어도 그 마음을 용서하여야 옳은데 하물며, 본디 이 일이 없으매, 오늘날 사실을 밝혀서 억울함을 풀어주니 내 자궁(慈宮)에게 뵈올 낯이 있노라."

하고 기뻐하셨던 것이매, 숙제 내 오라비와 외구(外舅 : 外三)로서 그 모양으로 문죄(問罪)를 당하매, 옛 사기(史記)부터 아조(我朝)까지 전혀 없는 일이더라. 내 그때 원통하게 처참히 놀라서 몸소 당한 것이나 다름이 없으매, 선왕의 성효(聖孝)에 감동하고 숙제의 지원(至冤)을 벗겨서 완인(完人)이 된 것을 감축하였던 것이더라.

그 후에 국영이 없고, 선왕이 전의 일을 점점 후회하셔서 외숙들(作者 惠慶宮의 兄弟들)에게 환대하심이 해를 쫓아 더하시고, 심지어 숙제는 그만한 문장필한(文章筆 翰)으로 세상에 쓰이지 못함을 더욱 아깝게 탄식하더라. 항상 종이를 보내셔서 글씨를 써다가 병풍 여럿을 만들어서 당신도 치시고 나도 주더라. 부벽서(付壁書)와 입춘

(立春)도 써서 붙이셨고, 만천명월주인옹(萬川明月主人翁：正祖의
自號) 서(書)를 써다가 현판까지 하시더라.

　신해(正祖十五年)부터 주고(奏藁：洪鳳漢의 上疏文集)를 시작하여
왕복이 잦으시고, 중제 돌아간 후에 더욱 가의(加意)하셔서 오로지
숙제에게 물으시매, 정조(正祖二十一年)년부터 수권(手圈：글을 評定
하는 데 朱黑으로 찍는 圈) 만드시는 일로 글을 빼고 고치는 것을
모두 숙제와 의논하셔서 짧은 편지가 하루에도 여러번 왕래하였더
라. 그리고 보신 후면 기뻐하고 칭찬하시더라.

　"얼굴과 기상이 요사이 재상으로는 당할 이 없으니, 지금 비록
　침체하나 필경 윤기동(尹耆東：左議政)만은 하리라. 갑자년에는
　육십 사세니 넉넉히 하리라."

　그리고 또 문장이 정결하여 당세의 제일, '지기(知己)다, 회심지붕
(會心之朋)'이라 하더라. 근년에는 무슨 글을 지으시든지 보내서
'평론하라'하시고 시는 광운(廣韻：남의 시에 和答하는 것)을 시켜서
칭찬이 융중(隆重)하시고 사여(賜與)가 잦아서 무엇이든지 나누어
보내서 맛보게 해 주시더라.

　"문장이 길게 전함직하니 문집을 내어 주겠도다."
하고, 남다른 대접이 인가(人家) 부자사이 같더라. 그리하여 내집
사람이 노소 없이 성은을 입었거니와 숙제는 더욱 재생지은을 받잡
고, 또 그 같은 특별하신 대접을 받자와 천은에 감격하여 울며 말했
다.

　"몸이 부서지고 뼈가 가루가 되어도, 만에 하나를 갚사올 길이
　없도다."
하였으매, 숙제에게 이러하시던 것은 사람들이 다 아는 바다. 주상이

비록 어린 나이시나 어찌 자세히 모르시랴. 내 본디 지통한 일 이외에, 내집의 설움으로 반생에 간장을 썩히다가 갑자년에 분명한 기약을 얻고 어찌 다행하게 믿지 않으리요.

인제는 집이 평안한 기한이 있으매, 동생들이 산중에 요유(邀遊)하여 성군의 은혜를 입고 여 년을 무사히 초조하게 기다렸더니 어찌, 오늘날 우리 선왕을 잃고 숙제로 하여금 참화를 받게 한 줄 꿈에나 생각했으리요.

경신대상(庚申大喪：正祖二十四年에 正祖殂)때 내 집 사람 여럿을 열명(列名)하여 종척집사(宗戚執事)를 시켰으매, 이미 좋은 뜻이 아니려니와 그 중에 숙제가 들었다 하여 심환지(沈煥之：英祖辛卯에 領議政) 원상(院相：王의 昇遐後 二十六日間 承政院의 臨時完職)을 위시하여 흉한 말로 못하리라고 논죄(論罪)하더라. 선왕 계실 때는 벼슬시키고 사은(謝恩)하고, 궐내 출입하여도 이렇다 말이 없다가, 엊그제 선왕이 안 계시다고 이런 짓을 하고 그 사람을 집사시켜도 다닐 리도 없거니와, 설사 다니기로 서니, 무슨 나라에 시급한 변이라도 있는 듯이 참지 못하고 별안간에 있는 듯이 입재궁(入梓宮)도 미처 못하고 내 정리로 생각하더라도 칠십 노인이 그 참경을 당하여 호천통곡하고 사생을 모를 줄 알며, 그 동생의 말을 그 때 하니, 만고에 그런 흉악한 역적놈이 어디 있으랴. 또 내 집 사람은 다 못 들어오리라 하면 모르거니와 숙제더러 그러하매, 숙제 비록 대접이 망극하였으나 선왕이 친문(親問)하시고 분명히 원무(寃誣)를 씻어 증명하시고, 선왕의 하교가 명백하여 소위 속명의록(續明義錄)에까지 올려서 세상이 다 알고 예사 사람이 되었던 것이더라.

그런데 근 삼십 년 후에 호로로 고민하매, 그러면 자고로 현인군

자가 불행히 한 번 화액에 걸리면 비록 억울한 죄를 씻어도 종신의 누(陋)가 될 것이니 세상에 이런 의논이 어디 있으리요. 선왕이 선친의 주고(奏藁 : 上疏文)를 다 만들어 놓으시고 미쳐 간행치 못하고 홀연히 승하하시니, 당신을 따라 즉시 죽지 못한 일이 흉측하고 일루가 붙어 있으매 그 몸이 죽은 것과 같으니, 내 마음엔들 이 때를 당하여 세상에 쉬 날 줄 어찌 생각하였으리요. 선왕을 생각하여 내 서러워하는 심사를 위로하려 하던 뜻이든지 일 끝을 내어 내 집을 더 그르게 만들려 하던 일이든지, 팔월 열흘 후에 밖에서 일 보는 자가,

"자상(自上)으로 분부 내리시고, 내각(內閣)에서 밖에 반포를 내려고 하도다."

고 말하더라. 오히려 세도(世道)가 이토록 흉악하고 무서운 줄을 깨닫지 못하고, 선왕이 십 년을 애쓰시고 지은 육심 여편 어제가 계시니, 반포는 하나 못 하나 박아내어 줄까. 본초(本草 : 原草本)를 내어주었으매, 이 일이 네 위친지심(爲親之心)과 선왕이 꼭 하고자 하시던 일을 겸하여 내가 조석을 보전치 못하여 생전에 개간(開刊)을 보려던 일이다. 그런데 한 권을 채 박지 못하고 심환지등의 상소가 매우 망측하여 인역(印役 : 出版業務)을 정지시켜 버리매, 내가 연설(筵設) 반포한 것을 보니, 심골(心骨)이 놀라서 서늘하고 간장이 찢어질 듯, 말 없는 중에 선친을 무욕(誣辱)함은 말할 것도 없고, 자자 귀귀가 전혀 나를 무고 협박하고 능욕하는 말이매, 내 아무리 돌아갈 데 없는 신세로서 한 노궁인(老宮人) 같으나, 선왕의 모친인데, 제 비록 기염과 권세가 일세에 진동한들 저도 선왕을 섬기던 신자가 아니냐. 선왕의 어미라 하고 고금 천지간에 이런 변괴가 어디 있으리오.

주상이 나이 어리시고 국사의 위태로움이 한 터럭 같은데 인심과 세태가 갈수록 이러하여 필경 모르는 세상이 되기를 면치 못하게 하더라. 그러니 종국(宗國)의 근심과 인류의 멸망함을 생각하여 통곡하고 싶도다. 선왕이 계실 적은 효양을 받을 지 영화를 볼는 지 하는 대로 두었거니와, 지금 봐서는 내가 상하에 당치 않고 궁중의 등한한 과부니 내몸에 조정 문안, 약방 승후(承候)가 당치 않고 같지 않아서 숨이 지려고 하는 중이라도 매양 민망스럽더니, 이제 나를 협박하고 모욕하여 어서 죽기를 재촉하매, 외면으로 문안이라고 할 적에 심중에 더욱 미워할 것이니 이것은 점점 내가 욕을 받는 것이고, 선왕이 알음이 계시면 내 몸에 욕이 이렇게 미친 후는 그 문안을 받지 말고자 하실 것이매, 내가 결단을 내려서 소위 조정 문안과 약방 문안을 받지 말아서 저희 마음을 쾌하게 하고 내 본분을 편히하려고 생각하더라. 그러나 인산 전이기 때문에 주저하였더니, 인산 후에 낙파(樂波：洪樂波 惠慶宮 친정조카 庶弟)와 서영(緖榮：혜경궁의 조카 洪樂倫의 아들)의 벼슬과 가자(加資)일로 상소가 연하여 나서 '역적의 자손이니 못 한다'고 떠들더라.

일찍이 한용귀(韓用龜：當時의 벼슬은 掌令)가 수영을 역적의 씨라고 할제 선왕께서 대단히 노하시고,

"손자는 일반이니, 진손(眞孫)이 역종(逆種)일 제 외손(外孫)도 역종이겠다."

라고까지 말씀하셨던 것이다. 서자(庶子)나 손자가 역종이면 친딸은 역종이 아니고 무엇이리요. 자고로 사책(史冊)에도 이런 흉악한 변괴의 말이 있었는지 알 길이 없도다. 또 이어서 이안묵(李安黙：全州人 邦壽의 아들)의 상소에 선친 무욕(誣辱)이 더욱 해괴망측하여 여지

가 없더라. 내 형세가 잔악하여 조정이 다 나를 업신여길 것을 못하게
할 길이 없으매, 심중에 만사를 끊어버리고 알지 않고자, 줄곡후에
폐인을 자처하고 선왕 계시던 영춘헌(迎春軒)에 가서 누워서 명을
마치기로 기약했더라. 내 사생이 꿈 같으니 무엇을 아껴서 이 원분을
달갑게 여기고 견디리요.

　동짓날(至月 : 正祖 二十四年 十一월에 自決하려고 하였다) 내가
하고자 하던 일을 하려고, 약방에 내가 문안 받지 않는 사연으로 언문
편지를 써 내어 주었으매, 영춘헌으로 와서 선왕의 자취를 어루만지
고 내 신세를 서러워하여 호천 통곡하고 혼절하여 누웠으매, 만고에
이런 광경, 이런 정리가 어디 있으리요. 가순궁(嘉順宮 : 正祖後宮)
도 처음은 말리더니 나중은 내 일을 참연(慘然)히 여기고 굳이 막지
않더라. 윗전(王大妃)께서 오셔서 대로 하시고 여러 가지로 꾸지람이
많으시고, 그 언문 편지도 못내어 주게 하더라. 안으로서나 하는 일을
말리시는 것은 괴이치 않거니와, 천만 뜻밖에 윗전께서,

　'충동하는 놈이 있으니 그놈을 다스리려 한다'고 벼르시더니 그달
이십 칠일에 엄교가 내려서, 숙제가 나를 꾀어서 이런 행동을 한다고
하시고, 삼수(三水)로 멀리 귀양보내라 하시니, 이것은 마치 나인들
에게 죄가 있으면 제 오라비 잡아다가 옥에 가두거나 내사(內司)로
치죄하는 모양이니, 나를 선왕의 어미라 하면서 이런 변이 어디 있으
리요. 주상(純祖)이 비록 어린 나이시라 놀라시기 측량 없으시고,
박판서(朴判書 : 朴滿源 嘉順宮의 친정 父)도 공정한 뜻에서 놀라
주상께 자전(慈殿)에 여쭈어 그 언교(諺教)를 내어 주지 못하게
하시고, 거적을 희정당(熙政堂)뜰에 깔고 아뢰기를,

　"대전에 아뢰는 자교를 보오니 차마 놀랍사오니 어찌된 과거(過

擧)오니까? 차마 내어주지 못하고 대죄하옵나이다.”

그 사람이 나를 위하여 귀한 몸을 추운 뜰에 거적을 깔고 아뢰오니, 선왕의 성효(誠孝)를 생각하고 자기 정성을 다 함이매, 한심하며 감격함을 어찌 측정하리요.

그 전에 내가 영춘헌에 가서 자결하려고 할 제, 주상이 영춘헌에는 차마 못 오시고 쓸쓸하고 냉기 도는 거려청(居廬廳)에서 나오기를 기다리신다 하고 가순궁이 와서 돌아가자 하기에, 내 유약한 마음에 어리신 주상의 마음을 차마 상하게 하지 못하매, 마지 못하여 끌려갔더라. 그날 밤에 한 집 속에서 모르는 체하기가 어려워서 윗전에 들어가서,

“어찌하여 엄교가 이 같사오니까?”
하고 묻자온즉, 윗전께서 하시는 말씀이,

“이번 행동이 제 뜻이 아니라 총동하는 이 있으매, 이 처분을 어찌 않으랴.”

하시는 것이더라. 내 명도(命道)에 안 겪고 안 당한 일이 없으매, 선왕이 계시면 감히 이런 일이 없을 것이매, 하늘을 우러러 길이 탄식하고 피눈물이 흘러 가슴이 막힐 듯하더라. 억지로 참고서 ‘너무 그리 마오소서’하고 강개하여 말씀하더라. 주상과 가순궁의 힘도 있고 가를 보시니, 당신이 과하던 어하여 사색(辭色)도 나직하시고 언교(諺教)를 거두시더라.

원래 이 일이 이번뿐 아니라, 선왕 계실 때도 통분한 일을 보면 매양 자결할 생각이 있었으되, 만사를 다 선왕을 믿고 참고 지냈더라. 지금 와서는 선왕이 안 계시매 내 비통이 하늘에 치받쳐서 죽을 곳을 얻고자 하는 차에 또 이런 변고를 당하여, 선친께 대한 무욕

(誣辱)외에 중상을 핍박함이 급하니 내 일시나 살고 싶은 마음이 있으리요. 내가 스스로 결심하고 한 일이니 내 집 사람이 누가 알기나 하며, 내 아무리 변변치 못하더라도 위친지심(爲親之心)은 남만 못지 않거늘 칠십 잔년(殘年)에 누구의 꾀임을 듣고 그런 일을 할 리가 있으리요. 설사 누구의 말을 듣고 하였다 하더라도 내가 한 일을 내 동생에게 죄를 주매, 나를 어느 지경에 가게 하는 일이며, 내 집의 형제 숙질이 여럿인데, 홀로 숙제의 죄로만 삼으려하니 이런 일이 어디 있으리요. 그 후는 할 일이 없이 분함과 억울함을 참고 하는 수 없이 겨우 날을 보냈더라. 내 언서(諺書)와 윗전에 상사하온 말씀을 다 저희들에게 용납치 못할 죄니, 나를 죽여서 분풀이를 못하고, 숙제를 대신으로 죽이려 하였던 것이더라.

그리하여 문안 일로 비롯해서 충동하고 모해하여 필경 섣달(正祖二十四年) 십팔 일에 엄교가 내렸고, 숙제의 화색(禍色)이 날로 위급하여 피할 여지가 없게 되더라. 대신 이하가 들어와서 '죽여라'하고 또 차자(箚子：간단한 上疏)하여 '역적의 소굴을 없이 하십시오'하는 등, 이렇다는 죄명을 일컬을 것 없이 그저 억지 청으로 죽이자 하니 만고 천지간에 이런 허무맹랑한 일이 어디 있으리요. 자고로 원통히 화를 입는 일이 많더라도 벼슬을 하였거나, 권세를 썼거나, 사람의 생살을 하였거나, 세상의 왕래 의논을 하였거나, 무슨 얽힌 일이 있을 제, 비로소 죄라고 잡는다 말이지, 숙제가 이런 처지는 모두 누명을 벗어서, 제 진술과 선왕의 하교가 명백하여 다시 말할 것이 없고, 새로 잡는다 하는 죄목은 생판 까닭이 없는데, 이끝 저끝 천불사(千不似)만부당한 것을 지향 없이 죄목이라고 얽어 매었던 것이더라.

224

　첫째로 ‘은언(恩言：正祖의 庶弟)을 위한다’는 것과 신묘(辛卯)
일로 일죄안(一罪案)을 삼았으매, 이는 선친의 연좌로 이른 말이
모함과 허언을 삼십 년 후에 아들에게 연좌시키는 것이니 이런 일이
어디 있으랴. 선왕이 내 선친에게 누구시며 또 동생에게 누구신데,
선친이나 동생이나 선왕을 버리고 인(䄄)이를 위한다는 말을 길을
막고 묻더라도 조선(朝鮮)에야 인을 위하는 사람이 어디 있으리요.
인이와 함께 병기(並記)하여 화를 입으매, 고금에 다시 없는 지원
(至冤)이라.
　전례(典禮)를 하련다 하니, 숙제가 평일에 전례사(典禮事)는 구두
(口頭)에 올린 적이 없었고, 집안 자제 데리고라도 수작한 일이 없더
라. 누가 와서 전례 말을 수작하였거나 누가 들었거나 한 사실이 있으
면 모르거니와 듣도 보도 못한 일을 억지로 응당 그리 하였으리라
하니, 이런 일이 또 어디 있으리요. 비류(匪類)를 모아서 스스로 소굴
이 된다 하니, 숙제가 집안이 그릇된 지 삼십 년 두문불출하여 사람과
서로 상통치 않은 것은 세상이 다 아는 바이매, 이것 또한 전혀 사실
무근이로다. 심지어 사학(邪學)에까지 몰아 넣으려 하나, 무망할
길이 없기 때문에 의해(疑害)하게 얽어 넣으니 천지간에 이런 무망이
또 어디 있으리요. 숙제는 본디 경술(經術)과 문장을 하는 고로 박람
(博覽)을 일삼지 않아서 평일에 잡서(雜書)를 보지 않고, 삼국지
(三國志), 수호전(水滸傳) 같은 것도 본 일이 없었는데 사서(私書)
를 보기는 커녕 이름인들 어찌 들었으리요. 그전에 사학이 세상에
있는 줄도 모르다가 신해(正祖十五年)년 섣달에 형제 사적(私覿)
할 제 선왕께 비로소 대략을 듣고 그 때 놀라서 근심하고, 讀
　“그런 사학은 금지하옵소서.”

하고 아되던 말을 지금도 생각하게 되매, 소위 사학이란 것이 괴귀(怪鬼) 불령지도(不逞之徒:不滿을 품은 무리)의 할 일이지, 권세가나 척리(戚里)붙이 사람이야 할 리가 어이 있으며, 하물며 내 집 사람이 그런 책을 보기라도 할 리가 있으리요. 그 사학에 남인(南人)이 많이 들었으매, 내 집에서 삼십 년 이래 사람을 모르는 중남인은 더욱 아는 이 없더라. 채제공(蔡濟恭)은 소실도 없고 이가환(李家煥)이는 숙제가 평생에 면목도 모르는 사람이다. 오석충(吳錫忠)이가 숙제에게 다녀 조상 오시수(吳始壽)의 복관작(復官爵)한 것을 '숙제의 힘을 얻었다'고 초사하여 전 영의정 심환지 연주(筵奏)하였으니, 이 한 말로 허다한 말이 났으나, 모두 무고(誣告)한 것의 명증(明證)이더라. 오시수가 죄 입을 때에 내 고조(高祖)가 대사헌으로 복합(伏閤)하여 사흘을 다툰 끝에, 필경은 처분이 내 고조로 하여 된 셈이라, 오가(吳家)들이 우리 집을 대대혐가(代代嫌家)로 알더라 하매, 제 혐가인 우리 집에 아무리 왕래코자 한들 올 길이 어찌 있으며, 오시수의 복관작을 선왕이 숙제의 말을 듣고 해 주셨으면 숙제의 권세가 장한 셈이다. 그렇다면 제 삼촌은 왜 복관작을 못하여 내었으리요. 모무 터무니 없는 무근(無根)한 말이매, 다시 의논할 것이 못되더라.

　사람을 죽이는 일은 나라의 큰일이매, 하물며 숙제는 내 동기요, 선왕의 외삼촌이니, 설사 그럴 듯한 죄상이 있다손치더라도 가볍게 해하지 못할 텐데, 소위 꾸며낸 죄명으로 덮어 놓고 죽이고 자만하여 '정청(庭請)하네', '계사(啓辭)하네'하여 필경 천리 해외(海外)에서 참화를 받게 하니, 천지간에 이런 지원(至寃) 극통(極痛)한 일이 어디 있으리요.

내 칠십 노경에 선왕을 잃고 주야로 통곡하여 빨리 죽기만 원하는데, 동생이 백지(白地)에 아무런 죄도 없이 참화를 입되, 내가 살아 앉아서 구하지 못하니 나같은 독버섯 같은 사람이 어디 있으리요. 주상이 그 때 내 정경을 보시고 눈물을 머금고 가시더니 사람 없는 곳에서 많이 울으시더라 하니 당신이 어려서 구하지 못하시나, 그 사람에게 죄 없는 것을 알으시고, 선왕이 평일에 잘 대접하시던 일을 생각하시고, 또 내 정리를 슬퍼하신 것이매, 어찌 통탄하지 않으리요. 내 비록 망극애통 중이나 주상의 인효(仁孝)하신 마음에 장래를 바랄 것이고, 만일에 슬픔을 이기지 못하여 자결하면, 흉도들이 나 죽이려는 뜻을 이루었다고 좋아할가 해서 참고서 살았으매, 원통하게 죽은 동생은 다시 살 길이 없구나. 내 기식(氣息)이 날로 쇠약하여 조석을 보전치 못할 듯하매, 이승에서 죽은 동생의 원통함을 풀어주지 못하고, 죽으면, 지하에 가서도 동생을 볼 낯이 없고, 천고(千古)에 유한이 맺힐 것이더라. 아아 하늘아 하늘아! 나를 살게 하여 두었다가 동생의 억울한 누명 씻는 것을 보고 죽게 하시도록 주야에 읍혈(泣血) 축수할 뿐이로다.

6

내 유시(幼時)에 입궐하여 거의 육십 년이 되었고, 운명이 기구하고 경력이 무궁하여 만고에 다시 없는 고통을 겪었을 뿐 아니라 억만 가지 상전벽해(桑田碧海)의 변란을 겪고 살음직하지 않으나, 선왕의 지성스러운 효도로 참아 목숨을 끊지 못하고 오늘까지 이르렀으매,

하늘이 갈수록 나를 밉게 여기셔서 차마 당치 못할 참혹한 화를 당하니 곧 죽고 마는 것이 당연하나, 모진 목숨이 토목(土木) 같아서 자결을 못하고, 어린 임금을 그리워하여 오직 한오라기 목숨을 지탱하매, 어찌 사람이 견딜 바이리오.

여염집의 여편네라 해도 칠십 노인이 외아들을 잃었으면 동네 사람도 서로 조문하고 위로하여 불쌍히 여길 것이더라. 선왕을 여읜 뒤 수월(數月) 안으로 내 선친께서 해괴망측한 참욕(慘辱)을 당하고, 내가 처의(處義:自訣)하려는 일로 숙제의 충동이라 하여 죄로 잡아서 칠팔 년에 걸쳐서 허무맹랑한 허언으로 얽어서 절도(絶島)로 귀양 보내고, 이어서 참화를 받게 하더라. 이것이 내가 자결하려는 일로 죄를 숙제에게 옮긴 것이매, 숙제를 죽임이 아니라 실은 나를 죽인 것이더라.

흉도가 득세하여 선왕을 버리고 어린 임금을 업신여겨서 선왕의 어미를 이렇게 핍욕(逼辱)하매, 인륜이 끊어지고 신분(臣分)이 없음이 이 때 같은 적이 어찌 있으리요. 내 주야로 가슴을 치고 피를 토하고 울면서 선왕과 동생과 뒤를 따르고자 하나 그러지 못하고, 외롭게 의지할 곳 없고, 마음 놓고 살 곳이 없어서 살려고 하여도 살 덕이 없고, 죽으려 하여도 죽을 수가 없는 것이 모두 나의 죄악이 무겁고 운수가 흉한 때문이니 하늘에 호소하고 귀신을 원망할 뿐이도다. 내 지낸 바 일이 자고로 후비(后妃)에 없었던 일이요. 내 집 처지가 또한 자고로 인가(人家)에 없는 일이더라. 천도가 신명하고 주상이 인효(仁孝)하시매, 내 미처 보지 못하고 죽을지라도, 주상이 시비를 분간하여 내 지원(至冤)을 풀어 주실 날이 있을 줄 알으매, 허다한 사적을 내가 만일 기록하지 않으면 또한 자세히 아실 덕이 없을 것이기에, 소모한 정신을 거두고 점점 쇠진하는 근력을 억지로 차려서 선왕이 나를 섬기시던 성효(誠孝)와, 나와 수작하시던 말씀을 따로 옮겨 쓰고, 그 나머지는 조건마다 나누어서 명백히 알렸으니, 내가 아니면 이런 일을 누가 자세히 알며 이런 말을 능히 하리요. 내 명이 조석을 모르니 이 쓴 것을 가순궁에게 맡겨서 나 없는 후라도 주상께 드려서 내 경력의 흉험함과 내 집 소조(所遭)의 원통함을 알아서 삼십 년 적원(積冤)을 풀어주시는 날이 있으면 내 돌아간 혼이라도 지하에서 선왕을 뵙고, 성자신손(聖子神孫)을 두어 뜻을 잇고 이를 알려서 모자의 평생의 한을 푼 것을 서로 위로할 것이매, 이것만 하늘에 빌 뿐이다. 여기 내가 쓴 조건에는 일호라도 꾸민 것이 있거나 과장한 것이 있으면 이는 위로 선왕을 모함하고 내 마음을 스스로 속여서 신왕(新王:純祖)을 속이고 아래로 내 사친(私親)을 아호(阿好)함이니, 내 어찌 천앙(天殃)이 무섭지 않으리요. 내 평생에 경력이 무수하고 선왕과의 수작이 몇 천 마디인지 모르되, 나의 쇠모(衰暮)한 정신에 만에 하나를 생각치 못하고, 또 국가대사에 관계치 않은 것은 자세히 번거롭게 다 말하여 올리지 않았고 큰 조건만 기록하나 오히려 자세치 못하리라.

세상에 누가 모자지정이 없으리요마는 나와 선왕 같은 정리는 다시 없을 것이매, 선왕이 아니면 내 어찌 오늘날이 있으며 내가 없으면 선왕이 어찌 보존하여 계셨으리요. 모자 두 사람이 조마조마하여 서로 의지하여 숱한 변란을 지내고, 만년의 복록을 받아서 국가의 끝 없는 복을 보기를 기다렸는데, 하늘이 무슨 뜻으로 중도에 선왕을 잃으셨으니 고금 천하에 이런 참혹한 화가 어디 있으리요. 내 임오화변(壬午禍變:英祖三十八年 思悼世子가 뒤주에 갇혀서 七日만에 餓死

한 事件) 때 죽지 않은 것은, 선왕(正祖)을 보존하기 위함이었는데 무술(英祖四十七年 庶人으로 沒落)년에 선친이 흉무(兇誣)를 만나서 지원을 풀지 못하고 한을 품고 촉수(促壽 : 빨리죽음)하시매, 내가 결단하고 따라 죽으려 하였으나, 선왕의 효성에 감동하여 차마 마음을 이루지 못하였으나, 또 이제 선왕을 잃고 천만 무죄한 동생을 참화 입게 하매, 내 불렬(不烈), 부자(不慈), 불효(不孝), 불우(不友)한 사람이 되고 말았으니, 천지간에 무슨 면목으로 하루라도 세상에 머무를 마음이 있으리요마는, 어린 임금을 그리워하여 모진 목숨 끊어지지 않아서 지금 구차하게 목숨을 붙이고 욕되게 살고 있으매, 나같이 어리석고 나약한 사람이 어디 있으리요.

선왕이 천성이 지극히 효성스러우시고 근년은 효도가 더욱 지극하게 나를 섬기더라. 평일에 노모를 잊지 못하여 마음을 받으셔서 성중동가(城中動駕)라 할지라도 궐내를 떠나시면 문안하는 편지는 계속되고, 원행(園行)은 으레 날이 오래 걸리기 때문에 더욱 나를 그리는 마음을 생각하면 도로(道路)에서 역마를 세우고 두어 시(時)가 못되어 소식을 듣게 하시더라. 그러하던 선왕을 이제 어디 가서 한 자의 서신을 얻어 보리요.

원통하다, 선왕이 천질(天質)이 비범하시고 용준용안(隆準龍顔)이시매, 기상이 높고 맑으시고, 체도(體度)가 특이하셔서 말을 배우며 글자를 알아서 어려서부터 부지런하여 침식 시간 이외에는 책을 놓으신 일이 없었다. 필경 성취하심이 선철왕(先哲王)에게 뛰어나셔서 천만사에 모르실 것이 없었다. 삼대(三代) 이후로 여러 왕 가운데서 학문과 성덕 경륜이 우리 선왕같은 분 누가 있으리요. 춘추 오십이 거의 되시고 만기(萬機)에 다사(多事)하시며, 매년 겨울이 되면 한

질의 책을 꼭 읽으시매, 기미(正祖二十三年)년 겨울에 좌전(左傳)을 필독(畢讀)하더라. 내가 기쁜 뜻으로 어린 때에 책씻이(책 한김을 배워서 떼면 축하하는 잔치)하여 드리는 모양으로, 탕병(국수나 만두 등)을 약간 하여 드렸더니 선왕이 노모의 뜻이라 기뻐하시고 여러 신하들과 더불어 많이 잡수시고, 글을 지어서 거룩하신 것이 어제 일같이 생각되매, 인사의 변함이 어찌 이렇게 될 줄 알았으리요.

선왕이 지인(至仁) 순효(純孝)하셔서, 영묘(英廟)께 뜻을 받들어 순종하심과 부모께 효성하심을 이루 다 기록할 수 없고 대략은 행록(行錄)에 올려져 있더라. 임오 이전에 난처한 때가 많으매 선왕이 소년시절이시되 근심할 줄을 알아서 더욱 몸을 닦으시매 영묘께서 한 번도 걱정하신 일이 없더라. 보시면 매양 총명하고 덕성이 숙성함을 칭찬하셨으니, 선왕의 지극한 효성과 덕행이 천심을 감동시켰기 때문이더라.

어려서부터 나에게 모자간의 천륜 이상으로 지성이 각별하여, 내가 먹으면 잡수시고 초조하게 근심할 때가 많으시나, 어른처럼 마음을 잘 써서 사기(事機)에 힘 입어 주선함이 많았으니, 이 어찌 소년이 능히 할 수 있는 일이리요. 임오화변을 만나자 그 때에 애원(哀怨) 망극하심이 어른 같으시고 슬퍼하는 거동과 우는 소리가 모든 사람을 감동시켰으매, 보고 듣는 자로서 누가 눈물을 흘리지 않았으리요. 외롭게 되신 후에 지통(至痛)을 품고서 어미 섬김이 극진하여 한때도 마음을 놓지 못하고 나를 떠나면 잠을 이루지 못하여 각각 대궐에 있을 때는 일찍이 내 기별을 들으신 후에야 비로소 조반상을 받으시고, 내 몸이 조금만 불편하여도 꼭 무슨 약을 지어 보내셨으니, 그 효성은 하늘이 내신 것을 알 수 있을 것이다.

슬프고 슬프도다. 차마 갑신(英祖四十年 世孫을 孝章世子의 養子로 封한 것)의 일을 어찌 말하리요. 그 때 애통망극하여 모자가 서로 잡고 어찌할 바를 모르던 정경이야 어찌 다 기록하리요. 만나신 지통이 자르고 제왕가(帝王家)에 없는 일이매, 비록 나라를 위하여 대위(代位)에 임하시나, 종신의 지통을 품으시고 추모하심이 해를 따라 깊으시고, 경모궁(景慕宮)에 일첨문(日瞻門) 월근문(月覲門)을 세워서, 매삭 참배하심이 한두 번이 아니시고 황환하신 추모로 조석에 문안 드리 듯하더라.

나를 봉하심이 천승지부(千乘之富)로 하시되, 오히려 부족히 여기시고, 온화한 빛과 기쁜 소리로 하루에 네다섯 번을 들어와 보시었다. 혹 내 뜻이 어떨까 마음을 놓지 못하였는데, 내 연래로 병이 잦아서 기미년, 경사년에 두 번 대병을 앓았다. 이 때 선왕의 용려초심(用廬焦心)하심이 비할 데 없으시니 침수(寢睡)를 폐하시고 옷을 끄르지 않고 약을 달이고 고약을 붙이는 것을 모두 손수 하시며 남에게 맡기지 않으시었다. 내 비록 모자 사이라도 감격한 마음을 어찌 측량하리요.

선왕이 천품이 검소하시고 만년에는 더욱 검약하셔서, 상시 계신 집이 짧은 처마와 좁은 방에 단청(丹靑)의 장식을 하지 않고 수리를 허락하지 않으셔서 숙연함이 한사(寒士)의 거처와 다름이 없더라. 의복을 곤룡포(袞龍袍) 이외에는 비단 옷을 입지 않으시고 굵은 무명만을 입으셨다. 이불도 비단은 덮지 않으시고 조석 수라에는 반찬 서너 그릇 외에 더하지 않으시되, 그것도 작은 접시에 많이 담지 못하게 하더라. 내가 혹 너무 지나치게 검소하다고 말씀하면, 사치의 폐를 극려 주장하여,

　"검박을 숭상함은 재물을 아낌이 아니라, 복을 기르는 도리(道理)
　오이다."

라고, 나를 도리어 면대하고 훈계할 때가 많아서 감복하였더라. 선왕
이 자경(子慶)이 늦어져서 종국(宗國)을 위한 근심이 크다가 임인
(壬寅:正祖六年)에 문효(文孝:正祖의 長男이나 五世에 무亡)를
얻어서 처음으로 경사롭더니 병오년의 오월과 구월에 두 번 변을
당하셔서, 애척(哀慽)과 우려로 성체(聖體)가 손상하였으므로 내가
매우 송구스러워 하였더라. 정미(正祖二年)년 봄에 가순궁(嘉順宮)
을 간선하였더니 덕행이 인후하고 체모가 수려하여 고가(古家) 숙녀
의 풍도(風度)가 있었다. 입궐 후에 나를 받드는 것이 지효(至孝)
하매, 내가 또한 친딸처럼 정이 들고, 선왕 받드는 것이 없었다. 진선
진미하여 한가지도 성심에 어긴 일이 없었다. 선왕이 귀중히 여기고
기대하심이 각별하셔서, 항상 곧 무슨 중한 부탁을 하실 듯하셨으
매, 선왕이 알음이 계시던 모양이다. 아들 낳은 경사를 그 몸에 점지
하셔서 바라던 마음이 간절하니, 하늘이 도우시고 조종(祖宗)이 돌보
셔서, 경술(正祖十四年 유월 십팔 일 신시(申詩)에, 나 머무는 건너
집에서 대경(大慶)을 얻어서 주상이 나시니, 비로소 종사(宗社) 억만
년 반태지경(盤泰之慶)이더라. 모자가 서로 하례하여 기쁨과 즐거움
으로 세월을 보내는 중, 이상하게도 내 생일과 같은 날이므로 선왕이
항상,

　"저 아이 생일이 마마 탄일과 같은 날인 것이 자고로 사첩(史牒)
　에도 없는 기이한 일이매, 아마 지성으로 애쓰신 덕분이니 천심
　(天心)이 우연치 않으신 일이오."

하셨으나, 내가 무슨 지성이 있으리요마는, 스스로 종사와 성궁(聖

躬)을 위한 고심은 나에게 더할 이 없을 듯하도다. 하늘이 나를 어여
삐 여겨서 같은 날이 되었는지 신기하기도 하도다.

　경신(正祖二十四年) 봄에 관책(冠册 : 冠體와 册封) 두 가지 경례
(慶禮)를 내어 덕문명가(德門名家)의 숙녀를 간선하여 그해 겨울에
며느리 보시기를 손꼽아 기다리시더니 선왕은 어디 가시고 나 혼자
머물러 볼 일이 더욱 슬프도다.

　선왕이 매양 영우원(永祐園 : 思悼世子의 墓所)이 좋은 곳이 아닌
줄 아시고 병신(英祖五十四年) 초(初)에 내 선친이 천봉(遷奉)하시
도록 역설하더라. 일이 중대하여 근심하시다가, 기유(正祖十三年)
에 수원 화산(花山) 신룡농지혈(神龍弄之穴)을 잡아서 이봉하시고
원호(園號)를 고쳐서 현릉(顯隆)이라 하더라. 그리고 선왕이 나에
게,

　　"이 땅이 고인(古人)의 말에 천리(千里)에 한 번 만나는 땅으로,
　　효묘(孝廟) 모시려 하던 곳을 얻어 썼으매, 무슨 한이 있으리요.
　　현릉 두 자를 세상에서 내 뜻 깊은 것을 알 것이오."

하고, 그 때 주야로 애쓰시며 애모 망극하시던 일은 어찌 다 기록하리
요. 원소(園所)를 옮겨 모신 후에 성효(孝聖)가 더욱 간절하셔서
재전(齊殿)을 봉안하여 전성(展省)하시는 뜻을 붙이시고, 오일에
한 번씩 봉심하시게 하시고, 매년 정월에 원행(園行)하여 참배하시더
라. 그리고 춘추로 식목하여 장식하심이 친히 심으신 것이나 다름
없이 하더라. 또 구읍(舊邑)의 백성을 화성(華城)으로 옮기시고 원소
를 정성껏 보호하기 위하여 크게 성을 쌓고 행궁(行宮)을 장려하게
지으시매, 을묘(正祖十九年)년 중춘(仲春)에 나를 데리고 원소에
참배하시고 돌아와서 봉수당(奉壽堂 : 水原所在)에서 잔치를 베푸시

매, 이 때 내외빈척(內外殯戚)과 문무신료(文武臣僚)를 모아 밤이 새도록 잘 대접하였다. 노인은 낙남헌(洛南軒)에게 술을 권하시고, 궁민(窮民)은 신망루(新望樓)에서 쌀을 주어 환성과 기쁨이 화성으로부터 경도(京都)에 미쳐서 넘치었으나 이것이 모두 다 노모를 위하신 효사(孝思)로 하신 일이라 하여 일국의 신민이 뉘 아니 흠송(欽頌) 찬양하였으리요.

선왕이 비록 종사를 위하여 부지런히 힘써서 위(位)에 계시나 지통이 마음에 계셨으니 남면(南面 : 王位에 있음)에 계심을 즐겨하지 않으시고, 존호의 청을 굳이 막아서 받지 않으시고, 항상 천승(千乘)을 떠나실 뜻이 있으시더라. 그러다가 성자(聖子)를 얻어서 종국(宗國)을 부탁할 사람이 있고, 화성을 크게 쌓아서 경성(京城)의 버금이 되게 하고, 집 이름을 노래당(老來堂)과 미로한정(未老閑亭)이라 하시더라. 그리고 나에게,

"위를 탐험이 아니라, 마지 못하여 나라를 위하여 있었으나, 갑자년(純祖四年)에 원자의 나이 십오 세니, 족히 위를 전할 것이매, 처음의 뜻을 이루어 마마를 모시고 화성으로 가자, 평생에 경모궁 일에 손으로 행하지 못한 지한(至恨)을 이룰 것이옵니다. 이 일이 영묘(英廟)의 하교(下敎)를 받자와 행하지 못하는 것이 비록 지극히 원통하나 또한 나의 도덕이고, 또 원자는 내 부탁을 받아서 내 마음을 위로하기 위하여 내가 행하지 못한 일을 대신하여 행하는 것이 또한 도리이매, 오늘날 제신은 나를 좋아하지 않는 것이 의리요, 다른 날 제신은 신왕을 쫓아 받드는 것이 의리입니다. 의리가 일정한 것이 아니라 때에 따라서 의리가 되는 것이매, 우리 모자가 살았다가 자손의 효도로 영화와 효양을 받으면 어떠하겠나

이까.”

하고 말씀하시더라. 내 비록 왕의 뜻이 불쌍하신 줄 아나 또한 그
때 국사가 바쁜 일을 생각하여 매양 눈물을 흘리며 나와 함께 우시었
다.

“이리하여 내가 하지 못한 일을 아들의 효도로 이루었으니 돌아가
서 지하에 뵈오면 무슨 한이 있으오리까.”

하고, 또 아드님(純祖)을 가리켜 말씀하시기를,

“저 아이가 경모궁 일을 알려고 하는 것이 숙성하나, 나는 차마
말할 수 없으매, 제 외조부더러 들려주게 하시오.”

하셨으므로, 선친이 대략 가르쳤다고 아뢰더라. 그러나 선왕은 또다
시,

“이 아이는 경모궁을 위하여 그 일을 하려고 반원하여 태어났으니
또한 천의(天意)이옵니다.”

라고 말씀하더라. 그리고 을묘(正祖十九年)년에 경모궁 존호하실
때 팔자존호(八字尊號)를 하시고 나에게 말씀하시기를,

“그렇게 반대하던 김종수(金種秀)가 옥책금인(玉冊金印)과 팔자
존호를 하옵소서 하매, 인제는 다 되고 한 글자만 남았으니 이는
다른 날 신왕에게 기다리자.”

하고, 이어 존호 글자를 외우시며,

“장륜륭범기명창휴(章倫隆範基命昌休)”

라고 하시더라. 내 무식한 여편네라 자세히 알아듣지 못하고,

“기명창효(基命昌孝).”

하였으매, 선왕이 웃으시며,

“효(孝)자는 장래 무슨 효대왕(孝大王)이라할 제 쓰겠기로 아직도

효도효자는 두었으니 그러하매, 아조열성(我朝列聖) 존호에 효도
효자는 쓰지 않나이다."

하시었다. 그리고 내게 금빛 줄을 두른 다홍빛 천이 있는 것을 보시고
부탁하시길,

"존호때 중궁전(中宮殿)의 예복이 무거운 고로 그것으로 하려하니
없애지 말고 잘 두십시오. 장래 자식의 효도로 쓸 것입니다."

금년은 갑자(純祖四年)년 경영에 더욱 힘쓰셔서, 모든 일과 언어
수작에 아니 미칠 것이 없으매 내 비록 놀라우나, 이는 실로 천고
(千古) 임금의 성절(盛節)이더라. 내 세상에 머물렀다가 희귀한 일을
친히 볼 수 있을까 하는 기다림이 없지 않았더라.

내 집안이 경인(英祖四十六年)년에 질투와 핍박을 받았고, 병신
(英祖五十二年)년에 이르러서 흉무(兇誣)와 참화가 망극하여 가문이
전복되었는데, 나의 지원(至寃) 지통을 어찌 다 형용하리요. 내 그
때 하당에 내려서 주야 통곡하고 목숨을 끊기로 기약하매, 선왕이
나를 지극히 위로하셨다.

내 생각하니, 선왕의 천품이 인효(人孝)하셔서 신명에 통하시니,
한때 간신이 총명을 막음이 비록 하늘에 뜬구름 같으나, 일월의 광명
한 빛은 변함이 없는즉, 내 선친의 충성과 삼촌의 원통을 필경 굽어살
피실 것이매, 내 편협한 마음으로 실오라기 같은 목숨을 붙여두지
못하면 선왕의 효성을 상할까 하여 억지로 욕되게 살고 있으니, 내
마음은 비록 귀신에게 물을 것이나, 마음 깊이 생각하면 어찌 부끄럽
지 않으리요. 과연 요적(妖賊)을 물리치시고 천심이 회오하셔서 선친
의 일에 대하여는 '내 과하게 하였다'고 많이 뉘우치고 매양 말씀하시
더라.

"외조부께서 뒤주를 들이지 않으신 것은 내가 목도하였다 해도 그 놈들이 종시 우겨서 죄라 하니 우습도다."

"그 놈들이, 소주방(燒廚房)의 뒤주는 먼저 들여오고, 어영청(御營廳) 뒤주는 선친이 아뢰었다 하니, 그런 원통함 말이 어디 있습니까?"

하니, 선왕이 내게 이르시되,

"저희 놈들이 무엇을 알겠습니까. 어영청 뒤주도 외조부가 대궐에 들어가시기 전에 들여왔더이다. 대체 소주방 뒤주를 쓰지 못한 후 문정전(文政殿)이 선인문(宣仁門) 안이요, 선인문 밖이 어영청 동영(東營)인데, 가까운 어영청 것을 들여왔더이다. 그 망극한 일을 신시초(申時初)즈음에 나고, 아주 망극하여 지기는 유시초(酉時初) 쯤입니다. 봉조하(奉朝賀 : 正祖 外祖 洪鳳漢)는 인정(人定 : 二更 通行禁止를 알리는 종) 후에야 비로소 대궐에 들어오시는 것은 내가 목도하여, 자세히 아는 일인데 뒤주를 두 번 들여온 것이 봉조하께 무슨 관계가 있나이까. 그러하기에 정이환(鄭履煥)의 상소에 대한 비답(批答)에 마지 못하여 발명하여 드렸으매, 세상이 다 아옵니다."

"그러면 무엇을 가지고 선친을 죄로 잡습니까."

내가 거듭 물으매 선왕께서,

"비유하면 최명길(催鳴吉 : 仁祖反正때의 靖社 第一功臣이 領議政) 같아서 극렬한 의론으로 나라 큰 일에 그 때 대신으로 죽지 못했다고 의논하면 모르거니와, 나를 보전하여 내고 종사(宗社)를 붙들었으매, 후의 사람의 의논은 오히려 사직에 공이 있다고 하여야 마땅할 것이더라. 내가 앉아서 그 때 일을 옳다 그르다 하여, 나를 보호하여 낸 일이 잘한 일이란 말이 인사상 못할 것이므로, 지금은 저희들 하는 대로 두어서, 비록 억울하신 처지가 저러하신 것을 밝혀 드리지 못합니다. 그러나 후왕(後王) 때에야, 제 아비 보호하고 종사를 붙든 충성을 어찌 찬양하지 않으오이까."

하시고 원자(元子)가를 가리키며 분명히 다짐하시더라.

"저 아이 때에 외조부 누명이 풀리시고, 마마께서 저 아이 효양을 내 때보다 더 낫게 받으실 것이옵니다."

신해년(正祖十五年) 겨울부터 선친의 경륜 사업과 연주(筵奏) 상소를 선왕이 친히 모아서 주고(奏藁)라는 이름의 책으로 편찬하시고, 기미(英祖 二十三年) 섣달에 완성하여 십육여 편 팔주(八州)에 서문(序文)을 어제(御製)하셔서 금상(今上:純祖)에게 읽혀드리시고, 따라서 번역하여 전편을 보이시고 이르시되,

"이제야 외조부의 공을 갚았으니, 오늘에야 외손자 노릇을 하더라, 외조부의 충성과 공업(工業)이 유감없이 포장(褒章)하여 주공(周公)에게 쓰는 문자(文字)도 쓰고 한위공(韓魏公:宋代의 反亂을 平定한 韓琦)와 부필(富弼:宋代二賢相)이 되어서, 성인도 되고 현인이 되어 계시니, 이 글이 간행되면 후세에 길이 전할 것이매, 지난 큰 액운이야 다시 거들어 무엇하오리까."

하고 나를 위로하셨던 것이더라. 그리고 경신(正祖二十四年) 사월에는 주고총서(奏藁叢書)와 문집서(文集書)를 지으시고, 숙제(叔弟)에 친서로 의종의 충성이 이것으로 더욱 나타난다 하신 문적(文蹟)이 지금 집에 있으며 또 나에게,

"그 중 중단 발휘할 일은 간행할 때 다시 넣으려 합니다."

하고 말씀하셨었다. 그것은 모년(某年:壬午年 思悼世子의 禍變)에

당신을 보호하신 충성을 당신이 갑자기 칭찬하지 못하여, 후일 크게 드러날 때를 기다리려고 하신 성의(聖意)였을 것이매, 내가 전후의 서문(序文)을 보니 천포(天褒)가 융중 거룩하여 자손으로 하여금 지은들 어찌 이에 미치리요. 내가 손을 모아 감사히 여기며,

“오늘에야 임금 아드님 두었던 보람이 있고 구차하게 산 낯이 있도다.”

하고 칭송하였다. 그러나 내 흉험하고 선왕을 잃은 설움은 가운데 주고(奏藁)일로 또 다시 화란이 비롯하여 심지어 장장편편(張張編編)마다에 든 어제(御製)를 없애고자까지 하였으매, 위로 선친께 모욕이 없어지고 아래로 내 몸에 핍박함이 말이 못 되고 선왕이 또한 업신여김을 받고 계시니, 비록 선왕이 안 계시나 선왕 아드님을 임금이라 하면서 이런 일을 행하니, 만고에 이런 시절과 이런 세변(世變)이 또 어디 있으리오.

중부(仲父)말씀에도 처음 귀양보내실 적에 전교(傳教)에 이렇게 씌여 있기를,

〈역심(逆心)과 이지(異志)는 없도다. 임오년의 부필지(不必知)는 막수유(莫須有)와 같아서 족히 죄될 것이 없으매, 장래는 벗을 것이로다.〉

하시고, 근래는 더욱 자주 말씀하셔서 무죄한 사람과 다름이 없으셨다. 그리고 매양 외가의 일을 성의껏 관심하여 주시기를,

“갑자년에 큰일을 이룬 후에는, 그와 함께 깨끗이 밝혀져서 모자의 지극한 원한이 풀릴 것이오.”

경신(正祖二十四)년에 또 전교하셔서,

〈오늘 한 사람을 용서하고 내일 한 사람을 용서하여, 막힌 사람이

없고 폐한 집이 없게 하여, 태화원기(太和元氣) 가운데 있게하라.〉
고 하셨던 것이더라. 모두 갑자년까지 크게 풀자 하시기에 내가 말하
길,

"그 때에 내 나이 칠십이니, 내가 칠십까지 살기 어렵고, 혹 살아
있더라도 오늘날 말을 어기면 어찌하오."
하고 불만스럽게 말하매, 선왕이 화를 내시더라,

"설마 칠십 노친을 속이겠소."

그래서 나는 갑자년을 금석같이 기다렸는데 내 흉한 독으로 말미암
아 천백사(千百事) 경영을 다 이루지 못하고, 내 신세와 내 집의
혹화(酷禍)가 이 지경까지 이르렀으니 이는 옛날 역사에도 없도다.
신왕이 나이 비록 어리시나 인효하심이 선왕을 닮으셨으니 장성하시
면 응당 부왕이 이루지 못한 뜻을 이루실 듯하여 주야로 축수하고
있도다.

갑자국혼(甲子國婚)후에, 선친이 지체가 다르시므로 과거를 안보
고자 하시더니, 그 때 유림(儒林)인 학자들의 의론이,

"국구(國舅)의 경우는 그럴 필요가 없으니 폐과(廢科)해서는 안된
다."
하였으므로, 부친이 갑자년 시월에 등과(登科)하시더라. 대조(大朝英
祖)께서 기다리시다 다행히 여기시고 소조(小祖:思悼世子)께서
충년이시나, '장인이 과거하셨다'고 기뻐하더라. 그 때 경은(慶恩:
肅宗의 國舅 慶恩府院君 金柱臣 집) 달성(達成:英且의 國舅 達成府院
君 徐宗悌의 집) 두 댁 사람이 문과한 사람이 없다가, 처음으로 척리
(戚里)에서 과거한 것이더라. 인원(仁元) 정성(貞聖) 두 성모(聖
母)께서 '사돈이 급제하였다'하시고, 나를 불러서 특별히 치하하였

고, 정성왕후께서는 본대(진정)이 신임화변(辛任禍變:景宗 一年과
二年의 있던 禍變)을 당한고로, 노론(老論)을 두둔하시기가 각별하여
선친의 과거를 기뻐하심이 당시 사친(私親)에 못지 않으셨으매, 그
때 황송하게 감탄하던 일이 아직도 어제 같더라.

　세상이 모르고서, 선친이 후대가 척련(戚聯)으로 말미암아 그런가
하지만, 실은 그렇지 않더라. 계해(英祖十九年)년 봄에 선친이 관장
의(館掌議)로 숭문당(崇文堂)에 입시하여서, 주대진퇴(奏對進退)
하시는 것을 보시고 크게 기이하게 여기셔서, 들어와 선희궁께 말씀
하시기를,

　'오늘 세자를 위하여 정승 하나를 얻었소. 장의(掌議), 홍(洪)
　아무개요. 이 사람을 위하여 뒤에 알성(謁聖:謁聖文科)을 보일테
　니 혹시 과거할까 기다린다.'

하시더라고 선희궁께서 나에게 전한 일이 있더라. 이것으로 보면
선친에 대하신 대우가 선비 적부터이며 이미 정승으로 허하시고,
간택하실 때에도 바라시던 처녀가 있었던가 싶고, 내 비록 재상의
손녀나, 조부께서 안 계시고 한 선비의 딸이매, 간택에 뽑힌 것이
의외로되 성의가 나를 사랑하실 뿐 아니라 우리 선친을 대용(大用)
할 신하로 아껴서, 내가 선친의 딸인고로 더욱 완정시키신 일이더
라. 그러므로 선친이 비록 척리가 아니시더라도 당신의 지혜와 물망
과 재국(才局)을 견하였기 때문에 대우가 이러하였으매, 어찌 높은
벼슬을 못하였으리오.

　그러나 특별히 나 때문에 일신을 자유롭게 못하시고 고금에 없는
정계(情界)를 다 겪으시고 필경은 참언이 망극하고 처지가 망극하여
져서 원한을 품으시고 촉수를 하였으매, 척리되신 효험은 적고, 척리

되신 해는 많으시매, 이것이 다 나를 두고 두신 연고이니, 내 일생에 죄스럽고 지원(至寃)하는 바이다. 선친이 등과 후의 대우는 점점 융중(隆重)하시고 관위는 차차 뽑혀 올라가서 전곡갑병(錢穀甲兵)과 묘모국사(廟謀國事)를 두루 맡기셨고, 선친이 지극히 공명한 혈성(血誠)과 재주와 지식의 통달로 일마다 선심에 맞고, 모든 규구(規矩)에 어김이 없어서 이십여 년 장상(將相)에 있으면서, 백성의 이해와 팔도의 고락을 당신 몸의 일처럼 알아서 내외의 병폐를 고치지 않으신 것이 없이 지금까지 준행하시니, 비록 군신의 계합(契合)이 천은에 매우 드므시기 때문이더라.

당신의 충성과 재국이 사람에게 지나지 않으시며 이러하시리요. 당신 운수가 망극하여 참소가 무소부지(無所不至)하였으나 허망한 말 두어 가지를 실수하셨을 뿐이지, 삼십 년 나라일을 하시되 일을 잘못하여 나라가 병들었다거나, 일을 잘못하여 백성에게 해롭게 하였다는 말은 지금까지 일호도 없는 바이다. 유식한 사부(士夫)외에 도하(都下) 군민(軍民)이나, 외방의 백성들까지 선자의 덕을 생각하고 은혜에 감사하여 지금까지,

"홍홍지가 아니면 나라가 어찌 지탱하였으며 우리가 어찌 살았으랴."

하는 칭송이 자자하더라. 이것은 한 사람의 사사 말이 아니라, 삼척동자들을 잡고 물어도 반드시 근세의 현상(賢相)이라 할 것이매, 이 어찌 일시 권세 쓰던 사람이 얻을 바이요. 당신이 입조하신 후에 허다한 사적은 세상이 다 알 것이오. 또 성왕이 주고 서문(奏藁序文)에 자주 올려서 칭찬하셨으매, 더 기록하지 않으며 다만 당신 처지의 지원하신 대략만 거들고, 선친의 흉무 받으신 시종 곡절은 아래의

여러 조혜에 각각 올랐으니 또다시 거들지 않는다.

대체로 만일 경모궁 병환이 만만 말할 수 없는 형편이 아니시고, 영조(英祖)께서 모르시는데 선친이 괴이하게 영조께 아뢰어서 뒤주를 드려서 이리저리 처분하시라고 권하셨다면, 내 비록 부녀지간이나 소천(所天 : 남편)은 아비보다 중하니, 내 아무리 무식한 여편네라도 그만 의리는 알 것이로다.

그 때 내가 한번 따라서 죽기를 어찌 결단하지 않았으며, 설사 결단치 못한다 하더라도 내 어찌 부녀의 정의를 보전하였으리요. 선왕이 또 신묘(英祖四十七年) 언찰(諺札)을 하시며 상소비답(上疏批答)에, 영묘의 하교를 외어서 그렇지 않은 것도 밝혀 계시며 또 천도(天道)가 알음이 있으면 선친인들 어찌 자손이 남았으며 낸들 사십 년 세상에 머물러서 자손의 효양을 받았으리요. 그 때 국세가 호흡지간(呼吸之間)에 위태로왔는데, 만일에 선친이 주선을 잘못하였으면 내 집이 멸망하는 것은 둘째요. 선왕이 어찌 보전하여 계시리요. 억울한 때를 만나서 통곡 혈읍(血泣)하시며, 선왕을 구호하여서 나라가 오늘이 있게 하였으매, 영묘께서 선친 믿으시고 의지하셨기 때문에 선왕을 보전하였지, 그렇지 않으면 영묘가 대로하신 그 때에 아드님도 그런 끔찍한 처분을 하시는데, 손자의 운명을 어찌 헤아리셨으리요. 만일 그러시면 당일의 준론(峻論)과 후세의 공의가 어떠하였으리요. 그 때 선친의 처지로 머리를 천폐(天陛)에 부딪쳐 보시고, 그와 동시에 세손도 보전치 못함이 옳았던가. 할 수 없는 지경이시매, 세손이나 보전하여 이 종사를 잇게 하는 것이 옳았던가는 식자를 기다리지 않고 알 것이더라. 선왕이 매양 말씀하시기를,

“외조부의 충성이 고인(古人)에도 쉽지 않으시건마는, 세상 놈의

욕이 무서워서 나는 차마 충(忠)이라 공(功)이라 못하고, 댈데 없고 탓할 데 없어서 목전은 이렇게 흐린 사람처럼 지내어 가지만, 한유(韓鍮 : 金龜柱와 결탁하여 洪鳳漢을 없애려고 한 者)같은 괴이한 놈을 죄명을 없이 하였으매, 이것이 부득이한 일이요. 천백세(千百歲)에 정한 의리가 아니니, 내 아랫 대(代)부터는 외조부의 공렬(功烈)이 드러나실 것이매, 시호(諡號)를 고쳐 충(忠)자로 하겠다."

고 천백 번 하시더라. 또 가순궁(嘉順宮)이 보고 들으신 말이니, 내 이제 선왕이 안 계시다고 추호라도 과한 말을 차마 어찌 하리요. 성의가 그러하신 고로 십 년 동안이나 주고(奏藁)를 만들어서 그 수고를 잊으시고 주야로 친히 편찬하시고 그 많은 서(書)를 지어 간행하게 하여 세인에게 보이려 하시매 이것이 선친의 사업 경륜을 포양(칭찬하고 더 힘쓰게 함)하실 뿐 아니라 당신 외조부에게 향하신 성심과 외조부가 당신을 보호하여 종사를 평안케 한 충성과 공을 세상이 다 알게 하려 하신 일이니, 친근히 뫼셔 있던 신하들이야 뉘 모르리요. 모년사(壬午禍變)의 폭백(暴白 : 원통함을 품음)이 더할까. 매양 근심하시고 거기 손붙여 말하기가 어렵다 하시더니 연보(年譜)를 손수 편찬하실 제 임오(壬午)년 오월 십삼일 조건에 시각(뒤주를 들인 시각)을 박으시고, 삼도감제조(三都監提調)로 초종상례(初終喪禮)까지 진충갈성(盡忠渴誠)하였다고 만들어 놓으시더라.

"문집(文集)에 임오수차(壬午袖箚 : 임금께 직접 上疏하는 것)가 안 들었느냐."

하고 물으시기에, 동생들이 아뢰기를,

"임오의 일은 지금 공사문자(公事文字)에 거들지 못하는 때이매 올리지 못하옵니다."

"그러할 묘리가 없고, 본심과 사실이 수차(袖箚)에 있으니 올리
라."

고 여러 번 재촉하시다가, 화변을 당하여 결단치 못하더라. 신묘수찰
(辛卯袖札 : 英祖四十七年의 手書)을 얻으신 후에 선왕이 동색(動
色)하고 기뻐하셔서 '춘저록(春邸錄 : 東宮日記)에 올리라'
하여 연보(年譜)에 올리시고 나에게도,

"내가 목도한 일로서 문자가 있어 한 장이 연보에 오르니 천고에
증신(證信)이 되어 한이 없게 되었더라."

하고 말씀하셨던 것이매, 만일에 임오년의 일에 선친이 일호라도
관계하셨다면, 선왕이 차마한들 평일에 말씀이 그러하시며, 이 주고
(奏藁)와 연보를 만들었을 리가 어찌 있으리요. 당신 손으로 하지
못한 일을 의리를 지켜서 위친(爲親)한 일에도 오히려 미진한 것이
있으매 진정으로 의리에 어기면 어찌 외조부라 용서하시며, 용려
(用慮)는 이르지 말고 이렇게 포양(褒揚)하셨으리요. 이 한 마디에
더욱 결단을 내려야 할 일이더라.

선친의 일이 갑선(正祖八年)에 세 가지가 모두 누명을 씻었으매,
예사 사람으로 이르면 무고(誣告)였다고 하련마는 무슨 터무니 없이
도리어 세상의 모욕을 받으니 웬일이더냐. 이것이 다른 죄가 아니라
갑진년에 이미 씻어진 누명에 관한 것이매, 이런 일이 어디 있으리
요.

대저 이런 일을 가지고 두 가지로 의논이 있더라. 한 의논은 모년
대처부을 하신 것이 공명정대하여 영묘(英廟 : 英祖)의 거룩하신 성덕
대업을 칭송하여 천지에 부끄럽지 않으리라 하는 것이고 또 하나는

경모궁이 병환이 아닌데 원통하게 그리 되셨다는 것이매, 위의 의논 같으면 경모궁께서 진실로 본심이 어떠시기에 죄가 있어서, 영묘의 처분이 마치 적국이나 평정한 것처럼 공업으로 일컫는 말이 된다. 이러하면 경모궁께서 어떠한 몸이 되시며, 선왕께서 또한 어떠하신 처지가 되시나요. 이것은 경모궁과 선왕께 망극한 말씀이고, 또 다음 의논 같으면 영묘께서 참언을 들으시고 동궁을 그 지경에 가도록 하셨다면, 경모궁을 위하여 변명하노라 한 것이 영묘에게 어떠한 실덕이 되시리요. 이리 말하나 저리 말하나 삼조(三朝)께 망극하기는 같아서, 두 가지가 모두 실상이 아닌 것은 일반이매, 선친의 수차 말씀과 같이 경모궁께서 분명히 병환이셨으며 비록 병이시나 성궁(聖躬)의 위태로우심과 종국(宗國)의 운명이 경각에 있으므로 영묘께서 애통 망극하시나 만부득이 그 처분을 하셨던 것이더라. 경모궁께서도 본심(本心)이오시면 허물이 되시지만 천성을 잃으신 병한이시매, 당신이 말하신 것조차 모르셨던 것이더라. 오직 병환 드신 것이 망극한 일이지 경모궁께야 무슨 일호의 누덕(陋德)이 되시리오.

실상이 이러하니 이렇게 실상대로 말을 하여야 영묘의 처분도 만부득이한 일이 되시고, 경모궁 당하신 일도 할 수 없는 터이시고, 선왕도 또한 애통과 의리가 각각이라고 말하여야 실상에도 어기지 아니하고 의리에 합당하게 되리로다. 그런데 위의 두 가지 말이 영묘의 처분을 거룩하시다 하고 경모궁은 죄 있는 곳으로 돌아가시게 하는 것과, 또 경모궁을 위한다고 영묘를 부자(不慈)하신 잘못이 계시다 한 것, 이 두 가지가 모두 삼조의 죄인이매, 한편 의논이 영묘의 처분은 옳으시다 하면서 선친만 죄를 잡으려 하여 저희들이 알지도 못하고 뒤주를 들였다 하매, 이것이 영묘께 정성이 있단 말이냐, 경모궁께 정성이 있단 말이냐. 이 일을 가지고 사람을 잡는 함정으로 만들려 하는 것이더라. 삼십 년 동안 지통 망극한 일을 저희들 사람 해치는 기계(奇計)와 저희들 발망하는 계제가 되었으매, 통곡할 뿐이로다. 지금에 이르러서 선왕이 안 계신 후에 흉도들이 비로소 저희들의 뜻을 얻었으매, 나를 없애지 못함을 분하게 여겨서 내 동생에게 참화를 끼치고, 선친을 반교문(頒敎文) 머리에 올려서 역적의 괴수로 만들었더라. 내 비록 역대 사기(史記) 모르나, 선왕이 어미를 앉혀놓고 선왕의 외조를 역적이라고 반교문에 올려서 팔방에 전하는 흉적은 아무도 망한 세상에도 없을 것이더라. 또 신유(辛酉 : 純祖元年)년 유월에 계사(啓辭 : 임금에게 論罪하는 上疏)를 하는데 있어서 숙제(叔弟)의 동기가 역적의 종자 아닌 것이 없다 하였으매, 숙제의 동기가 누구리요. 이것은 더욱 분명히 나를 역적의 종자라고 지목하는 말이니 세변(世變)이 이토록 극도에 달하고 신절(臣節)이 아주 망해 버린 것이더라. 옛사람이 통곡하여도 부족하다는 말이 무색할 정도이매, 대저 선친이 불행이 험난한 때를 만나서서 오래 조정에 계시니 비록 은우(恩遇)가 정중하시고 지체가 자별(自別)하여 물러나실 마음이 주야로 간절하시나. 종국(宗國)의 근심과 세손의 어리심을 염려하여 몸을 자유롭게 못하시고, 구차롭게 미봉하여 고인(古人)의 직절(直節)을 다 못하셨던 것이다. 만일 조야(朝野)의 강직한 사람의 본심은 헤아리지 않고 대신의 단호한 충절이 없다고 시비하면, 당신도 마땅히 웃고 받으실 것이매, 낸들 어찌 마음에 품으랴. 내 집이 대대로, 버슬하는 집으로 문운(門運)이 형통한 때를 당하여 자제가 계속 등제(登第)하여 문벌이 성만(盛滿)하고 권세가 과중하니, 사람이 시기하고 귀신이 꺼림은 괴이치 않더라. 이미 집안이 그릇된 후에 생각하면 영화의 자취를 거두지 못하고 벼슬에 몸을 적신 것은 천만번 뉘우치고 한이 되도다. 그러나 천만 뜻밖에 무함(誣陷)으로 이 지경에까지 되기는 실로 원통하매, 성쇠화복(盛衰禍福)이 고리 돌 듯하는구나. 이미 성하려다가 쇠하였으니 이 억울함을 풀어서 화를 복으로 삼을 때가 있을까 하고 피눈물로 울면서 하늘에 축원하도다.

기묘대혼(己卯大婚 : 英祖三十五의 婚再) 후에, 귀주(龜柱)의 집이 빈한한 선비로서 일조에 존귀하게 되매, 서먹서먹하고 위태로운 데가 많더라. 우리 선친이 딱하게 여기시고,

"두 척리 집에서 서로 의가 좋아야 고락을 함께 하리라."

하시고 모든 일을 지도하고 주선하고 추졸(醜拙)나지 않도록 극진히 돌보아 주셨더라. 처음은 고맙게 감격하더니 저희의 세도가 짙어지고 점점 흉심(兇心)이 자라서 필경은 원수가 되었으매, 이런 일이 어디 있으리요.

대저 귀주의 아비는 성품이 비루하고 음흉하고, 귀주는 더욱 독기의 덩어리로써 흉악한 인물이고, 비로소 척리된 후 경은집(慶恩府院君)처럼 몸을 가졌으면 누가 나무라리마는, 저희 본디 충청도 사람으로 호중(湖中 : 忠淸道)의 오괴한 논자들과 친하고, 귀주의 당숙 한록(漢祿)이는 관주(觀柱)의 아비로 남당(南塘 : 韓元震의 號 湖派의 代表者)인지 누군가의 제자로 학자질 하노라 하매, 귀주네를 받들고 믿기를 신명같이 하여, 그것들의 소론에 따라서 척리의 본색은 지키지 않고 배반하여 주제 넘고 어중되어, 못된 것이 잘난 척하는 꼴이 아니꼬운 적이 많으매, 세상의 누가 웃지 않으리요.

우리 집이 제상가로 먼저 된 척리이매, 행여 저희를 비웃는가 모욕

하는가 하는 자격지심으로 의심하고 노하더라. 그러던 중 경진 신사
(英祖三十六年, 七年)년에 동궁의 병환은 점점 여지 없게 되시고,
영묘께서 저희를 새사람으로 지나치게 친근히 하시니 귀주들의 흉심
이 반동하더라,

　"동궁의 실덕이 저리 하시니, 할 수 없이 큰일이 날 것이매, 그러할
　제는 동궁의 아드님이 보전치 못하심은 당연하니, 그리되면 나라에
　다른 왕자가 안 계시니 필경 우리가 양자를 들여서 외가로 장래까
　지 부귀를 누리리라."

하고, 저희들이 흥겨운 의논이 무르익었던 것이더라. 특히 선친에
대한 대우가 거룩하시니 혹 세손이나 보존하면 저희 욕심대로 되지
못할까 염려하였던 것이다. 신사년에 귀주가 이십이 겨우 넘은 어린
몸으로써 제 감히 영묘께 봉서(封書)를 아뢰어 선친을 해하고 정휘량
(鄭徽良 : 鄭妻의 남편의 叔父)까지 넣어 들이매, 영조께서 놀라셔
서, 그 때 중궁전(中宮殿)께,

　"이리 못하리라."

하고 심하게 꾸중하더라. 이것은 서행(西行 : 思悼世子의 關西徽行)
하신 일로 선친은 간하지 못하고, 정휘량은 대조(大朝)께 아뢰지
않는다고 얽은 말이니, 이 어찌 선친만 해할 의사리요. 소조(小朝)
의 실덕을 대조(大朝)께 아시게 하는 일이니, 제 터에 이런 흉심이
어디 있으리요.

　영묘께 승은(承恩 : 여자가 임금의 사랑을 받고 밤에 모시는 뜻)
한 내인(內人) 이계흥(李啓興)의 누이 이상궁이 그 때 항상 영묘를
모시고 부자님 사이를 조정하는 일이 많았는데, 그날 회서를 보고
놀라서 분해서 중궁전께 아뢰기를,

"댁에서 감히 이런 일을 하시다니 급히 그 봉서를 세초(洗草 : 없애
버릴 文書조각을 물에 풀어 씻어버림)하소서."

그 때부터 그놈의 흉악한 마음을 알아내셨는지 선친이 남 모르게
고민하고 한탄하였으매, 보는 데가 있어서 동궁께도 이 말을 여쭌
일이 없더라. 내 집이 저희와 틀어지지 않고자 하던 뜻을 여기서 알
수 있을 것이매, 저희 마음에 저희는 국구(國舅)니까 동궁의 장인에
게 어찌 못 미치랴고 시기하는 생각과 제거할 계략이 날로 심하던
차에 마침 모년의 대척분이 났던 것이다. 저희 마음에 이제는 세손까
지 보전 못하고 양자를 정하여 저희가 외가 노릇하고 홍씨는 멸망할
줄 알았다가, 필경은 세손은 동궁이 되시고 우리 집도 보전하여 선친
이 재상 지위에 계시매, 저희의 분함을 이기지 못하더라. 그제야 바로
천고에 없는 부도(不道)의 흉언(兇言)을 하여, 세손을 보전치 못하게
하려는 간계를 내더라. 이 흉계를 저희는 감히 하였지만 나야 붓으로
차마 어찌 다 쓰리요마는, 분명히 쓰지 않으면 후인이 무슨 흉언인지
몰라서 의혹할 듯 싶어서 마지 못하여 쓰노라.

임오변란 후에 김한록(金漢祿)이가 홍주 김씨가 모인 곳에서,

"세손이 죄인의 아들이매 승통(承統 : 王位를 이어받음)을 못할
것이니, 태조의 자손이면 누구라도 될 수 있노라"

하는 말을 하였으매, 이것이 세상에 전하는 십육자흉언(十六字兇言)
이더라. 그 때 모든 김씨들이 다 듣고 풍설이 낭자하더라.

그러나 끔찍한 말이라 차마 입에 올리지 못하였고, 나도 듣고 세손
도 들으시고 흉악히 여겼으니, 오히려 신의상반(信疑相半)하더니,
근년에 선왕이 나에게 말씀하시길,

"한록과 귀주의 무리의 흉언은 시종 의아하더니, 이제야 정말인

것을 알았나이다."

"어이 정말인지 아오리?"

하고 내가 물었더라.

"소문에 홍주 갈미 김씨의 좌중에서 그 말을 하였다 하기로 마침 옥당(玉堂) 다니는 김이성(金履成：營建都監 承旨)이가 번(番) 들었을 때, 그가 갈미 김씨에게 알 듯하여, 속이지 말고 바로 이르라고 달래고 을려서 물었으매, 처음에는 서먹서먹해 하였으나, 내가 저 하나를 못 휘이겠나이까. 나중에는 실토하였는데, 한록이가 그 말하는 것을 제가 직접 듣고, 다른 김씨들도 많이 듣고 곧 저희 문장(門長) 김시걸(金時榤：弘文舘 副提學)에게 이 말을 하니, 시걸이 듣고 대경 통분하여, 귀주 한록의 무리가 이제는 역절(逆節)이 분명하니, 자식들에게 경계하여 충역(忠逆)을 분간해 두라고 일렀다 하오. 한록의 말뿐 아니라 실은 귀주에게서 나온 의론이라 하매 이제는 명백한 증거를 잡았으니 정말이옵니다. 이런 일이 어찌 있으며, 이를 말하면 어느 지경에 갈지 모르니 참고 이 앞을 볼 것이요, 지금은 그것들이 무서워서 아직 위안하고 달래서 급한 변과 깊은 원한을 부르지는 않을 것이옵니다. 임오변란 후에 누구로 양은을 정하려는 의망(擬望：三望의 候補者에 천거함) 하던 것도 있다 하니, 그것이 모두 흉언에서 나온 계교이매, 그것이 한 나라에 군림하여 백료(百僚)를 엄대(嚴對)할는지, 어찌 흉하지 않나이까 생각할수록 그놈들의 역심과 흉언이 몸서리쳐지나이다."

하고, 통분해 하시더라.

관주를 동래부사 시키실 때도,

252

　　“중대하고 난처한 일을 한다.”
고 나에게 말씀하셨으매, 이놈들이 흉역인 것을 선왕이 어찌 살피지
못하셨으리요. 선왕이 전부터 아시기 때문에 병신(正祖元年)년에
귀주를 처분하실 제 하교(下敎)에 귀주의 죄를 다만 사소한 일로
말씀하시고, 그밖의 일은 불인설(不仁設 : 차마 말씀하실 수 없다)
이라 하셨으니, 불인설은 곧 이 흉언이도다.
　　병신전(丙申前)인들 모르시는 것이 아니로되, 김이성의 말을 들으
신 후에 더욱 증거를 얻으셨던 것이더라.
　　자고로 추대(推戴 : 王을 모셔 받듦)하는 역적과 국본(國本)을 뒤집
는 역적이 많을 것이로되, 아조(我朝)에 이르러서는 효묘(孝廟 : 孝
宗) 이후로 육대의 혈맥이 세손 하나뿐이신데, 저희가 그릇하여 한때
부귀할 욕심으로 육대 혈육을 없이하고 ‘태조의 자손입네’ 하고 팔면
부지(八面不知)의 것을 가져다가 세우고 나라를 오로지 차지하려
하였으매, 만고 천지간에 이런 극역(劇逆) 흉적이 또 다시 어찌 있으
리요.
　　내 집과 전전(輾轉)하여 선친을 꼭 해치려고 한 것도 이 흉언으로
말미암아 생겨났던 것이고, 저희들 흉언이 차차 전파하여 온 세상이
다 알게 되니, 저희들 계교는 행하지 못하고, 이 흉언을 감출 길은
없게 되었다. 그제야 소위 선비를 사귀어 사류(士類) 노릇하고, 사론
(士論)한다고 고난을 겪고 죽게 된 것들이, 서울, 시골 없이 비문
(非文) 비무(非武)하고 떠들기나 좋아하는 무리를 모아서 재물을
노리며 의기(義氣)로 사귀는 체하여 몸을 기울여서 남을 끌어 들였더
라. 그것들이 시골의 미천한 괴귀(怪鬼) 불평배니, 제 일생에 부귀가
(富貴家) 문정(門庭)이나 어찌 구경하였으리요.

좋은 음식과 두꺼운 의복을 후하게 대접하고, 돈 달리면 돈 주고 쌀 달라면 쌀 주고, 급한 병이 있다 하면 인삼 녹용을 주고 혼상(婚喪)하면 치상행혼(治喪行婚)을 조금도 아끼지 않아 주매, 그것들이 사생(死生)에 잊지 못할 은혜로 알아서 도처에서 거룩한 사류척리(士類戚里)로 일컬었다. 그리고 탕화(湯火)를 피하지 않게 만드니 이것이 모두 왕망(王莽:漢代의 繼中)의 사람 거두는 흉계로다. 필경 귀주는 내 집을 처내려는 의사더라.

선왕이 이런 일을 항상 아시되, 봉조하(奉朝賀:洪鳳漢)께서 어영청(御營廳)에 봉상(捧上)된 동과 은을 누만 냥(累萬兩) 모아 두셨으매, 오흥(鰲興:英祖國舅 耆付院君 金漢耉)이 전부 내어서 귀주와 함께 흩어서 선친 죽이려 하는 모군(募軍) 값으로 탕진하였으니 세상에 그런 우습고 원통한 일이 없더라. 그래서 친한 조신에게 이 말을 하니까 명담(名談)이라고 하더라는 말씀을 하신 일도 있더라.

귀주 무리가 흉악한 마음으로 높은 벼슬을 하여 권세를 잡고 어떻게 하든지 내 집은 없애 버리려고 하니, 설사 선친이 잘못하신 일이 있다 하더라도 두 집 사이에 그리 못할 터이더라. 그런데 제게 불리하거나 서로 난처하거나 하면, 상정에 혹 미워할는지 모르나, 처음부터 우리집은 저희에게 은혜가 있지 원은 털끝만치도 없으매, 아무리 생각하여도 어찌된 심술인지 알 수가 없더라. 저희들 흉모 흉언으로 동궁을 동요시키려 하더라도, 영모께서 세손에 지극히 자애하시고, 선친을 의지하여 대우가 한결 같으시고 세손이 점점 장성하셔서 저위(儲位:王世子의 地位)가 굳고 굳으셨기 때문에 망연 실망하더라.

그러다가 천만 뜻밖에 기축년(英祖四十年) 별감사건이 났더라. 이 때 선왕이 소년의 마음으로 외조부와 노모가 당신께 애쓰는 정성은 미처 살피지 못하시고 일시에 노염으로 외가에 대한 정이 변하시고, 후겸이가 내 집에 좋지 않으니 귀주가 이 두 마디를 잘 알고 그제야 잘 되었다 하고 적반하장으로 도로 잡아서 저희가 동궁께 정성 있고, 선친은 인진(袵鎭 : 恩彦君과 恩信君) 무리를 귀여워하여 동궁께 불리하게 하려 한다고 동궁께도 거짓 고자질하고 세상에도 퍼뜨렸더라.

"홍가가 동궁께 불리하게 하고, 동궁이 홍가를 박대하신다."
하고 공전도설(公傳道說)하더라. 그러자 세가에 아첨하여 벼락 감투를 쓰려는 부류와, 이를 탐하고 때를 따르는 것들이 일시에 어울려서 십학사니 무엇이니 하여 한뭉치가 되어서 선친을 해치려고 꾀하더라.

경인(英祖四十六年) 삼월에 청주놈 한유(韓鍮)란 것이 있었는데 시골서 토반(土班 : 여러 대 그 地方에서 사는 양반) 반명(班名)도 변변치 못하고 글 못하고 어리석고 흉악한 시골 우맹(愚氓 : 어리석은 백성)이더라. 그 때 영묘께서 송명흠(宋明欽)과 신경(申暻)에게 격노하시고, 학자들이 당신 사십년 고심으로 이루어 놓으신 탕평(蕩平)을 나무란다 하시고 송과 신을 죄 주셨으매 유곤록(裕昆錄 : 古今黮論이 亡國한다는 英祖編册)이라는 책을 만드셔서 학자의 당론이 나라를 그릇 만드니 후사왕(後嗣王)이 학자를 쓰지 말라 하신 말씀이매, 누가 우탄(憂嘆)하지 않으리요. 팔십 세 되신 임금이 과거(過擧)로 그러시니 비유컨대 인가(人家) 노친이 무정한 일로 걱정하면 자손들이 미봉하느라고 비는 모양처럼, 그 때 선친의 처지로 성심 경노케 하올 터가 아니라, 본심은 누가 모를 것이 아니매, 청포(請佈)도 하고, 무사하게 하려 하시니 이는 때를 어렵게 만나신 탓이지 실은 당신의 힘으로 동궁만 보호하여 국본을 튼튼히 하심이라. 그 밖의 일은 노인네 일시의 과거를 어찌할 수 없으니 필경 바르게 할 때 있을 줄 아셨음이다. 근본인즉 모두 허물을 알면서 어질게 보신 것이요, 동궁을 위하신 고심이더라. 그 때 유곤록 문제로 상소하면 명론(名論)이라 하니 한유(韓鍮) 놈을 누가 꾀었던 것이더라.

"네가 유곤록에 대하여 상소하면 명인(名人)이 되고, 장래 벼슬하고 양반이 되리라."

이 우매한 놈이 그 말을 솔깃하게 듣고 짐짓 충성을 표하노라 하고, 팔 위에 글자를 새기고 서울로 와서 유곤록 문제로 상소하려는 차에 그 놈이 심의지(沈儀之 : 靑松人의 儒生)와 친하여졌더라. 의지는 귀주가 사람을 얻지 못하여 애쓰는 때라 서로 의논하고 한유를 달래기를,

"지금 홍 아무개가 오래 정승으로 권세를 많이 써서 상심(上心)이 염증을 내시고, 동궁에게도 죄를 져서 탐탁히 여기지 않으매, 세상이 다 치는 터이나, 아무도 앞장서서 상소코자 하지를 못하니, 네가 만일 상소하여 홍가를 논박하면 벼슬이라도 할 것이요, 장한 공이 될 것이로다."

이 때 한유가 여관에 있었는데 귀주들이 하인을 시켜서,

"여기 청주서 온 한생원 있느냐. 영의정 대감께서 상소하여 일낼 놈이니 잡아오라"

하시더라.

한놈이 얼러대자, 다른 놈이 또 인심쓰는 척하고,

"그 선비 어서 서울을 떠나서 화를 면하라."

이리 하기를 여러 번하여 우패(愚悖)한 놈의 분을 돋우고 불쾌하

게 하여 놓고, 의지가 그 중간에서 듣기 좋은 감언이설의 농간으로 꼬였다.

"이런 때에 네가 물의의 유곤록 문제로 상소하면 직절지사(直節之 士)가 되고 몸에 영화로우리로다."

하고 달래서 상소문을 지어주매, 이 놈이 죽을둥 살둥 옳은지 그른지 도 모를 그 흉소(兇疏)를 올리매, 정처가 그때 후겸의 말을 듣고, 우리 집을 제거하여야 제 모자가 내외로 권세가 중해질 줄 알고서 귀주와 합세하여 선친을 여지 없이 참소하여 성심이 칠팔분(七八 分)변하시더라. 경신(英祖四十六年)년 정월에 대수롭지 않은 일로 삭직(削職)하여 계시다가 서용(叙用:再登用) 영부사(領府事)를 하시나, 임시(任時)인즉 김치인(金致仁)이 대신하여 삼월까지 되었 으매, 성권(聖眷)이 감쇠(減衰)하신 것을 짐작할 수 있더라.

이럴 때의 한유의 상소를 보시고 비록 놀라시기는 하였으나, 좌에 서 해치는 말에 끌리셔서 한유는 가볍게 섬으로 귀양보내시고 선친에 게는 그로 인하여 또다시 휴치를 명하시더라. 비록 종시 보호하려 하시는 뜻이시나, 평일의 은총으로 일조에 이러하시기는 천만 의외 라.

이후도 내 집이 그릇되고 선친 몸이 조정에 계시지 못하고, 귀주가 오로지 득세하여 안으로 후겸을 끼고 밖으로 여러 당류(黨類)와 더불 어 주야 모의하여 선친을 해하려고 하니 그때 위품하기를 어이 다 기록하리요.

경인년 겨울에 최익남(崔益男:前吏郎)이가,

"동궁이 지금 사도묘(思悼墓) 전배(展拜) 않는 것이 김치인의 죄라."

하고 상소하더라. 동궁께서 전배하십시오, 하는 것은 옳은 말이나, 그 일이 신하로서는 청하지 못할 터이요, 하물며 지금 수상(首相)은 아랑 곳 없는데 그런 상소를 하니 익남은 본디 행실 없고 경천(輕賤)하여 세상이 지목하는 인물이지만, 정처의 시집 관계로 불행히 내 집에 출입하여 면분(面分)이 있더라. 귀주네가 구상(具庠)을 놓아서 후겸에게 꼬이매, 홍가의 시킴이라 하고는 참소케 하더라. 그러자 성심에 모년 일로 선친이 당신을 허물로 김치인을 제거하려고 익남을 시켜서 상소하였다는 참소를 곧이들으시고, 친희 엄한 문초를 하여 아무쪼록 홍가가 시켰다 하도록 여러 사람을 염행하시나, 홍씨는 진실로 모르는 일이겠으니, 익남이까지 곤장을 맞고 죽었으나 필경 홍씨에게는 직져의 화는 닿지 않았으매 성심이 종시 풀리지 않으시고, 저놈들의 살심(殺心)은 불같아서 음모를 쉬지 않았더라.

겨우 수삭을 지난 신묘(英祖四十七年)년 이월에 인진(裀鎭)의 일로 변란을 지어내니라. 처음 갑술(甲戌)에 인(裀)을 낳고, 을해(乙亥)에 진(眞)을 낳니 귀천 없이 내 여편네 인정에 어찌 좋으리요마는 그때 경모궁의 병환은 점점 극도에 달하시고, 또 그 어미를 총애하시는 것도 아니더라. 이때 뜻밖에 변란이 났으매, 비록 질투를 한들 베풀 터 아니요, 나의 인자 유약한 마음에 천한 그것들도 골육이매, 거두지 않을 수 없어서 거두어 주었더라. 영묘께서 그것들이 화근이라는 엄교(嚴敎)가 대단하시매 내가 또 따라서 질투를 부리면 소조께서 더욱 난처하실까 하여 참고 지냈더라. 그러자 영묘께서 내가 그것들을 심상히 보고 질투하지 않는다고,

"인정이 아니라."

하는 꾸중도 들었더라. 그러나 모년 후는 그것들이 더욱 의지 측은하

여서 적모(嫡母)의 도리로 당신 끼치신 골육이라, 내가 심히 무휼하여 길렀더라. 저희들이 성인한 후에 밖으로 나가게 되니 영묘께서,

"저것들이 어떠하리?"

하고 근심하시더라. 선친이 일편 공심(公心)으로 경모궁 골육만 생각하시고 영묘께 아뢰기를,

"저것들이 점점 자라서 밖에 나가게 되매, 혈기미정(血氣未定)한 아이들이 만일 다른데 반하거나 누구의 꾀임을 듣고는 무슨 변고나 내지 않을지 모르오니 민망하옵니다. 신의 처지가 세손께 지근(至近)하와 혐의 있사오니, 신이 살피고 가르쳐서 저희들도 사람이 되고, 다른 데 반하지 않으면, 저희들만 위한 것이 아니라, 나라의 복이올소이다."

"경의 마음이 고맙고 감탄하니 그리하라, 그것들이 경의 말을 잘 들을까 염려하노라."

하고 영묘께서 기뻐하시더라. 그러나, 내 집의 자제들이,

"잘못하신 일이옵니다. 그것이 도리어 화근이 되리오니, 알은 채 말으소서."

하고 간하였더라. 그리고 그것들이 들어오면, 내집의 자제 소년들까지 피하고 보는 일이 없으니, 선친이,

"그 희곡하고 당치 않은 근심이라. 그것들을 공심(公心)으로 가르쳐서 몹쓸 곳에 빠지지 않게만 하리라. 내 치지에 세손이 의심하시랴. 세상인들 누가 내 마음을 모르리."

하고, 그것들을 가엾게 여기더라. 만일에 선친이 말세의 인심을 헤아리지 않고 부질 없는 일을 다하면 제자라도 간하던 말이지만, 이 일로 얽혀서 대화(大和)를 빚어내기는 천만 몽상 밖이매, 만고에 이런

일이 어디 있으리요. 선친뿐 아니라 청원(淸原 : 淸原府院君 金時默)이 혐의 없기로 사정을 봐서 가마 등속을 만들어 주었으니 청원도 무슨 의심을 하랴. 그것들(裀과 神)이 궁궐에서 나간 후에 여러번 꾸짖고 훈계하셔도, 저희들 자질이 못 생겨서 어리석고 패덕스러워서 배우지 않고, 나라에 가깝다는 교대(驕大)한 마음만 먼저 내고, 궁중 잡류(宮中雜類)들과 몹쓸 행동만 하고 가르치는 것을 하나도 받지 않더라. 그리고 그것들이 점점 어긋나가므로 종시 가르치지 못할 것을 알고 도리어 원한을 살까 근심하시었다.

기축년부터 점점 소홀히 하시다가 경인년에 당신의 불우한 환경 속으로 교외에 불안하게 지내시매, 자연 그것들이 절적(絶跡)하고, 따라서 당신도 다시는 알은 체 하신 일이 없더라. 그러다가 신묘(英祖四十七年)년 정월 그믐께, 해마다 하는 예로 동산의 밤을 각 궁전에 드리고 군주(群主)까지 주고, 인이 진이에게 가매, 이 일로 시작하여 성노(聖怒)가 진첩(震疊)하시니, 이월 초생에 창궁(彰義宮)에 거동하시고 급한 변이 날까 하여 궁성의 호위까지 하시고, 그것을 제주도에 보내서 가두어 주셨으매, 선친 이 일에 화색(禍色)이 절박해 있더라. 그때 세손은 수가(隨駕)치 못하시고 한기(漢耆 : 鰲興府院君 金漢耆의 弟)의 후겸이만 들어가서 함께 입시(入侍)하여 즉석에서 처분하시게 하려는 계교를 꾸미었는데 귀주는 상인(喪人)이라, 제 아저씨를 시켜서 이 일을 하여 내더라.

성심이 처음부터 내가 그것들(인과 진)을 심상히 보던 것도 꺼려 하시고, 선친이 그것들을 알은 체 하시던 것도 좋게 여기지 않으시며, 또 최익남의 일로 내 집이 시켜서 모년 사건을 당신께만 돌려보내려는 줄로 아시고 대로하여 계시더라. 그리고 귀주편의 참언만 믿고 사랑하시는 정처의 심한 충동으로 이 거조(擧措)를 하시더라.

그때 선왕이 놀라시고 외가를 위하여 중궁전(中宮殿 : 貞純王后)에게 가서 호소하시더라.

"봉조하(洪鳳漢 : 作者의 父親)가 왕손추대(王孫推戴)를 하신 자취가 없는데, 지금 추대한다 하여 죽이려 하니, 사람이 밉다고 모함으로 죽이려 함이 말이 되겠나이까."

이리하여 세손의 말씀으로 한기와 후겸이 네가 줄어서 급한 화는 면하시고, 선친을 청주로 귀향보내셨다가 수일안에 풀으시고 영묘께서 환궁하시더라. 그리고 그 일이 사혐과 모함으로 난 것을 깨달으시고 세손에게,

"두 척리가 서로 치니 국가의 근심이 적지 않도다. 내가 이놈들에게 속지 않을 도리를 생각하겠도다."

하고 후회하더라. 영묘의 성명으로 한때 속으셨다가 곧 그놈들의 정상과 그 사건의 허망함을 어찌 깨닫지 못하시리요. 그러므로 세손께 이런 말씀을 하셨던 것이매, 그때는 세손의 힘으로 목전은 숙었으나, 그놈들의 흉심은 갈수록 더해져서 일을 저질러 놓았으니 이리 세력이 양립할 수 없게 되고 말더라. 만일 상대방을 죽이지 않으면 저희들에게 후환이 될까 염려하더라.

한유를 이월에 선견(先見)이 있다 하여 특사하시매, 한유란 놈은 처음에 남의 꾀임을 듣고 그 상소를 하고 벼슬이나 할까, 제몸에 좋은 일이 있을까 믿다가 형문(刑問)을 받고 절도배정(絶島配定)되매, 그제야 제 본심이 아니라고 자회문(自悔文)이란 것을 지었던 것이다. 그때 김약행(金若行 : 벼슬은 正言)이가 한유의 적소(謫所)에 먼저 있다가 한유와 만나서 상소한 곡절을 물으니,

"심의지 송환억(宋煥億)의 무리에게 속아 그런 상소를 올렸는데, 심의지의 무리는 김귀주의 꾀임으로 나를 농락한 모양이지만, 나야 시골 선비로서 유곤록을 말하려 올라갔었으니, 그놈들의 곡절을 어찌 알았겠소. 이리로 귀양온 후에 들으니, 내가 모두 속아서 그런 것을 깨닫고 후회 막급하기에 자회문이란 글을 지었노라."

하고, 김양행에게 그 글을 내어 보이매, 그 글이 세상에 전하여서 내 집에까지 와서 나도 보았더라. 김약행의 생사는 지금 모르거니와 이것으로 귀주가 시킨 증험(證驗)이 명백해졌더라. 한유놈이 귀양에서 풀려 올라오니, 귀당(龜柱의 무리)이 또 꾀어,

"너를 선견지명으로 특사를 하였으니, 또 한 번 상소하면 아주 좋으리라."

하매, 속은 이놈이 팔월(英祖四十六年)에 다시 상소하였는데, 여기서 비로소 일물(一物：뒤주) 문제를 말하여 드려 권하였다고 흉악한 모함을 하였더라. 영묘께서 그 일물의 문제를 들춘 죄로 충청감영(忠淸監營)에 내려서 사형에 처하시고, 심의지(沈儀之)도 그때 잡아 들여서,

"일물이 무엇이냐?"

하고 물으시니, 그놈이 당돌하게도,

"전하가 일물을 진정 모르리오."

하고 반문하더라. 범상대역(犯上大逆)이라고 대로하시고 한유보다 가율(加律)하여 사형에 처자를 모두 흩어서 귀양보내셨으매, 한유든지 심의지든지 일물(뒤주)거든 죄로 극형에 처하셨으니, 선친이 권하여서 그리하셨을리가 없고, 그놈들은 사형에 처하셨으매 선친에게도 엄교(嚴敎)가 겹쳐서 봄부터 이번까지 임오(壬午)를 양성(釀成)함이

너이니, 벼슬을 삭감하고 서인(庶人)으로 만드노라고 명령하시더
라.

여기서 '양성임오(釀成壬午)'란 말씀은 다름 아니라, 최익남의
상소로 의심과 분노하시던 까닭이더라. 그때의 성교(聖教)가 '임오를
양성했도다'하시고, 또 '권성(勸成)했더라'하여 계시매, 한유의 상소
를 꾸며내어 선친이 일물(뒤주)을 가져다가 드리시며 '처분하옵소
서'한 것처럼 말을 하매, 상교(上教)는 '권성했더라'하시고, 한쪽 사람
들의 말이 상교를 따라서 그러하니, 이 의혹을 어찌 풀며, 이 발명을
누가 하여 내리요. 내 말도 오히려 사사로운 듯하나 한 가지 천고에
증신(證信)할 명증(明證)이 있도다.

신묘(英祖四十七年) 구월에 선친이 죄를 입고 시골에 들어박혀
계실제 문봉(文峰)이 계셨으매, 선왕이 세손으로서 선친께 보내신
편지에,

〈대저 외조부의 나라 위한 혈심(血心)은 신명이 아실 것이요, 고인
에게 부끄럽지 않음이 조손간(祖孫間)의 사사로운 말이 아니라,
스스로 일세의 공의(公議)와 백대의 공언이 있을 것이로되, 불행히
성총(聖聽)이 현혹하셔서, 이번 처분이 계시매, 외조의 정리가
실로 박액(薄厄) 하시거니와, 나로서는 과연 외조의 말씀과 같아서
천기백괴(千奇百怪) 가경가악(可驚可愕)이 무한하옵니다. 궁극의
그 본심을 따지면 나라의 공이매, 성교가 비록 의외의 일이시나,
외조부의 당일의 충성은 길이 만세에 말이 있을 것이니 무엇을
근심하겠나이까. 임오 오월 십삼일 신시에 망극한 물건이 밖의
소주방(燒廚房)에 들이라 하신다 하기에 망극한 것도 있는 줄
알고, 문정전(文政殿)에 들어가니 자상(自上 : 英祖)께서 나가라

하시기에 나와서 왕자 재실(齋室) 처마 밑에 앉았더니, 그 때 신시 지난 지 오랜 후, 그제야 봉조하(奉朝賀：洪鳳漢)께서 궐하(闕下)에 와서 기운이 막히시다 하기에, 내가 먹으려던 청심환을 보내었으매 일물(一物)은 자상께서 생각하신 일이요, 봉조하께서 여쭙지 않은 것이 이 시각의 전후로 보아도 명백하옵니다. 또 그날 처분이 자상으로는 종사를 위하노라 하시는 성심 결단하여 계셨기 때문에, 나는 자식된 터에도 의리는 의리요, 애릉은 애릉인고로 지금 살아 지탱하였지, 만일 봄의 하교같이 신하가 일물을 드리고자 자상으로서 신하의 말을 들으시고 처분하여 계시면 성상의 덕이 부족한 것이 되실 뿐 아니라, 큰 의리가 또한 가리워질 것이매 대의리가 가리워지면, 내가 세상에 살아 있는 것이 또한 의가 없으니 이 아니 망극하지 아니하냐!〉

하시고, 이에 관하여는 '김한기(金漢耆)에게 일렀다'고 하더라.

이처럼 선왕이 당신 목도한 일로 시각의 전후를 인정하여 계시니 이 편지 한 장이 있은 후는 선친의 일물 들이지 아니한 것이 명백하더라. 일물을 안 드렸으면 무슨 일로 죄를 삼으리요. 시골 어리석은 백성들은 항상 뜬소문만 듣고 의심하는 것이 괴이치 않거니와, 귀주네는 가까운 처지(處地)요, 한기에게 하신 예교(叡敎：王世子이下敎)가 이렇게 자세하오신데, 종시 진실을 알면서 모함하매, 귀주의 화심(禍心)이 아니면 어이 이대도록 하리오. 귀주가 아무리 제 지처(地處)라도 정처와 후겸을 끼치지 않았으면 여러 가지 변괴를 꾸며내지는 못하였을 것이더라. 그러하매 밖으로는 귀주가 제 도당을 데리고 계교를 꾸며 놓고, 안으로는 후겸이라 내응하여 표리합력(表裏合力)하더니, 내 집에서 부형의 참화를 구하려고 내가 숙제(叔弟)를 권하여 후겸을 사귀게 하였더라. 후겸의 본심은 홍씨를 제거하면 곧 제게 대권(大權)이 모두 돌아갈 것 같아서 귀주네 무리의 충동을 듣고 제 사혐도 약간 겸하여 공모하였지만, 정말로는 도륙(屠戮)하려고까 지는 않았던 듯하더라. 그리고 숙제가 자꾸 가서 애걸하니까 차차 안면도 두터워졌으며, 혼인도 정하여 놓고, 제 생각에도 우리 집이 동궁의 외가니까 장래에 대한 염려도 없지 않았던 모양이더라. 정처 는 조석으로 변심하는 성품이라, 내가 극진히 굴어서 환심을 얻으 매, 본디 깊은 원한이 없어서 점점 풀리고 임진(英祖四十八年) 정월 에는 선친의 죄명도 풀어주더라. 또 후겸이가 귀주편을 분명히 푸대 접하게 되매, 귀주가 내응을 잃고, 분해서 내킨걸음으로 한 번 씨름을 하려고, 제 몸소 한록(漢祿)의 아들 관주(觀柱)를 데리고 칠월에 함께 상소하였던 것이매, 만고 천지간에 제 처지를 중궁전을 뵈온들 고식간(姑熄間:姑婦間 作者와 貞純王后의 관계)에 이러한 흉악한 일을 하니, 이놈이 내 집의 불공대천지수(不共戴天之讐) 뿐 아니라, 나라에 역적이요, 선왕에 역적이요, 자전(慈殿)에게 죄인이다.

그 상소에 세 가지 조건이 있는데, 하나는 병술(英祖四十二年)년 영묘병환 때의 나삼(羅蔘)말이요, 하나는 송절다(松節茶) 말이요, 하나는 여시여시(如是如是)하다는 말이더라.

병환 때 하루에 인삼을 두석 냥(兩)을 쓰는 적이 많았는데, 그 때 내국(內國)의 도제조(都提調)는 김치인(金致仁)이요, 선친은 영상(領相)이라. 어약(御藥)에 나삼과 공삼(貢蔘)을 반씩 넣어 썼는 데, 귀주의 아비가 직숙처소(直宿處所)에서 의관을 불러다가,

"성후(聖候) 이러하오신데, 왜 순 나삼으로만 아니 쓰느냐?"
하고, 나무라듯이 말하오매, 선천은 그 때 내국에 도제조와 함께 앉아

계시다가,

　“지금 나삼 남은 것이 적으니, 만일 나삼만 순으로 쓰다가 떨어지
　면 결국 공삼만 순으로 써야 할 지경이니, 그렇게 되면 더 아니
　민망하냐. 내국(內國) 일은 국구(國舅)가 간여할 바 아니오.”
하고 말씀하셨던 것이더라. 사실은 이것뿐인데, 내국 일에 국구가
간여한다는 말에 그 부자가 성을 내고, 저희는 충성이 있고 선친은
나삼을 쓰지 못하게 한 죄로 몰려고 하니 그런 흉학한 마음이 어디
있으리요.

　‘송절다’ 말은 더욱 상스럽고 맹랑한 말이매, 형언할 필요조차 없더
라. 그리고 ‘여시여시(如是如是)’의 말은 곡절이 있으매, 정해 무자
연간에 선친이 상중(喪中)에 계실 적에 원청부원군이 와서 예의(睿
意：東宮의 뜻. 여기서는 王孫 正祖)가 장례 추종(追宗：죽은 후에
號를 올리는 것)을 하실까 보더라도 말하였다.

　김시묵은 선친과 지친(知親)한 세교(世交)로서 무간(無間)할 뿐
아니라, 고락을 같이 할 관계에 있으므로, 이것이 나라의 큰 문제이기
때문에 그런 걱정을 하였던 것이니, 선친이 탈상(脫喪) 후에 입대
(入對)하시고, 세손과 함께 자세한 말씀을 하다가 선친이 그 말씀을
앙문하시매,

　“이 일은 곧 결단을 내려서 굳이 지키시옵소서. 지금 세도(世道)
　와 인심이 위험하오니, 일은 의법(依法) 그리하셔야 옳사오나,
　기사(己巳) 유얼(遺孼)이나 무신년 여당(餘黨)들이 지금도 나라를
　원망하고 나라의 틈을 엿보고 있나 유가 많사오매, 만일 이로 인연
　하여 그 흉도들이 장난하면 어찌할지 민망하오이다.”
하고 아뢰더라. 그러자 세손께서도

"과연 그런 염려가 많으니 답답하오."

하시고, 나도 그 뒤에, 먼 근심으로 상하의 셋이 앉아서 그 수작을 하였더니, 그 말을 선왕이 소시라, 그 때 중궁전에 하였으므로 귀주가 듣고 무함을 하여 상소를 하였던 것이매, 이런 흉한 놈이 어디 있으리오.

설사 선친이 잘못하신 말씀이라 하고 제가 내간수작(內間酬酌)을 중궁전에게 듣고서 영묘께 상소를 하였으매, 선왕 하교로서 영묘께서 만인 추숭수작을 하오시고 세손께 노하시면 화색(禍色)이 어느 지경에 미치리요. 이것이 선친을 모함할 뿐 아니라, 제 본디의 흉계대로 세손까지 해하려는 계교이매, 이런 음참흉역이 고금에 어디 있으리오.

대저 선친 지처로 선왕께 사사로이 만나실 때, 무슨 말을 못하여, 설사 선친이 '추숭하소서' 권하고 '만일 않으시면 이러이러 하오리다' 하였더라도, 무식한 사람이 되는데 불과하실 뿐이로되, 하물며 '추숭은 마소서. 활단(割斷) 고수하소서' 하시고, 말세 인심에 세변이 무궁하매, 깊고 멀리 근심하신 수작이 어이 죄가 되리요. 그러면 옛사람이 임금에게 고하기를, 위망(危亡)이 조석간에 박두하였더라 하거나, 도적이 일어나리라 하거나, 하는 말들이 모두 임금을 위협하는 죄가 된다 말하면 뉘 말할 이 있으며 세상에 그런 말이 어이 있으리요.

이일은 조정 문적(文蹟)에 있고, 갑진(英祖二年)년 선친 소석(昭晰:누명 씻음)하시던 하교에 다 있으므로 대략만 쓰고 그후 병신(英祖三十七年)년에 정이환(鄭履煥), 손환억(宋煥億) 무리의 흉소(凶訴)도 모두 귀주에 여론(餘論)을 주어서 할 말이니, 다시 거들

것이 어이 있으랴.

도무지 신사(英祖五十二年)년 이후로 귀주가 우리 집을 해하려고 하던 일을 세세히 추궁하면, 모두가 처음은 경모궁이 보전치 못하시면 세손까지 여지없이 될 것이니, 양자하여 저희가 외가되기를 바라는 야심에서 나왔던 것이요, 둘째는 모년처분(某年處分)후 저희 마음과 같이 되지 않으매, 한록이를 데리고 십육자흉언(十六字兇言)을 하여 성심을 의혹하고 대위(大位)를 요동케 하여 또 양자와 외가를 경영하려는 계교였던 것이더라. 영묘의 성심은 굳어지고 세손은 장성하셔서 국본을 흔들기 쉽지 아니하고 저희 흉언은 전파하여 가리울 수가 어렵게 되매, 그제야 동궁이 외가에 미안히 여기시는 줄 알고 저는 동궁께 충성이 장하고, 홍씨는 동궁께 불리하다고 모함하여 홍가를 제거하고 동궁께 영합하며, 저희 흉언하던 것을 엄죄(掩迹)한 일로 전전하여 이러하였으니, 이 흉언이 도무지 큰 근저이니, 시방 사람들도 옛 일을 본이가 있을 것이니, 대략이야 어찌 모르리요마는 이처럼 자세히 아는 이야 또 누가 있으리요. 우리 선친이 풍증으로 정신을 잃지 않은 바에야 선왕께 불리하고, 인, 진을 위했단 말은 삼척동자도 속이지 못하리니 귀주는 선왕께 충신이요, 홍가는 선왕께 역적이라 하면 삼척동자를 속이지 못하리니 모든 일이 인정과 천리(天理) 밖에 벗어난 일이었으매, 귀주가 내 선친을 모함하던 일은 인정과 천리 밖이니, 식자(識者)를 기다리지 않고도 피차의 시비를 분간하며 충신과 역적을 징할 것이니, 귀주와 한록의 종국을 망하려던 흉언은 종시 드러나지 아니하여, 귀주가 충신까지 되고 일호반사(一毫半辭)도 방불도 않은 내 집은 혹화(酷禍)가 갈수록 심하여 몹쓸 역적이 되매, 이런 세도와 이런 천리가 어디 있으리요. 피를 토하고 고대 모르기를 판득치 못하는 줄만 한(恨)이로다.

〈신축(辛丑:光武五年) 이월 이십 삼일 미시(未時)에 필서(畢書) 호동대방(壺洞大房)〉

판 권
본사
소 유

한중록

2004년 3월 20일 인쇄
2004년 3월 30일 발행

엮은이 • 혜경궁홍씨

펴낸이 • 최 상 일

펴낸곳 • 태을출판사

주 소 • 서울특별시 강남구 도곡동 959-19
등 록 • 1973 1.10(제4-10호)

ⓒ1999. TAE-EUL publishing Co.,printed in Korea
※파본 낙장본은 교환해 드립니다.

■ 주문 및 연락처
우편번호 100-456
서울 특별시 중구 신당 6동 제52-107호(동아빌딩내)
전화 • 2237-5577 팩스 • 2233-6166

ISBN 89-493-0247-0   03810

太乙出版社에서 펴낸 좋은책

*좋은책은 늘 우리 곁에서 인생을 보람있게 가꾸어갈 수 있도록 도와줍니다.

교양서적

예 절
내 훈
인생을 위하여 행복을 위하여
여성 독본
세계문학 100선 해설
명상록
단과 선
사장업
자유의 갈망
여자는 꽃인가 바람인가
20대 젊은이여
참마음샘터 · 인생의 진리①
참마음샘터 · 지혜의 등불②
참마음샘터 · 지성의 안내③
참마음샘터 · 명상의 고향④
참마음샘터 · 영원한 행복⑤
현대 사랑 편지 백과
현대 종합 편지 백과
현대 모범 편지 백과
현대 꿈해몽 비법
현대 가정생활 상식

공부를 잘하게 되는 책 시리즈

공부하기 싫을 때 읽는 책
공부가 좋아지게 되는 책
수학을 잘하게 되는 책
과학을 잘하게 되는 책
물리를 잘하게 되는 책
화학을 잘하게 되는 책
생물을 잘하게 되는 책
영어를 잘하게 되는 책
일본어를 잘하게 되는 책
재미있는 이야기 역사
재미있는 이야기 세계사
재미있는 철학 이야기
재미있는 심리학 이야기
재미있는 지구촌 이야기
재미있는 인간 이야기
재미있는 음악 이야기
재미있는 미술 이야기
대화를 잘하게 되는 책
우주과학의 신비를 알아보는 책
5차원의 세계를 알 수 있는 책
시간과 공간을 지배한 사나이

증권 시리즈

초보자를 위한 주식 입문
실패하지 않는 주식 가이드
적은 돈으로 주식을 사서 성공하는 법
주식 투자 이렇게 벌어라
주식프로의 투자비법

종교서적 시리즈

입으로 쓴 편지
주님 음성 내가 들으니